JN166968

# 生けるパスカル

新装版

松本清張

角川文庫
24531

# 目次

# 生けるパスカル

# 1

画家の矢沢辰生《やざわたつお》は、美術雑誌記者の森禎治郎《もりていじろう》がいう外国の小説の話を、近来これほど身を入れて聞いたことはなかった。

矢沢よりは十ぐらい若い森は、美術雑誌記者になる前は文学雑誌の編集者志望だった。矢沢は小説の方面に不案内である。話は銀座《ぎんざ》裏の飲み屋の二階だった。

それはイタリアのノーベル賞作家ルイジ・ピランデルロの小説で「死せるパスカル」というのである。

何からその小説の話になったのか、矢沢はあとまで覚えている。長い間郷里に帰らなかった東北の出稼ぎ農民が殺人事件の被害者に間違えられているのを知って、おどろいて郷里に帰ったというのが発端の話題だった。その出稼ぎ農民は三年間も妻や親戚《しんせき》などに便りを出さなかった「のんき者」だったが、たまたま妻がテレビ報道で、殺された身許不詳の男の特徴が夫に似ているところから警察に届け出た、それが新聞に載って彼の帰郷となったのだった。

新聞には三年間も妻に通信しなかったその出稼ぎ男を「のんき者」と表現してあった

が、はたして彼はそうだったろうか、と矢沢辰生はその記事を読んだときからの感想を森に言った。

「その男は、三年間、家庭の束縛を脱《のが》れて案外自由をたのしんでいたかもしれないよ。これは世の亭主たちの願望だからね。もし、殺人事件の被害者に間違えられるようなことが起こらなかったら、通信途絶はもっと続いただろうね」

「それは金や生活に不自由しない蒸発亭主のことでしょうね。出稼ぎ農民の実態はなかなかそう楽なことではないようです」

森は言った。

「どうしてだね。農家は米の景気で潤っているじゃないか。たいていの家が自家用車を持っている。それに農機具類や肥料の近代化で人手を要しない。二、三男の都会流出による農村人口の過疎化は、なにも若い者が都会生活に憧《あこが》れるだけじゃない、昔のように農業に彼らの労働力を必要としなくなったからだ。いや、二、三男だけじゃない、亭主の手も要らないんじゃないか。女たちだけで機械化された農機具を操ればいいのだからね。とくに農閑期は、亭主は家にごろごろしていても仕方がないから出稼ぎに行く。そのぶん現金収入がふえる。米のほうは政府が高く買ってくれる。保証があるから結構なことだと思うね。以前は出稼ぎ人というと、貧農が生活の足しにしたもので悲惨な感じがしたが、近ごろのは現金増収の道になっているんじゃないか」

矢沢は酒を飲みながら言った。

それに森は答えた。

「昔の農村出稼ぎ人は、たしかにあなたの言われるとおりでした。けど、今も実質的にはそう変わっていませんよ。裕福なのは土地成金か大百姓ですね。ふつうの農家はそれほど楽じゃありませんよ。問題は消費面で二つあります。一つは農機具類と肥料代の払いです。農機具の機械化はどんどん進歩しています。毎年のように開発されたものや改良された農機具類が売り出されています。二、三年たつと、もう前に買ったのが旧式になってくる。新しいのは、どこかが良くなっているのにきまっているから、どうしてもそれがほしくなる。車のモデルチェンジと似ていますよ。それから農薬の買込みもばかにはならない。農機具にしても農薬にしても、人の手が要らないように要らないようにとできているから、これをやめるわけにはゆきません。米を農協に持ちこんでも、代金から天引きで、どっと減るわけですね。まあ、これは生産に必要な資本《もとで》のようなものだから仕方がないと言えばいえるが、やっかいなのは生活費の増え方ですね。農村が都市なみの生活になった。農民の長い間の念願で、この不当な生活上の差別がなくなったのは結構なことです。早い話が、自転車がバイクになった、バイクが自動車になった、ラジオはテレビに、そいつの白黒はカラーに、ポータブル蓄音機はステレオに、その他台所の電気製品化、食料革命。もちろん藁葺《わらぶ》きの百姓家は都市ふうな住宅に新築改築といったぐあいに、都市的消費文化が農村に浸透してしまいました。それにはテレビなどの影響が大いにありますね。テレビ情報を媒体とする均一的都市文化の侵略ですね。見た眼には農村は豊かに見えます。けど、その懐《ふところ》具合は都市の貧困地帯と変わりませんよ」

「なるほど。そういうものかねえ」

「やはり土地経済が流通経済に敗北するという江戸時代からの法則が変わってないように思われますね。一時期、農村に潤った金はやっぱり都市に収奪《しゅうだつ》されるんですな。そこにもってきて去年からの減反制《げんたんせい》です。これは相当に深刻ですよ」

「出稼ぎはますますやめられなくなるかね？」

「と思いますね。農民は何もよろこんで出稼ぎに行っているのじゃない。これは家庭の崩壊にもつながりますからね」

「家庭の崩壊？」

「夫婦が長期間離れているのは不自然ですからね。出稼ぎの夫に働き先で女ができたという悲劇もかなりあるようです」

「それだよ。……君の話を聞いて出稼ぎの実態はよくわかったが、そういうなかでも家庭からの逃亡というのもかなりあると思うよ。農業経営が苦しい、苦しいから都市にのがれるという現実逃避もあろうが、もう一つの現実逃避は女房からの脱出だな。これは都市も農村もない、世の亭主の共通の心理だよ。ぼくは、その殺された男に間違えられた出稼ぎ人が、どうしてそんな事件を起こしてくれたのかと犯人を恨んでいるような気がするよ。そういう事件さえなかったら、彼はもっと長く自由を得ていたろうからね。……いや、なかにはね、もし自分がその男だったら、殺されたことになってしまって、女房のもとには永久に帰らないのになんて思う亭主族もいるだろうよ」

「実は」

と、文学好きの美術雑誌記者は赤い眼を微笑させて言った。

「ぼくもあの新聞記事を読んだとき、あなたと同じ感想をもつ亭主たちは少なくないだろうと思いましたよ。で、ぼくはそのとき、同時に『死せるパスカル』のことが頭に浮かびました」

「死せる……？」

「……パスカルです。新聞に出ている経過が、小説の設定とどこか似てるんです。ちがっている点は、小説のほうは殺人事件の被害者にされたのではなく、主人公が自殺者に間違えられたことですね。そうして主人公が女房のところには帰らずに逃げたことですね。あなたの言う男の願望がその小説の筋になっているのです」

森の口からイタリアの作家ルイジ・ピランデルロの長編小説「死せるパスカル」のプロットが話し出された。

「マッティーヤ・パスカル……主人公はたしかそういう名だったと思います」

と、森はときどき酒でひと息入れては語った。

「パスカルは金持ちの家に生まれましたが幼時に父を失い、執事に財産を少しずつ横領されて、成年に達したときにはほとんど無一文になっていました。そのうえに執事の姪《めい》のロミルダに誘惑されて過ちを犯し、そのために結婚しなければならない羽目になりました。

　パスカルは友人の世話で、ある図書館の書籍係の職をどうにか得ましたが、彼の結婚生活は、貧しさと姑《しゅうとめ》の強欲と愛情のない妻とに悩まされて悲惨な毎日でした。しかし、世の夫の多くがそうであるように、彼もこうした境遇に反抗することなく、諦《あきら》めとやり切れない倦怠《けんたい》の生活を送っていたのですが、そのうち彼の唯一の慰めであった幼い娘と老母が相ついで死んでからは、彼の人生はますます灰色になってしまいました。絶望した彼は、これ以上自分の暗い人生に耐えられなくなり、ある日、衝動的に家を捨てて放浪の旅に出ました。ポケットには兄が墓碑の費用として送ってよこした五百リラの金があるだけでした」

「そういう家庭生活だったら、主人公が家出をするのも無理はないね。ずいぶん辛抱したんだろうがね。きっと気の弱い亭主だったにちがいない。強欲な姑と、口うるさくて非情な女房がいっしょでは、たまったものではない。で、彼は放浪の旅に出てからどうしたのかね？」

　矢沢は言葉をはさんだ。

「そこに予期しない運命が彼を待っていたのです。モンテカルロに行って何気なく賭博《とばく》に手を出したところ、それが思いもかけぬ運でいっぺんに八万二千リラという大金を得たのです」

「五百リラが八万二千リラになったのか」

「それだけではありません。その間に、故郷では、パスカルによく似た男が彼の昔の領地内で自殺し、それが失踪《しっそう》中の彼と間違えられたことです。妻も姑も、自殺者が彼だと思い込み、警察はそのように処理してしまいました」

「なるほどね」

「パスカルはこの事実を知ると狂喜しました。彼は自分の暗い運命から解放されたことを知りました。女房の束縛から永久に解き放たれたのです。この世にマッティーヤ・パスカルという男は存在しないことになったのですから、女房が追跡してくるおそれもありません。金と自由を得た彼は有頂天になりました」

「そりゃ、そうだろう」

「パスカルはすぐに変装して、名前もメイスと改めました。たしかアドリアーノ・メイスだったと思います」

「彼はアドリア海のように明るい光に満ちたわけだな」

「メイスになったパスカルは、しばらく各地に気ままな旅を楽しみました。彼は人生の自由という最高の幸福を味わいました。それまでの灰色の人生を償ってまだ何倍ものお剰《つ》りがきたと思いました」

「思った？」

「そうです、思っただけです。事実はそうでないことがわかりました」

「どうして？」

「期待していた自由の意味がわかってきたのです。彼は真の自由を得たのではありませんでした。まず彼は一年間の一人旅で、孤独と放浪に疲れ切ってしまいました。次に、憩いの家を買おうにも、偽名ですから登記することができません。マッティーヤ・パスカルは戸籍簿の上では死亡者として抹消されています。もちろんアドリアーノ・メイスの名は戸籍にありません」

「うむ……」

「仕方がないので彼はローマのある中流家庭に下宿しました。そうして、そこで主婦がわりをつとめている娘のアドリアーナを愛するようになりました」

「へえ。その娘の名もアドリアーナか？」

「仕方がありません、小説がそうなっているのですから。で、パスカルのメイスは、娘アドリアーナの愛を得て孤独感が消しとんだばかりでなく、若いときから渇望していた女の献身的な愛情に心ゆくまで溺《おぼ》れることができました。娘は、彼の女房とはまったく反対の、心やさしい性格でした」

「その幸福はつづいたのかね？」

画家は疑わしそうな眼をした。

「お察しのように、その淡い幸福もほんの少しの間だけでした。そこに、アドリアーナの死んだ姉の夫が戻ってきたからです。この義兄はやくざな奴で、死んだ妻の持参金を返したくないばかりにアドリアーナとの再婚を望みます。もちろん彼女はメイスを愛しているから、それをこばみます。すると義兄はメイスの持っている金から一万二千リラを盗んでしまいました。しかし、メイスはそれを警察に届けることができませんでした。届けると自分が偽名で暮らしていることが暴露するからです」

森は話をつづけた。

「メイスは、自分があらゆる法律の外に存在していることを知りました。一万二千リラが盗まれて、その犯人がわかっていてもこれを訴える権利がないばかりか、いっさいの法律の保護も受けてないのでした。いや、法律ばかりでなく、彼は人生の外にいたのです」

彼はここで酒を飲んだ。

「彼はアドリアーナを愛し、彼女も彼を深く愛しました。その愛の先にあるのは結婚です。が、偽名の彼にどうして結婚ができるでしょうか。彼は懊悩《おうのう》しました。結婚の不可能な恋愛をつづけていることが、彼女に対してどんなに罪深いかを悟らねばなりませんでした。それだけでなく、いずれは偽名であることも彼女には知れてくる。それは愛の終末を意味します。彼女は彼に欺かれていたことに激しい憤りをおぼえるにちがいないからです。その破局を迎えるのに忍びなかったメイスは、追いつめられたあげく、もう一度自殺者になります。今度は彼自身が自殺を装うのです。そしてローマを去り、再びもとのマッティーヤ・パスカルに戻りました」

「本名にかえって、どうしたのかね？」

「彼は故郷に戻ったのです」

「自由を束縛する女房と、強欲な姑のいる家にか？」

「やむを得ません。パスカルは無籍者の悲哀を、身に滲《し》むほど味わったのです。無籍者であるかぎり、彼は法律からも人生からも外に投げ出された人間なのです。それなら、せめて法律の権利や保護なりを受けようと思い、再び灰色の人生に逆戻りとは承知しながらも、以前の不幸が待っているわが家のドアの前に立ったのです。……それから、どうなったと思いますか？」

「女房がとび出してきて、よくも欺《だま》したなと嚙《か》みついてきたかね。それとも、生きた亭主が戻ってきたうれしさに、当座は少しやさしくなったかな」

「その両方でもありませんね。意外なことが起こっていたのです。女房は彼の友人、以前彼を図書館の書籍係に世話した男の妻になっていたのです。女房はパスカルが自殺したと思い、再婚したのですね」

「パスカルはどこまでもツイてない男だね」

「ツイてないですって？　それどころか」

と、美術雑誌記者は杯を眼の半分のところにあげた。

「そこで、はじめてパスカルは真の自由を得たのですよ。彼くらい幸運な男はいません。法律の権利と人生の自由と、両方を得たのですからね。女房の再婚によって、彼は真に解放されたのです」

画家はうなずいたあと、自分の杯をあげた。

「めでたい話だ。……少し、できすぎているが」

「そういう批評は、当時もあったらしいですね。批評家は筆を揃えて、この設定の非現実性を指摘したそうです。これに対して作者のピランデルロは抗議して、実際に自分自身の墓に詣《もう》でる立場になった男の新聞記事まで引用して、批評家たちの想像力の貧しさを嘆いたと言います。

これは、この小説について佐藤実枝《さとうみえ》氏が『世界文学鑑賞辞典』で書いている解説ですが、そのとおりにぼくが記憶したところをいうと、ピランデルロのこうした態度は、『個の一般性に対する抗議』であって、作品の内容ともつながるものだ、パスカルは彼の人生における固有の諸条件をまぬがれようとするかぎり、人生の追放者であり異邦人でしかあり得なかった。ここには人生と形式との、人間的実在と、人間を置き去りにする客観的存在との永遠の葛藤《かっとう》が描かれている、というのです」

「少しむずかしいが、わからないでもない」

「――あらゆる事物・物体・生命はそれが死滅するまで、このような、そしてこれ以外にはあり得ぬ形式の苦悩を持っているのである――と作者は言っている、と佐藤氏は書いていますよ」

「ふうむ」

「いや、矢沢さん」

と、美術雑誌記者は眼にある種の笑いを浮かべ、画家の顔を見て言った。

「作者のルイジ・ピランデルロは一九三四年にノーベル文学賞を受けたが、しかし、私生活では恵まれなかったようですな。やはり佐藤氏の解説ですが、彼は三十七歳のとき妻が精神異常者となって、それからは十五年という間、妻の理由のない執拗《しつよう》な嫉妬《しっと》に苦しめられました。その間、彼にとっては創作だけが唯一の希望だったそうです」

「………」

「彼はシチリア島生まれの劇作家でもあり小説家でもありますが、こうした彼の気の毒な人生を除いては、彼の創作の世界は考えられないのだそうです」

画家はバケツの水を掛けられたような顔になっていたが、

「飲もう」

と杯をまたあげた。

「イタリアのそのピラン……」

「ピランデルロ」

「なんでもいい。妻の理由のない執拗な嫉妬に苦しめられ、創作だけを唯一の希望として生きていた男のために……」

## 2

矢沢辰生は玄関のブザーを押す前に腕を見た。十一時を十五分過ぎている。うしろではタクシーが折り返して坂道を降りて行った。道幅のせまい両側は、外灯がさびしくならんで人影はなかった。ところどころ外灯が見えずに道路に光だけが溜《た》まっているのは、木立ちの枝がつき出ているからである。

ブザーを鳴らして待つと、窓に明かりがさしてドアが開き、妻の鈴恵《すずえ》が現われた。矢沢は、背の高い妻のわきをすり抜けるようにして中にはいる。靴を脱いでいる間に妻はドアに施錠して、サンダルを脱ぎ、さっさと奥に引っ込んだ。両方とも無言である。

矢沢には妻が不機嫌かどうかは帰ったとき一瞥《いちべつ》してわかる。外出時に妻が快く送り出しても、油断はできない。出るときと戻ったときの様子は別々であった。

今は不機嫌のようだった。ちっとも微笑《わら》わない。動作に節《ふし》がある。

矢沢は居間にはいって洋服をふだん着のジャケツと仕事用のだぶだぶのズボンに替えた。妻ははいってこなかった。気がむけば脱いだものをすぐに片づけにくるが、そうでなかったら明日の朝になる。矢沢はひとりで着替えるのに慣れていた。

ズボンをはきかえながら、鈴恵の不機嫌な原因を考えたが、思い当たるものはなかった。以前は、用事で出かけても女と遊んできたように邪推されたものだが、最近はそれも下火になっている。嗅《か》ぎつけられるものはないはずだった。だが、妻は何かきっかけがあると前のことを持ち出して険悪になる。

　鈴恵は茶の間にいる。矢沢は廊下を歩いてアトリエに行こうかと思ったが、まっすぐにアトリエに行けば故意に彼女を避けたように思われ、いつぞやのように後ろ暗いことをしてきたから逃げるのだろうと突っかかってこられそうだ。

　茶の間の襖《ふすま》を開けると、鈴恵はデコラの座卓のまえにすわっていた。顔も上げようとはしないでじっとしている。こっちは顔を出して引っ込めるわけにはゆかないので――そうしてもかまわないが、そうすると彼女がけわしい声を出しそうなので――卓の前にすわった。

　鈴恵は肩をうしろにねじまげて茶簞笥《ちゃだんす》の戸棚の高いところから湯吞《ゆのみ》を二つとり出した。背の高い女だから膝《ひざ》を起こさないでもそういう動作ができる。はたして横顔は決して和んだものでなかった。

　彼女は黙って急須《きゅうす》にジャーの湯を注《つ》いでいる。しぶしぶでも茶を出すくらいだから、それほど険悪な機嫌でもなさそうだと思い、ふと眼をやると茶簞笥の横わきにデパートの包紙をかけた函《はこ》が見えた。派手な模様が電灯の光をうけて浮いている。

「留守にだれか来たのか?」

　話のいとぐちができて矢沢はきいた。妻の不機嫌の探りでもあった。

「夕方に天野さんが見えたわ」

鈴恵は急須の茶を湯呑に入れながら言った。

「天野が」

天野仙太は二流どこの画商である。絵の催促に来たらしい。

「デパートでいいハムが眼についたから持ってきたと言っててらしたわ」

湯呑を彼のほうにちょっと押しやって言った。

「二十号の催促か？」

「口には出さなかったけれど、それで来たことはわかり切ってるわ。……いつ仕上がるの？」

鈴恵は眼を三角にして、はじめて視線をこっちにむけた。眼蓋《まぶた》の脂肪が落ちてからだんだんそういう眼つきになる。

「あと一か月かな」

矢沢は茶を飲んだ。

「そんなにかかるの？　画料は持ってきてるのよ」

その画料を取り上げているのはおまえじゃないか、と矢沢は口の先まで出かかったがやめた。

「いくら画料を先に持ってきても、気乗りのしないものは仕方がない」

「下塗りから少しも進んでないのね？」

「ああ」

「そんなに気乗りのしないものだったら、引き受けるんじゃなかったわ」

引き受けたのはおまえじゃないか、と矢沢はよっぽど言ってやりたかった。

鈴恵は画商との交渉に当たっている。今でもそれほど裕福なわけではないが、矢沢の無名時代の絵を、鈴恵は売ってまわってきた。会社や銀行の幹部社員のところに伝手《つて》を求めては持ちこんだり、名の知れない画商のところに見せに行ったりしては突き返され、値段を叩《たた》かれた。保険の勧誘員と行商とをいっしょにしたような屈辱を彼女は経験している。そのときからの習慣で、鈴恵は矢沢と依頼主や画商との窓口になってきている。

他の画家にも妻がマネージャー格になっている例は少なくないから、これは珍しいことではなかった。画家が仕事をしているときにそんな交渉に邪魔されたくないから、妻を代理にするようになった。また、金銭的な問題も画家は自分の口からは言いにくい。妻の側からすると、そんな雑事はいっさい自分が引き受けて、夫には制作に打ちこんでもらいたい「内助」なのである。

しかし、当然のことに、画家はマネージャーたる妻に支配される結果になる。この場合の妻は注文主なり画商なりの代理人である。また一方、その画家の絵をぜひほしい先は、これも当然にそのマネージャーである画家の妻に取り入らなければならぬ。画家に直接依頼する場合はきわめて少なくなり、そのマネージャーをとびこえることは禁忌《タブー》となる。もし、画商がそれを破ろうものなら、大家の場合は出入り禁止にもなりかねない。第一、画家のほうが妻の不興をおそれて直接の依頼には応じないであろう。――だから、ほしい画家の絵を求めたいなら、だれでもその奥さんに気に入られなければならない。

――おれは女房の使用人だ。

という自嘲《じちょう》的な声が仲間にひそかに出るのは、注文主や画商の代弁的な性格の妻を持っている画家だった。

矢沢は、自分もその部類にはいると思っている。

はじめのうちこそ、鈴恵が窓口になっているのを便利に考えていたが、あまり注文の取次ぎが多くなったり、仕上がり期日の催促が急だったりすると、つい癇癪《かんしゃく》が起きた。が、注文を引き受けたマネージャーは決してあとには引かなかった。請《う》けた責任があるからである。鞭《むち》に容赦がないといってよかった。

矢沢も無名時代に鈴恵に絵を持ち回らせているので、その弱味からあまり強いことが言えなかった。鈴恵もそのころの苦労を強調するのである。

よっぽど偉い画家なら別よ、と彼女は矢沢に言った。大家になれば、奥さんがなるべく主人に描かせないようにする。乱作によって権威と市価が下がるのをおそれるからである。

特定の画商は、画家の奥さんに寡作を要求する。けど、あんたのような、と鈴恵は矢沢に言った。あんたのような中堅クラスは今のうちにもりもり仕事をしなければいけないわよ、仕事をすることで、絵がよくなってくる、多作のなかから新しい方向の発見が生まれてくるわ。Aさんをみなさい、Bさんをみなさい、今でこそ大家でおさまってらっしゃるけど、あんたのような年齢《とし》ごろには精力的な仕事をなさってるわよ、と鈴恵は言う。

鈴恵が名を挙げた大家は外見ではそう見えても、内容的な要素が違っていた。それは彼らを押し上げる外側の有力なものがあったことだ。それが華やかな文学者の勢力集団だったり、有力な画商の思惑による宣伝だったり、また美術に偏奇《へんき》な趣味のある財界の大物の援助だったりした。それらはまた時代によって条件が違ってくるのだ。そうした外的援助が有効な時もあれば、効果のない時期もある。澎湃《ほうはい》と起こる芸術運動に適応すれば、幸運な潮に乗れる。

いくら押しても抓《つね》っても、おれにはそんなラッキーも才能もないよ、と矢沢は鈴恵に言ってやったことがある。だから、あんたはだめな人よ、と鈴恵は口をとがらせた。どうしてだめだい。気迫がないじゃないの、絵を見てもわかるわ。どんなふうにわかるか。デエモンがないわ、器用だけで描いてるわ。生意気言うな。そんなに怒鳴ったってだめよ、痛いところを衝《つ》かれたから怒鳴るんだわ、気力を集中させて描こうとしないからデエモンが生まれないんだわ、ほかのよけいな方面に気が散るからよ。

ほかの方面に気が散るから、と言われると矢沢は勢いがなくなる。これ以上口争いが昂《こう》じると芸術論から彼の過去の話題に飛躍することはわかり切っていた。そうなるとデエモンは彼女に憑《の》り移り、休んでいるヒステリー症状を誘発しそうである。

ある画家がマネージャー格の妻に「使われている」という意識を持つのは、妻が注文主や画商を代弁して制作数や期日の督促をするためだけではない。妻は交渉によって値段を決める（もちろん、画家にはそれについて形式的な相談はある）だけでなく、その画料を取り上げてしまうのである。このときも、もちろん画家には入金の報告はあるが、妻がその金を管理していることに変わりはない。すでに先方と値段の交渉などいっさいを妻に委譲している以上、その入金をこっちによこせとは言いにくい。妻の言い分は「預かっている」ことなのである。しかし、銀行の預金やその引出しなど、出納はすべて妻の権限に属している。画家は妻にその権限を渡したわけではないが、煩わしい雑事を任せた慣習が長い間にそういう実質的な形態になったのである。

矢沢は、必要経費、つまり制作の材料費はもとよりのこと、写生旅行の旅費とか、素性のはっきりしたお茶屋やバーの飲み代といったものは鈴恵に請求書によって支払いさせるが、小遣いは彼女の手からもらわなければならなかった。

小遣いといっても、必要な費用は鈴恵が集金にくる人に支払ったり銀行送金したりするので、矢沢自身はそれほど多く金を必要としない理屈になる。自然と矢沢は鈴恵に常識以上の金額を要求しにくく、もしそれを要求するときは面倒な説明が必要になってくるのである。

しかし、矢沢は金の自由も行動の自由もほしい。矢沢だけでなく、こういう立場におかれたすべての画家が同じである。

しかも鈴恵は「税金の関係」で、依頼先や画商が画料を現金で直接自分の手もとに届けるように指定していた。銀行振込みや小切手などは「税務署の都合」があるからなるべく避けてもらいたいと申し入れた。これも鈴恵だけでなく、同様の立場にある画家の妻もそれほど違ったことは言わないであろう。

絵だけを描かされて、画料は女房に収奪されているという画家の意識はかなり絶望的なものである。自分が金を握っていないから所有感がない。それも自由には使えないのである。金の不自由は彼の行動の自由をも制限する。

職業画家の絵はアトリエで制作されるのが原則である。妻は、始終アトリエに出入りしているから、どのような絵ができたかを一枚一枚、記録または記憶している。絵の渡し先もことごとくわかっている。つまり画家が臨時の金ほしさのために横流ししようにもできないようになっている。アトリエの絵はことごとくマネージャーの管理下に置かれているのだ。

このような拘束のもとにある画家になればなるほど金の自由を渇望する。それは行動の自由に比例する。画家の必要希求はそこに工夫を生まれさせる。そのひそかな工夫は、立場の同じ画家には共通性や類似性があった。——もっとも、これは画商と結託しなければ困難なことではあるが。

矢沢も、これまでときどきそれをやってきていた。

天野から頼まれた二十号の絵が容易に完成しないのは、画料が鈴恵の手もとにはいっていて、自分に一文もはいらないという虚《むな》しさだけでもない。まさかそんなことで芸術ことである。

天野は、その絵の注文を顧客先の某社の社長から受けているのだが、先方の好みというのが矢沢の気持ちとしっくり合わない。それで意欲が起こらないのである。鈴恵にはその理解がなかった。口ではデエモンがどうだこうだと言っているが、天野から請け合った義務に重点が傾いている。

これが画商との直接交渉なら、先方にも遠慮があるし、こっちも口実がいろいろとならべられるが、女房だと毎日の状況がわかっている。そのうえに遠慮がないから督促はきびしく、皮肉をまじえて責めてくる。苛斂誅求《かれんちゅうきゅう》というのは、税金などをむごくきびしく取りたてることだが、女房が亭主の労働を搾り取っている点でその言葉がぴたりと当てはまるような気がした。

「天野さんには、これ以上に言いのがれができないわ。いったい、いつできるの?」

鈴恵は湯呑《ゆのみ》を口に当てて、じろりと矢沢に眼を動かした。

「うむ。あと二週間ぐらいかな」

矢沢は煙草をとる。

鈴恵の不機嫌は、天野に督促されたせいらしいと矢沢は見当をつけた。

天野仙太のニヤニヤ顔が浮かんでくる。鈴恵に愛想を言いながらじわじわ攻めてきたに違いない。矢沢に会えばへらへらと笑うだけの画商だった。

「今夜は何の集まりだったの？」

鈴恵は話をかえた。

「集まりじゃない、森君と飲んでいたのだ。昨日、電話で約束したのさ」

その電話の取次ぎは鈴恵がしたから、今夜、森と会ったのは知っているはずだった。知っていて、わざと何の集まりだったかと聞くのは、以前に別なところに行くのに使った口実をまだ鈴恵が根に持っているからである。

何かからんでくるかと思ったが、鈴恵は話をそのままにして残りの茶を飲み、

「ヤス子があと一か月でやめると言ってるわ」

と言った。突然に話題をかえるのは彼女の癖だった。

「一か月でやめるって？　しかし、うちに来てからまだ一年にもならないじゃないか？」

ヤス子は二十一歳になるお手伝いだった。北海道のほうから来ている。

「まだ十か月よ」

「二年間は居るという約束じゃなかったのか。急にどうしたというんだ？」

離れてはいるが、別間にヤス子が寝ているので、矢沢は少し声を低めた。

「なんだか知らないけど、東京でいい勤め口ができたらしいわ」

鈴恵の不機嫌な理由がようやく矢沢にもわかってきた。お手伝いに辞めると言われたのが彼女の神経にさわったようである。

「ひきとめてもだめか？」

「この前から友だちだという女からヤス子にたびたび電話がかかってきていたから、きっと誘い出されたにちがいないわ。ばかにしてるわ、みんなこの家を東京に出る足場にして」

これまで地方から雇ったお手伝いの女のほとんどが一年か一年半ぐらいで辞めて都内で職を求める。出京までの旅費はこっちで負担しているので、何のことはない、東京で気に入った職に就くまで、この家は彼女たちの腰かけだというのが鈴恵の憤慨だった。

お手伝いが暇を取るというのは、普通でも気分のいいものではないが、鈴恵のような女はことに癇《かん》に障るのである。

「やめるというなら仕方がないよ。あとの口を急いで捜すんだな」

矢沢は口から煙を吐き、慰めるように言った。

「あと釜《がま》がそんなにすぐにあるもんですか。どの家も不自由してるのに」

鈴恵は八つ当たりするように尖《とが》った声で言った。

「じゃ、それまでのつなぎに派出家政婦会から来てもらったらどうだい。少々高くついても仕方がないよ。その間にゆっくり捜すんだな」

「いまどきの家政婦にはひどいのがあるらしいわ。農村からの出稼ぎで来ているおかみさんがはいってるというわ」

矢沢は今夜の森との話を思い出した。農村からの出稼ぎは男だけでなく女もある。家に残されているのは年寄りと子供だけだ。これは農村家庭の崩壊につながっていると森は言っていた。——そういうことから農村の出稼ぎ亭主の蒸発の話になり、イタリアのノーベル賞作家の小説「死せるパスカル」に移ったものだ。

「いよいよお手伝いがいなかったら、あんたに捜してもらうわ」

鈴恵は突然皮肉な表情になった。

「捜せといったって、おれにそんな当てはないよ」

「そんなことはないはずよ。ほら、いつかのモデル女のスミ子、あれ、どうしてるの？　あんたの言うことなら聞くはずよ。あの女をこっちに連れてきなさいよ、わたしが女中代わりに使ってやるわ」

鈴恵の形相が変わっていた。

3

スミ子というのは五年前に矢沢が問題を起こしたモデル女で、鈴恵は未《いま》だにそのことにからんでいる。

今でこそ皮肉を言ったり、ときにはその皮肉から自発して当時の感情がこみ上がってきてヒステリーが起こるが、そのころはそんななまやさしいものではなかった。

スミ子は二十一歳の、顔が小さくて身体の発達した、いかにもモデルむきの女だった。絵描き仲間の紹介でアトリエに一か月ばかり通ってくる間、つい、矢沢とそういう仲になった。はじめは旅館で会い、それからスケッチ旅行に伴い、しまいには女のアパートに通うようになった。

画家がモデルを使うのは仕事だから、画家の女房もべつに何とも思わないはずで、慣れてもいる。しかし、理解を示す女房でも監視の眼は怠っていず、鈴恵はそのほうの型《タイプ》だった。

もちろんモデル女のことごとくが画家に特殊な感情移入を与えるわけではない。つまりは好きな女もあれば嫌いな女もある。裸婦の材料として物質的に見つめているのが本来のものであるはずだから、容貌《ようぼう》の美醜はあまり関係がないわけで、絵は画布に創造される。また世俗的な美は、たいてい画家の美とは離れているのである。画家は現実を叩《たた》き壊し、自己の意識にある美を造型する。だからモデルの現実的な美には惹《ひ》かれないはずである。

しかし、好みはある。そのために画家とモデルの恋愛は生まれよう。もっとも、好みだからといっていちいちモデル女に愛情を感じたのでは身がもたないから、なるべくそういう感情を軽蔑《けいべつ》するようにする。

矢沢の場合がそうなのである。モデルと画布と両方を凝視していると、画布の上では造型の過程で格闘が生じる。その芸術的な苦悶《くもん》と精力の投入とによってモデルに抱く卑俗な感情は昇華され、払拭《ふっしょく》される。芸術のもつ至高性であり、現実はそれによって蹴落《けお》とされる。矢沢は、そのような経験をいくたびかもつごとに芸術の喜びを感じてきたのである。

だが、それは青臭い画学生の理論かもしれない。実際、そんな理論どおりにはゆかないことがたびたびあった。好みというのは天性のものだから仕方がない。矢沢は、対象とする女に惹かれそうになると、なるべくその欠点を拾い、それを拡大して見るようにした。

どのような女でも完璧《かんぺき》を備えたものはいない。現実的な顔の美について言えば、鼻の孔《あな》が大きいとか、頬骨が出ているとか、唇が薄すぎるとか、笑うと歯齦《はぐき》が出過ぎるとか、何か部分的な欠点はあるものである。その醜悪な部分を拡大して全体を否定すれば、きざす邪心から救われる。首から下の身体についても同様である。

モデルが好きになったら、女房の前でそのモデルの陰口をきくことだ、と教えた画家の友人がいた。それによって疑心を抱く女房もたいていは安心するものだという。もう一つは、アトリエに通ってくるモデルに女房をできるだけ接触させるようにしむけることだという。どこの女房も亭主と同格の意識をもつものであるから、モデルに対しては、その職業性から生じる雇用観念によって「主人」のような優越心理になる。すると、相手のモデルはライバルの女ではなくなるような錯覚に女房は陥るらしいというのである。早い話が、とその友人は言った。軽井沢《かるいざわ》などに夏を過ごしている画家の女房を見ろ、近所隣に名士の別荘があるものだから、それらの家族と保養地的《リゾート》なつき合いをしてもらっている、そのために画描きの女房がさ、名士夫人になったようなつもりなのがいるよ。

女の陰口を女房に言うことも、女との職業的な交際に女房を参加させることも、すべては女房の猜疑心《さいぎしん》を逸らす手段であるが、そのように上手には運ばないことがある。どこかでその手段と背馳《はいち》する証跡がこぼれて、女房の眼にふれるからである。たとえ対象の部分的な醜を広げてみても、画家はどうしてもそれに打ち克《か》てないことがある。そんな場合、芸術家である前にまず人間でなければならない。芸術は芸術家が空疎な観念で造るのではなく人間こそが血の出るような苦闘によって創造するからである、その地獄のような苦悶をなめる人間にのみデエモンが憑《の》り移る、といったような誰かの言葉が矢沢の頭に浮かび、女との人間的な苦闘にはいった。

およそ女性関係が苦悶から進行することはない。はじめは生の充実と愉楽に満ちる。スミ子との交渉のきっかけはありふれたもので、その進捗《しんちょく》も平凡であった。旅館で会うことも、スケッチの旅に連れ出すことも、遠慮がなくなってからアパートに行くことも、とり立てて言うほどの行動はない。

異常なのは、妻の鈴恵の側にあった。ことが露見すると、鈴恵は自殺をはかった。刃物を握って矢沢に迫ったこともある。

こういうことは過去に何度もあったことなので、矢沢もスミ子とのことでは用心と警戒を重ねたのだが、当初の用心も慣れるにしたがって惰性となるから矢沢に手落ちが生じたのである。

鈴恵をヒステリックな性格にさせたのは、結婚の当初、矢沢に別な女がいたとわかったときにはじまる。

——矢沢は鈴恵とは恋愛結婚だったが、その前から友人の妹とつき合っていた。鈴恵との結婚には先方の親の反対があって、矢沢は絶望のあまり東北を放浪した。三か月は、そのころはまだひらけていない十和田湖《とわだこ》近くの山の温泉宿を一室借りて自炊しながら絵を描いていた。そうして一、二度はそこに友人の妹をこっそり呼び寄せたものである。彼が二十六のときで、寂しさに耐えられなかったからだが、しかしまるきりの享楽だけでもない。彼女の愛情にほだされて、そのままいっしょに暮らしてもいいと思っていたのだ。鈴恵から両親が結婚を承諾したという電報がくるまでは……。

あれほど献身的な愛をささげてくれた友人の妹を矢沢が捨てたのは、その女との結婚に踏み切れないものが気持ちの中にあったからである。まだ鈴恵が現われない前で、これは気移りというものではない。その女は美しくはなかった。それが彼を結婚に抵抗させていた。この人と結婚すれば将来別れることになろう、自分は必ず他の女に惹かれる、この人にとっても自分にとっても不幸な結果になる、結婚することだけはやめよう、そう決心していた。女の愛情と、結婚とを切り離しての考えである。

道子という女だったが、矢沢は彼女から受けるだけの愛情は受けた。彼が二十六歳、道子が二十四歳、お互いが肉体の豊熟期といえる入口に立っていたときであった。彼女が滞在する間、絵は放棄され、夜も昼もない身体の営みがつづいた。それには東北の山の温泉という環境も手伝った。同宿の湯治客はほとんど農家の年寄りだったが、二、三人が廊下にうずくまって聞き耳を立てていたくらいである。自暴自棄のような生活だった。

スケッチ板を抱いて渓流を渡り白樺《しらかば》林の中にはいった。いまほど奥入瀬《おいらせ》に人が来ないころである。写生はせずに、道子と密林の中で抱き合った。彼女の愛情に流されて、いっしょに死ぬならこんなふうに体内から生命力をことごとく出し尽くし、涸渇《こかつ》の果てに意識を失いたいものだ、と思ったくらいである。

だが、年齢が年齢だった。身体に強靭《きょうじん》な若さがあった。自暴自棄に似た状態だが、まだ徹底的に打ちのめされた絶望ではなく、絵に対する将来の希望が天の一角からのぞく青空のように見えていた。そして、まったく不都合なことだが、その青空のまた一隅に鈴恵との結婚の可能が浮かんでいたのである。これがいつでも情死を承諾しそうな道子から彼を這《は》い上がらせることができた。

わたしがいっしょにいたのでは、あなたはいつまでも絵を描くことができないわね、と道子は言って彼女のほうから東京に帰って行った。それと入れ違いに、偶然にも幸いなことに、鈴恵からの電報が来たのである。

鈴恵と結婚式をあげる三日前に、矢沢は道子と旅館で最後の夜を過ごした。何かと準備に忙しい最中だったが、道子の胸中を無視するわけにはゆかなかった。

鈴恵との結婚のことは一週間前に道子に言ってあった。どのような悲劇が起こるかと恐れていたのだが、道子は思ったよりはあっさりと承諾し、あなたとはどうせ結婚できないと覚悟していたわ、あなたがわたしをそれほど好きでないことがわたしにわかっていたもの、と言って寂しく微笑した。彼女は矢沢に、おめでとうと言ったあと、初めて身体を激しく慄《ふる》わせて慟哭《どうこく》した。

結婚式の三日前に最後の晩を過ごしたいというのは道子からの頼みだった。矢沢はそれを拒絶することはできなかった。これまで受けた彼女の溢《あふ》れるような愛情と誠意を想えば、どうして切ない彼女の願望を拒絶できよう。

それには利己的な面もある。断わったら、道子がどんな手段を用いるかわからない危《き》惧《ぐ》があった。結婚式を女が邪魔したという例は世間によくある。また、恨みつらみの投書を結婚相手の女に出すとか、そのような遺書を残して自殺する例も少なくはない。矢沢はそうなることを恐れ、自分の幸福を防衛するために道子の意志に従った。もう一つは、鈴恵との結婚を三日後にひかえて肉欲の興奮があったこともたしかである。

気をつけなければいけない、と約束の日に矢沢は思った。友人の知人に、同じ状況のもとに女のアパートに出かけ睡《ねむ》ったところを女に殺された男がいる。違う女と結婚式をあげる前の晩のことだった。矢沢はそれを思い出し、不吉な予感に襲われたが、いまさら逃げるわけにもゆかなかった。約束を破ったときの女の怒りと不測の事態を考えるからである。責任はまったく自分の側にあった。悪い事態を考えれば、いくらでも悪く想像されるのである。

とにかく、睡らないことだ、熟睡が危ない、と矢沢は思った。眼を覚ましていさえすれば、どのような危険でも、とにかく防止できる、と考えて、その日はなるべく長く昼寝をとったあと道子の待っている旅館に行った。

だが、一晩じゅう睡らないでいることがどうしてできようか。これが別れの最後だと思うと、道子の愛情に包まれたとはいえ彼の情熱も燃えてきた。疲労が睡眠を誘わないはずはなかった。

夜が明けかかったころ、矢沢は道子からもう一度抱擁をせがまれた。ありがとう、と道子は礼を言った。これで、もう、わたしにも諦《あきら》めがついたわ、ほんとにわがままを諾《き》いてくださって、うれしいわ、ごめんなさいね、ありがとう。——矢沢は返事ができなかった。罪人のような気持ちになったが、心の底では、最後の危機が何ごともなくすんだことに安堵《あんど》した。

鈴恵との結婚式が終わった一週めに、道子は自殺した。

奥入瀬渓谷の林中で、紅葉がはじまるころだった。遺体は長いことわからなかったが、兄宛に遺書が届いたのである。矢沢宛のものは何もなかった。

これが鈴恵の耳にはいらないはずはなかった。噂というのはどこかから伝わってくる。半年後に矢沢は鈴恵から詰問を受けた。

矢沢は鈴恵に道子とのことを告白した。が、それは積極的ではなく、詰問に答え得る最小限度のものだった。だから隠していることが多かった。道子との愛欲の実態を伝えようものなら、新婚後まもない鈴恵は気を失うにちがいなかった。

鈴恵が矢沢を許せないというのは、自分との結婚直前まで、道子と交渉がつづいていた点である。一方にそういう女性と関係を持ちながら、素知らぬ顔で求婚した行為が不純だというのだった。欺《だま》したとも言った。弁解のできないことだったが、懸命に陳弁に努めた。

道子のことを君に言わずに結婚したのは、たしかに悪かった。だが、君がほしいときに、どうしてそんな勇気があろうか。告白すれば君はぼくから離れるにきまっている。それが何よりもぼくには耐えがたかった。告白しても君の結婚の承諾を得る自信がなかった。もともと道子とのことはぼくの一時の誤りであって、君との恋愛が生じる前にすべてを清算している。ただ、相手はいつまでもぼくに慕情を持った。それを振り切ってきたのである。ぼくが君に恋愛したのは決して不純なものではなく、また、欺したのでもない。君の両親が結婚に反対したとき、ぼくは絶望して、十和田湖に近い山の宿に隠《いん》遁《とん》していたではないか。あのときは、自殺も決心したくらいだった。……

矢沢はそう鈴恵に言ってきかせた。その山の宿に道子を呼び寄せ、自棄的な愛欲に沈《ちん》溺《でき》していたことなどは言葉の端にももらさなかった。道子が自殺したのは、ひとり勝手な煩《はん》悶《もん》の末であって、自分のまったく知らないことだと説明した。友人である道子の兄が持っている彼女の遺書の内容までは噂にのぼらなかったので、その弁明で何とか鈴恵を落ちつかせることができた。それに、鈴恵としても一種の勝利者のような気持ちになったであろうから、納得もわりあいに早かったのだと矢沢は妻の心理分析を行なった。

虚言が暴《ば》れたのは一年後のことだった。絵描き仲間で十和田湖の一件を知っている奴がいて、おせっかいなその女房が鈴恵にひそかにもらした。表面は、おためごかしか親密のつもりで、裏では悪魔的な好奇心をもつトラブルメーカーはどこにもいるものだ。

鈴恵は眦《まなじり》を決して矢沢に詰め寄った。こめかみに青筋が浮き、下唇を戦《おのの》かせて、顔から血の色を消している。矢沢は、結婚後約一年半にして妻の異常な嫉妬《しっと》の最初に逢着《ほうちゃく》した。

それからは監視がきびしくなった。何かきっかけがあると発作が起こる。過去のことが現在のように思えて腹が立つらしい。それがまったくとうとつに発生する。たとえば食後に台所で食器を洗っているときとか、鏡台にむかって化粧しているときとかである。いきなり茶碗《ちゃわん》を割る音がするので、矢沢が台所をのぞいてみると、鈴恵が矢沢の使う茶碗や皿や湯呑《ゆのみ》を砕き、箸《はし》を折って呆然《ぼうぜん》と立っている。茶碗の破片で彼女の指からは血が垂れていた。矢沢が抱きかかえるようにして部屋に入れると、矢沢の手や腕を引っ掻《か》いてくる。鈴恵は鏡台の前にすわっていると、化粧しながらいろいろなことを考えているらしい。そのうちに道子のことに行き当たり、むらむらと憤りが起こり、いきなり化粧瓶などを彼に抛《ほう》りつけてくるのである。

そのころは、矢沢も絵に必死だったから、ほかに浮気が起こる余裕もなかった。それに、過去のことですら鈴恵があのとおりだから、現在うかつなことをしたらどんなことになるか知れないという自戒があった。

もっとも、その十年の間、まるきり何もなかったのではなかった。スケッチ旅行の旅先での、職業的な女との一夜は言うに足りないとしても、絵の材料店に働いている女店員とか、場末のバーの女とかとの短い交渉があった。これは短期間だったたし、鈴恵に気取られないうちに処理できた。

そのあと、べつなバーの女との浮気では鈴恵につかまった。十分に気を使ったつもりだが、うっかりした油断があって証拠品を見つけられた。このときは、矢沢は一か月あまりも手の甲や背中に生疵《なまきず》が絶えなかったものである。

十年もすると、矢沢の絵もどうにか画商に認められるようになった。展覧会で何度か受賞を重ねると、美術評論家も新聞にとりあげてくれるようになるし、美術雑誌も書いてくれるようになる。

そのころから、矢沢は画料などのいっさいの交渉を鈴恵に任せるようになっていた。絵に精進するためにはそのほうが気楽だと思ったたし、大家や第一線の画家がほとんどそうだと聞かされたからである。軽率なことであった。「女房の使用人」になった自分に気づいたときは、もう追いつかなかった。

奥さんがマネージャーになっていることでも知られている老大家の絵が市場に出回り、うかつな収集家がその画家のもとに箱書きを依頼に行った。奥さんが自製の作品リストを見るとその絵は登録されてなかった。もちろん老大家は一言のもとに贋作《がんさく》だと宣言した。

老大家の死後、二人の子供まである女性の存在が知られた。ある画商が、一件の絵はたしかに自分のほうでひそかに別な場所で描いてもらったものだと言い出した。美術評論家もまたその絵の真実性を裏書きした。生前、わりあいに寡作で知られたその老大家の絵は、死後になって数がふえた。

奥さんをマネージャーとしている画家のなかには、小品や色紙、短冊などを奥さんの眼をかすめて手早く描き、こっそりと画商に渡して臨時の費用に当てる。もちろん税務署にも徴税の資料が押えられないことである。

なるほどな、と矢沢は聞かされて思った。自分も早く、そういう商品価値のある画家になりたい。——

4

森禎治郎から矢沢に手紙が来た。重みのある脹《ふく》らんだ封筒だった。

《先夜はまことに失礼しました。あのとき酔い心地でおしゃべりしたイタリアの作家ピランデルロの「死せるパスカル」の話に先生が興味をもたれたようにお見受けしたので、ぼくも間違ったことをお話ししていたのでは申し訳ないと思い、あれから家に戻って『世界文学鑑賞辞典』というのに当たってみたところ、あまり違ってないことを知って安心しました》

こういう書出しで便箋《びんせん》は十四、五枚ぐらいあるようだった。

矢沢はアトリエに引っ込んで読んでいる。大きな枠の天窓からも側面の窓からも陽光がなだれこみ、まるで戸外にすわっているような明るさだった。アトリエにいる間が自己の世界で、入口のドアを密閉し、女房の出入りも原則的に禁止している。もっとも、この原則は鈴恵の感情の在り方次第でしばしば破られはしたが。

《そこで、ぼくも、妻の精神分裂に悩まされ、劇作や創作を唯一の愉《たの》しみにして十五年間も耐えてきたピランデルロ当人の生活に興味が湧きました。いったい彼はどういう人間だったのか。だが、ノーベル文学賞の作家なのに日本にはあまり紹介されていないようで、関係書が見当たりませんでした。そこでフランス文学をやっている友人の書庫からどうにかそれらしい一冊を見つけることができました。マグダ・マルティーニ（Magda Martini）という人の「ピランデルロ」という評伝です。一読してぼくも予想以上に深刻なピランデルロの私生活に一驚し、かつ、打たれました。ぼくの拙《つたな》い訳文ですが、ご参考にもと思ってお眼にかけます》

美術雑誌の記者だが、文学好きな森の便箋はここで別の紙にかえられていた。

《ルイジ・ピランデルロは一八六七年シチリア島のアグリジェントに生まれ、ローマ大学で学んだのち、ドイツのボン大学で言語学を専攻した。

一八九四年アントニエッタ・ポルトゥラーを妻に迎え、ローマの高等師範学校で国語の教師をして暮らした。一九〇四年、妻の父が事業に失敗したのが原因となり、妻は精神異常者の徴候を示し、彼女が病死するまで家庭生活は悲惨をきわめた。こうした家庭の悲劇がピランデルロの作品に想像以上に大きく影響している。

一九〇四年に長編小説「故マッティーヤ・パスカル氏」（邦訳「死せるパスカル」）を発表、ピランデルロ独特の形而上的《けいじじよう》問題を早くも提示していた。これによって人間の本当の生命と、人々が安住している虚構の世界との関係を、極限状況にまで追いつめてみせた。第一次世界大戦後、小説家から劇作家に転身した。名作「作者をさがす六人の登場人物」（一九二一年）は、ヨーロッパの演劇界を震憾《しんかん》させた。その後、欧米各地を巡業して自作の喜劇を紹介、一九三四年にノーベル文学賞を授与された。

ピランデルロの戯曲のほとんどは『裸の仮面劇』という四巻の全集に収録されているが、なかでも「作者をさがす六人の登場人物」と「エンリコ四世」（一九二二年）はともに二十世紀の傑作といわれている。

彼の作品は一貫して虚構の世界の様々な極限状況を設定していて、その中でもがく登場人物の精神的な苦悩を奇妙な現代の悲劇として描いてみせる。たとえば「エンリコ四世」では狂人を扱い、「おまえにくれた生命」（一九二三年）では母親の固執観念を描き、「誰かになる時」（一九三三年）では有名人とみられることの悲喜劇を描き出している。

彼の作品は笑劇ふうの形式を備えているが、結局は人間の魂は理解し合えないというペシミスチックな人生観が色濃い。その哲学はベルグソンと相通じるものがある。

義父の死は、妻アントニエッタの精神状態をいっそう悪くした。それによって彼女の精神の爆発が彼女を錯乱させるのをどうにか押えていた柵《さく》は取り除かれてしまった。前にもまして彼女には父が偉大に見えた。彼女はますます分裂したことをしゃべりまくった。

ピランデルロは妻から逃げ出すために、町に一部屋を借りた。妻は力というものを熱愛し、弱さを軽蔑《けいべつ》する女だった。彼女にとっては夫が町に部屋を借りて自分から逃げ出したことは、自ら彼が敗北を認めたことでしかなかった。

妻のこうした神経症の場合には、荒々しい厳しさだけが彼女を制することができたのだ。彼女の病める脳のあらゆる気まぐれに従うことは、降伏することでしかなかった。妻は荒れ狂い、不幸は倍加された。ピランデルロは精いっぱいの慈悲で行動しながら、方法を誤っていた。彼は、妻の精神の分裂や、次の瞬間にやってくる反省などの中に、女の不可思議さを見てしまうのだった。

しかし、狂った妻を見捨てられず、気弱に脱《のが》れるピランデルロの人間らしい豊かな考察が、彼の未来の作品の萌芽《ほうが》となっていた。ピランデルロ的なあらゆる主題の大きな器《うつわ》に。

彼の芸術は、まさしくその偉大なる孤独から生まれた。逃亡という心弱いただ一つの方法で。——彼が不幸に苛《さいな》まれている同じ時に、彼の小説は世界を戦慄《せんりつ》させたのである。

アントニエッタの狂気は少しも回復の兆《きざし》を見せなかった。彼が妻から逃げることは、結局妻から脱れることにはならなかった。

不幸な妻アントニエッタは、そのまぎれもない狂気が世間に知られると、すすんでシチリア行きを決意したりもした。しかし、ピランデルロは医者や精神医の診断に絶望して妻をローマに連れもどした。医学では彼女を救うことはできなかったのだった。

ピランデルロはこの悲劇的な状況に一つの説明を加えるためにも、妻の心理をたどってみる。シチリアへの旅が彼女をその青春の日々に対《むか》い合わせたことを想って。しかし、妻の病状は悪化するばかりであった。

——現実の生活の中で、彼のイマージュは解体され、それを彼は作品の中で再構築する。その、いつも暗い部屋の、痛ましい気配の中に、妻の影はうずくまっていた。限りなく陰鬱《いんうつ》な、救いがたい悲劇が、ピランデルロのペシミスチックな、それでいて、寛大な芸術を生み出したとは言えないだろうか》

ピランデルロの妻の精神異常が、夫の素行による嫉《しっ》妬《と》からではなく、父親の事業失敗が原因とは矢沢にとって案外でもあり、いささか失望でもあった。芸術家の妻の精神異常は夫の浮気にもとづくと思っていたからだ。

しかし、その原因とするところを別にすれば、ピランデルロの評伝は、妻の鈴恵を脳裏に置いて、矢沢にいちいち対応するものがあった。

《こうした神経症の場合には、荒々しい厳しさだけが彼女を制することができた。彼女の病める脳のあらゆる気まぐれに従うことは、降伏することでしかなかった》

この一見矛盾した女房への対策は、実は表と裏とを一つに重ねたものなのである。

矢沢も鈴恵を思い切り突きとばしたり、殴ったりしたこともあった。訳のわからないことを言って手むかってくる彼女を荒々しい力で抑え込んだりした。それが妻の異常な興奮を抑制し、従順にさせる亭主の方法であると信じていた。

だが、気違いじみたときの妻にそれがどれだけの対症効果を上げ得たろうか。妻の想像はほとんど妄想に近く、その妄想に導かれての暴力が彼を襲ってきた。理屈で通じないことだから対話は存在しなかった。たとえ話をし合っていても、彼女の言葉は飛躍し、思いもよらないところから攻撃してきた。

アトリエに闖入《ちんにゅう》してきた鈴恵に、描きかけの絵のカンバスをナイフで切り割かれたこともあった。絵具を溶いたパレットをそのまま絵の上に押しつけられたこともあった。矢沢が構図を考えているときも妻の悪罵《あくば》は切れ目がなかった。

これでは仕事にならない。制作中は常に環境の静寂さと落着きとを必要とする画家には、妻の狂乱は致命的に近かった。妻の機嫌にこちらで従うほかはなかった。怒ったり笑ったり、放心したようにおとなしいかと思うと突然に嵐を起こして荒れくるう妻の気まぐれに従うのを賢明だ、と思うようになった。自分では待避だと考えていたのだが、ピランデルロの評伝の字句を借りると、それは《降伏することでしかなかった》のである。

いつから鈴恵はそうなったのだろう。その時期が絵の売れ出したころと一致している。金回りがよくなってからだった。

ときどきの、その場限りの浮気は、少しぐらいは妻に怪訝《けげん》に思われてもそう深くはとがめられなかった。そのころは彼女の神経も正常であった。

鈴恵の調子が狂ったきっかけは、瀬戸内海《せとないかい》のある都市から岩沢明美《いわざわあけみ》が彼をたよって出京したときにはじまる。その年の春、彼は写生旅行に瀬戸内海沿いを歩いたが、その町に一週間ほど足をとめた。夜は、二、三十分も歩くと通り抜けてしまう商店街があるだけで、ほかに行くところもなかった。が、奇妙にこの町はバーだけは多く、キャバレーとよんでいるのも二軒あった。

その一つに明美はいた。最初は彼女が楽団《バンド》についている唄《うた》い手かと思ったくらい歌が素人離れしていて、ステージ的なゼスチュアもなれていた。上背があって、短い髪が瓜《うり》実顔《ざねがお》の額のところで眉《まゆ》に垂れた格好など、有名な流行歌手にどこか似てないでもなかった。本人もそれを意識しているらしく、その唄い手の色気のある身振りを真似ていた。

両手でマラカスを振り鳴らしながらの唄が終わると、彼女は客のテーブルに行って笑ったり話したりした。客とダンスをするのを見て、矢沢は彼女がはじめてホステスだとわかった。

横にいる女に訊《き》くとアケミという名だと教えた。本名は岩沢明美だとはあとで知った。自分のテーブルに呼ばせた。ステージで見るよりは小柄で、あどけなかった。なよなよと腰を揺れさせるのは有名歌手の写しだった。アケミにもグラスをとってやり、二杯ほど空けたところでフロアに出たが、踊っていても、彼女の身体には本ものの歌手ほどの量感はなかった。

　踊りながら誘うと、明美は照明で瞳《め》を虹《にじ》にしてうなずいた。二十二、三ぐらいだった。微笑《わら》いながらのうなずきようなので、矢沢は彼女が本気かどうかわからず、店は何時に出られるのか、待合わせはどこにしたらいいのか、と訊いた。はじめて来たキャバレーだし、いきなり成功するとは思えなかったが、そのときは宿でひとり寝の退屈もあって、ぜひとも明美がほしくなり、日ごろの中途半端な気持ちを捨てて、彼は少し焦っていた。

　明美は十二時ごろに店の横に来てくれと言った。あんまり簡単に承知したので、これまでその手ですっぽかされた経験もあって矢沢は半信半疑だった。しかし、とにかく泊まっている旅館と自分の名前を教えた。旅館はこの町の一流だった。

　テーブルに戻った彼が帰ろうとすると、五十ぐらいの背の低い、貧弱な身体の女が来た。ママだと明美は矢沢に紹介した。厚化粧をしていたママは矢沢に愛嬌《あいきょう》をふりまいたが、彼が絵描きだと名乗ってからは、細い眼の奥から、客の品定めをしているような光が見えた。ママは明美を眼の前でほめた。

　矢沢はいったん旅館に戻り、十二時前にタクシーでキャバレーの横に行った。出てくる客の群れの中にまじって、明美がママと歩いていた。ほかの女たちもいた。矢沢はママがいっしょなので困ったが、明美が離れそうにないので、思い切って傍に行った。ママは彼を見て、自分の車でいっしょに行こうと言った。いかにも自然な調子で、運転手の待っている自家用車に三人で乗った。どこに連れて行かれるのかと思ったが、ママは今夜はわたしの家《うち》に泊まりなさいと矢沢に言った。名高い寺があるという山のほうへ車はうねうねと登った。舗装された自動車道路で、両側には桜の葉が茂っていた。登るにつれて旅館がいくつも見え、暗い中に乏しい窓の灯が見えた。公園のようなところもあったりした。曲がりくねった道の最後は山の頂上で、その広場の突当たりに三階建のホテルがあった。ママはホテルの経営者でもあったのだ。フロントから階段のある廊下の両側には陶器類をならべた陳列棚《ケース》がつづいていた。

部屋の窓からは、町の灯と、島影をはさんだ暗い海とが見おろせた。船の小さな赤い灯が海にちらばっていた。いま登ってきた坂道の外灯が螺旋状《らせんじょう》にならんで丘の陰に見え隠れしていた。

矢沢はママがここに明美を連れこませたことが気持ちにひっかかった。店の女のうしろで、貧弱な身体の経営者が狡《ずる》く糸をひいている気がしたのだが、明美にそれとなく訊くと、ママが自分を可愛がってくれていて、妙な客から護《まも》ってくれているのだと説明した。なるほど漁港で栄えているこの町では、荒くれだった船乗りもキャバレーの客になってくるだろうし、太い神経の団体客もくるだろう。地元にはヤクザもいるだろうから、経営者が店で大事な女《こ》のために客を選んでやるのは納得できた。矢沢は、自分がその選にあずかったのを内心得意に思ったくらいだった。

明美は二十六歳だった。が、風呂《ふろ》で化粧を落とした顔はやはり二十二、三ぐらいにしか見えなかった。身体も若く、腰も腿《もも》もひきしまっていた。矢沢はその中に没し、夜明け近くなって疲れて睡《ねむ》った。

窓のカーテンの隙間から朝の光と船の汽笛とがもれてくるベッドで、矢沢は明美の身上話を聞いた。五十をこした母と、まだ幼い妹と弟とがいる。母は小さな駄菓子屋をしている。自分が働かなければ一家の生活が苦しい。縁談は若いときかなりあったが、自分が店に働きに出るようになってからそういう話はなくなった。恋愛は二度あった。唄は好きで、キャバレーに出演にくる歌手の見よう見まねでやっている。歌手にアナが空いたときとか、途切れたときにはああしてステージに立っている。客の注文で唄うことが多い。

矢沢は、明美の唄ではすぐにものにならないにしても、東京か大阪に出して少し磨きをかければ、キャバレーなどで結構アナ埋め的な唄い手がつとまるのではないかと思った。こういう田舎町で同じことをやるよりも、東京や大阪なら、彼女にとっても生きがいになるだろう。収入も多く、どのような幸運にめぐり会わないとも限るまい。

キャバレーとホテルとを経営しているママのやり方を考えてみると、必ずしも明美が言うようにきれいごとではなさそうだった。げんに、自分が明美とこうして彼女のホテルで一夜を明かすことができたのもママのアレンジがあればこそだった。明美は遠慮してママのことははっきり言わないが、どうやらあの瘠《や》せて貪欲《どんよく》なママに客を取らされているような気がする。この女を東京にでも引っ張り出して自由な身にさせてやりたい気にもなった。

矢沢が冗談とも本気ともつかず、ぼんやりした程度で、明美に東京に出て働くつもりはないかと当たってみると、そういうことがかなえられたらどんなにうれしいかわからないと彼女は言った。眼は真剣な色に輝いたが、すぐにその光を消して眼蓋《まぶた》を伏せ、そんな夢なんか実現しそうにない、と投げやりな口調で言った。

矢沢も、その場ではあまり本気なことも言えなかった。うっかり約束して東京に出てこられたら、いっさいの責任を負わなければならない。彼女の働き口があるかどうかも不明だった。バーなら女の子が足りなくて新宿《しんじゅく》辺でもどこにでも押しこめられるが、歌が唄えるようなキャバレーとなると自信はなかった。とにかく、その場では、彼女が遠慮がちに言い出す金額の倍の金を与えた。ママの中間搾取を考えてのことである。

矢沢はそのスケッチ旅行から家に戻ったが、明美のことが忘れられなかった。一か月ばかりして鈴恵には口実を設け山陽《さんよう》地方を写生してくると言った。その前に、詳しい友人にキャバレーの事情をさぐってもらったが、普通のホステスならともかく、地方の店で唄っている女が、いきなり東京のキャバレーのバンドの前に立つのは、絶望に近いことを知らされた。

それでも矢沢は明美に会いに山陽の港町に出かけた。

## 5

どうして明美なんかを山陽の港町くんだりから東京に連れてくるようになったのか、矢沢はあとになってふしぎに思うのだが、そのときは自分を失っていた。もっとも、まるきり理性をなくしていたわけではなく多少の逡巡《しゅんじゅん》はあった。そんな若い女を東京に引っ張ってきたらえらいことになる、責任のすべてを負わなければならないぞ、そんな面倒が最後まで見きれるのか、その途中、妻の鈴恵に気づかれずにすむか、そして鈴恵に発見されたら明美と手を切ることになるだろうが、東京に連れてきた手前、明美から無責任に逃げられるだろうか。この心配が胸に揺れた。

だが、こうした理性はとかく躊躇《ためらい》と混同されやすく、躊躇は勇気のないことと錯覚される。矢沢は自分を勇気づけ、港町に三度めに出かけたときに明美の出京を約束してしまった。それは騎虎《きこ》の勢いというもので、その場の成行き、退引《のっぴき》ならぬ雰囲気の圧迫、案外うまくゆきそうな希望的観測、そうして無軌道に突入してゆくときの半ば虚無みたいなものが心理的に手伝っている。

矢沢はその方面に顔のひろい知人に頼み、ようやく新宿の「歌も唄える」バーともキャバレーともつかぬ店に明美を入れる約束をつくった。アパートも大久保《おおくぼ》の裏通りに借りてやった。敷金から権利金まで揃えて二十万円近くはかかった。家賃の三万円も、当分は月々負担しなければなるまい。

こういう決断ができたのも、矢沢の存在が画壇に知られ、絵が売れるようになったからである。画商も一流とは言いかねるがまあまあのところが付いた。すなわち、画商との交渉に当たるマネージャー格の妻の眼を晦《くら》まして画商にこっそり絵を渡し、それでポケットマネーを得るというあの憧《あこが》れの地位に到達していたのであった。十年も前から待望していたものが現実になったよろこびで、秘密な金の自由と行動の自由とにまさる愉悦はない。

一枚の短冊、一枚の色紙に何万円という大家の値段には及びもつかないが、それでも数でこなせば相当な収入になる。短冊、色紙類はいわば画家の余技で、どのようなものを描いても本業の疵《きず》にはならない。ただ、少しまとまった金が必要なときはやはり画布を油絵具で染めあげなければならなかった。

ところが、絵画となると鈴恵の眼にかくれて描くという芸当はできない。アトリエには仕事中用事のない限り出入り禁止だといっても、鈴恵にとっては茶の間の延長で勝手に侵入してくる。マネージャーだから仕事の連絡にくるのは当然で、叱りようもなかった。

そこで矢沢は戸外写生やスケッチ旅行に出かける。旅の宿で画商が要求するような絵を描いて家に戻る前に画商のところに寄って渡した。また、のちには小品を明美のアパートの部屋でも描いた。鈴恵には絵ができなかったといって新しいカンバスを買って持ち帰ればよい。画家が旅先で絵ができなかったり、気に入らずにカンバスを裂いて捨て帰ることは普通だから、鈴恵も怪しまなかった。二枚描いて、一枚を画商に渡して帰宅するという手もあるのである。明美を東京に呼びよせたころ矢沢もそういう無理を重ねた。

明美のアパートには二か月ぐらいの間に七、八回ぐらいも通ったであろうか。彼女は東京に出たら歌を本格的に勉強すると意気ごんでいたが、そういう様子もいっこうに見られず、夜、店に電話しても出ていないときもあった。アパートに寄ったがそこにもいない。若い娘だから東京の街を遊び歩くのは無理もないと思って、あまり気にしてなかった。

それよりも矢沢には、別な悪い予感がしないでもなかった。それは明美がもと働いていたキャバレーのママで、あの貪婪《どんらん》そうな女経営者が店の売れっ子をそうたやすく手放すとは彼も考えていなかった。それが実に簡単に明美の辞めるのを承知したのだった。もちろん裏に矢沢がいることはママも十分に知ってのことだ。彼も少々気味悪く考えないではなかったが、当人が辞める意志なら、いくら強い経営者でも、首に縄をつけてくくっておくわけにはゆかないだろうとも考えた。明美は店の係り客の未収分が十万円ぐらいあるとかで、その責任を果たさなければと言うから矢沢は十万円を彼女に渡した。それがまあその店との手切金のようなものだった。

明美はアパートで矢沢を待った。見ず知らずの東京に出てきて暮らすのだから、彼ひとりが頼りだと取りすがる。いつまでたっても、山陽の港町のママからは何も言ってこないので、ひそかに案じていた面倒は消えたものと矢沢は信じた。よく聞く話では、前の雇主があとで女の相手に因縁をつけるとか、悪いヒモが威《おど》しにくるなどというのだが、二か月近くしても何ごとも起こらないのだから、そういう後腐れはいっさいないものと思われた。ヒモがいないところをみると、あのママが「保護」していたという話も、まんざら嘘ではなさそうに思える。

矢沢は、ときどき明美の働く新宿のバーに客の顔をして行く。この店には楽団《バンド》があるのだが、ほかの唄《うた》い手はマイクの前に立っていても、ついぞ明美が唄っているのを見たことがなかった。彼女の失望を考えて、世話してくれた知人にそれとなく店の意向を聞いてもらうと、歌のほうはまだまだということだった。

有名歌手のポーズを真似てマラカスを振り振り思う存分に歌っていた田舎町のキャバレーのほうが明美にはよかったのかもしれない。やはり東京に引っ張ってくるのではなかった、と矢沢は後悔というよりも彼女が可哀相になったが、当人は案外と平気で歌の修業を口にしていた。店での明美の様子を見るとテーブルからテーブルをにこにこと渡り歩き、客にしなだれかかるところなど地方出とはいいながら見事なプロ根性であった。明美は、矢沢が席に着いてもずっとあとになって回ってきた。わけのある男の席には、女はすぐにはやってこないものである。

で来た。

破綻《はたん》は思ったより早かった。原因は予感どおりに、しかし結果はまったく意外な形態

明美の男が別のアパートで事故を起こしたのである。そのアパートは矢沢の行くアパ
ートとはまったく方角違いのところにあったが、部屋はまぎれもなく彼女の部屋だった。
事故は刃傷沙汰《にんじょうざた》だった。明美といっしょに寝ていた男が、怒鳴りこんできた関西弁の
男を斬りつけたのである。恐喝者は逆襲されて救急車で病院に担ぎこまれた。加害者は
警察に自首した。そこでいっさいが暴露した。

恐喝者は山陽の港町から上京してきたヤクザの組員だった。あのキャバレーの瘠《や》せた
ママがうしろで糸をひいていた。明美を自分の店に呼び返す手段にヤクザを使った。お
れの女房をどうしてくれるかというのは聞き飽いた彼らの手段だが、それで強奪した金
はその男の実収というママとの約束だった、と不運な脅し役は病床で自供した。

間違いは、その恐喝者が明美と客とを店から尾《つ》けてアパートにはいったのを見届けた
ところから起こった。東京の地理になれない遠い港町の男は、わかりやすい新宿のバー
で張りこめば、尾行によって彼女の巣に行けると知恵を働かしたのである。明美と連れ
立って店を出た恋人を恐喝者はママから聞いた画家と早合点した。ろくに対手《あいて》も調べも
しなかった恐喝男の軽率である。

東京に出てからの明美には、矢沢に隠れた恋人が確実に二人はいた。そのために彼女
は矢沢と会うときとはまた別なアパートを一部屋借りて、そこを交歓の場所に使ってい

た。日を違えれば複数の対手でもかち合うことはない。アパートが二つあるから、矢沢の訪問のときは一方が留守になっている。

明美にとっても不運だったのは、当夜の恋人が脅迫に恐怖して金を出す代わり、逆上して台所から包丁を持ち出して対手を刺したことである。小企業の中年社長だったが、身の危険を感じて前後を忘れて行動したと自供した。小心だったのである。

警察は、犯罪に直接関係ないことでも、関連した事項については綿密に調査するものだ。矢沢の線が浮かび上がり、警察は彼から極秘裏に参考聴取書をとった。

秘密裏にというのは、世間体もあるが、主としてその女房の手前を警察が考慮してのことだった。警察は同種の事件で経験を積んでいたから、友人の名で矢沢を電話口に呼び出し、当人だというのを返事で確かめてから警察の者だがと名乗り、ほんのちょっぴり明美の事故を臭わせたうえ、奥さんには黙って近所まで出てきてほしいと頼んだ。矢沢は無抵抗だった。

しかし、このようなことが妻にわからないですむはずはなかった。どこかで洩《も》れているなら必ずいつかは妻の耳にはいってくる。

明美の一件は鈴恵を逆上させた。よくも欺《だま》したな、ちきしょう、と眼を吊《つ》り上げ奥歯を鳴らしてとびかかった。矢沢は、妻が夫に対《むか》ってこのような形相を見せ、匹夫《ひっぷ》の如き罵声《ばせい》を発するとは想像もしてなかったので、まったく肝を奪われた。

なだめすかしても効はなかった。自分の過失を認めて彼が謝罪しても反応は見られなかった。妻は一方的な暴力で押しまくってくるだけであった。このときの妻の膂力《りょりょく》は、長い同棲《どうせい》者なのに彼の予想を越えたもので、それは呪術《じゅじゅつ》がかってすらいた。彼は木の葉のように押しまくられるだけだった。近所に声や音が聞こえてみっともないからやめろ、と言っても、通じる話ではなかった。対手が落ちつくのを待って耐えていられるのは被《マ》虐嗜好《ゾヒスト》者しかあるまい。

矢沢はその時は初めてだから顔をかばっていた左手で打ちかかる鈴恵の手を強くつかんだ。そうして向こうの攻撃がゆるんだところを、右手で思い切り横頬をひっぱたいた。鈴恵はよほど痛かったのか顔をくしゃくしゃにして眼を瞑《つむ》った。その顔が傾《ゆら》いだところをもう一度頰桁《ほおげた》めがけて叩《たた》いた。

鈴恵は崩れ落ちて畳に両膝《りょうひざ》を突いた。矢沢に片手をとられたままだから倒れもしないで、膝突きのまま宙ぶらりんのような格好になった。彼はその手を放さず、かえってぐいぐいと引っ張ったから、彼女は片腕をとられたままで引きずられた。矢沢は四角い部屋の中を円を描いて二、三回ほど重い物体を引きずった。

痛い、痛い、と喚《わめ》くので矢沢が思わず手を放すと、鈴恵はそこにうずくまり、引っ張られていた腕を片方の手に抱きこみ、自分で揉《も》んでいた。ばらばらになった髪を鉢のように伏せ、曲げた背中を大きく波打たせていた。前の乱れもちょっと直しただけだった。

矢沢は、その姿を上から見おろし、おい、ちったア性根にこたえたか、と見得を切るような心地になったが、鈴恵はふいにごそごそと這《は》い出してきて彼の片脚を両手でつかまえた。意表を衝《つ》かれたのと、その速さに逃げる間がなかった。

ばか、何をする、と背をかがめて鈴恵の肩を両手でこじ起こし突き飛ばそうとしたが、彼女は死物狂いに彼の片脚をつかんでいた。つかまったままの脚で蹴上《けあ》げようとしたが、これは自由が利かず、力も出なかった。むりにすると一本足が安定を失い、こっちが仰向けに引っくり返りそうだった。

放せ、ばか、何をする、と矢沢は叱ったが、対手の背中に手を打ちおろすこともできず、片脚を抜くのにもがくだけだった。

鈴恵は彼がそうすればするほど刺激によって興奮がつのるらしく、脚くびが痺《しび》れるほど両手で締めつけた。このうすばかが、若い女にうつつを抜かして何というざまだ、世間のいい笑いものだ、明日からわたしも外には出られない、どうしてくれる、くやしい、痛いかと彼女は言うなりふくらはぎのところに食らいついてきた。矢沢は悲鳴をあげ、痛いからよせ、ケガをするじゃないか、何をする、お、痛い、痛い、と横倒しになって脚くびを苦しまぎれに回転させた。鈴恵はさすがに口をはなしたものの、いっこうに手抜きはせず、裾《すそ》の乱れもそのままに、しっかりと彼の脚を押えたまま三角に尖《とが》った爪で脛《すね》をむちゃくちゃに引っ掻《か》いた。こいつ、と矢沢は背中を起こして鈴恵の首の根をつかまえて力まかせに畳に引き落とした。そうして彼女の頭上を五、六回も殴りつけた。

鈴恵は、殺せ、殺せ、さあ殺せ、と喚きながら下から身体を起こし、なおも動物のようにがさがさ這ってきて今度はズボンの上から太腿《ふともも》のところに武者ぶりついてきた。おうおう、と泣くとも呻《うめ》くとも知れぬ声を出し、ちきしょう、ちきしょう、と両手でがむしゃらにぴしゃぴしゃと敲《たた》いた。

明美のことがあってから鈴恵の態度が変わった。態度が変わったと言うよりも、それを契機に彼女の性格がひと皮むかれたと言ったほうがいいかもしれない、鈴恵にはもとから異常ともいえる性格があったのだ、と矢沢は感じ取った。

普通の妻だったら、こんなに気違いじみた行為はしないだろう、たとえ一時はカッとして我を忘れた乱暴はするにしても、ひと月もたてば落着きをとり戻すはずである。ところが鈴恵は半年あまりもそれを根に持ちつづけ、何か気にさわることがあると、まったく明美には関係ないことでも、その怒りをすぐに明美の一件に結びつけて逆上した。

女房の狂暴を力で抑えこむ愚かさを矢沢は知っていた。それは、矢沢だけが傷つく結果になった。鈴恵にはそれだけのデリカシイも知性もなかった。人前では口先でそれに似たような言辞は弄《ろう》するものの、夫に向かってくるときは狂的になった。そうなると言語は不通だから、矢沢はその理不尽な攻撃から逃げ回るのがせいぜいである。平静な環境を乱されては画架に向かうことも不可能で、はては自分のほうが苛々《いらいら》し、神経が尖ってくる。この憤りを爆発させたらおしまいだと思うから、脂汗を流すような思いで我慢し、ひたすら自分を殺して鈴恵の機嫌をとるようにじした。機嫌が悪くなる前ぶれは、慣れてくると自然に判断がつく。眉《まゆ》の間に縦皺《たてじわ》が寄ってきて、みるみるうちにこめかみに青い筋が浮くのだが、鈴恵のは簡単にその青筋が露呈するのである。矢沢はあわてて彼女の気に入るような方向に話題を持っていくが、そうなると彼のほうから多弁とならざるを得なかった。むだな饒舌《じょうぜつ》だが、それもいちいち彼女の気持ちを測りながらのおしゃべりだから神経が疲れる。ただ、それだけで相手の機嫌が直るという単純至極のものでなく、間違えると逆効果になって荒れてくる場合があるから、話しかた一つにしても顔色を読みながらのことで、気骨の折れることだった。

さいわいなことに、鈴恵は画料は全部自分が握っていると思いこんでいる。明美のことでも金がなくては不可能な話なのに、鈴恵はそのへんの追及はしなかった。そういう点が単純といえば単純で、また他のことには思考が回らぬ気味悪さでもあった。もっとも、夫の収入はぜんぶ自分にわかっていると鈴恵が信じているのは無理もなく、まさか画商と馴《な》れ合いとは、彼女でなくとも推理が及ばない。それで矢沢も息がつける。亭主によけいな金をもたせてないと鈴恵に思いこませている状態が永続したほうがいいのだ。

明美のことから一年半たって、矢沢は今度は画廊に働いている女店員とできた。これはわからないように半年ほどつき合った。連絡の行き違いで彼女から電話がかかってきたのをきっかけに鈴恵の追及をうけた。鈴恵は電話の日は黙っていて、一週間ほど彼の様子を窺《うかが》っていたようである。ある晩、彼が外出から帰って、その洋服を鈴恵は何気ないふうにしまったが、不用心なことに、そのポケットからホテルのスナック喫茶室の受取が出てきた。二人ぶんの飲食代になっている。ホテルは几帳面《きちょうめん》に些細《ささい》な飲み食いのものにも、いちいち領収証を発行するが、この領収証というのは、うっかりとポケットに入れてしまいがちである。あとで破くつもりでも忘れることが多い。

画廊の女店員には、ほかにも若いボーイフレンドがいたことがわかったのに、鈴恵は承知するはずはなく、暴れ狂い、そんなに邪魔になるのなら殺してくれと自分の頸《くび》に腰《こし》紐《ひも》を巻きつけ、さあ、締めろ、早く締めろ、と彼に身体を押しつけてきた。

## 6

矢沢は、あるとき「ヒステリー」の研究書を読んだ。

《ヒステリー患者における心的活動の全領域に対するこの重要命題をみなさんに証明してお見せするとなれば、それで何時間かを要することになりましょうが、ここでは少数の実例を挙げるにとどめねばなりません。きわめてしばしば見られるのですが、ヒステリー患者の心情的（敏感さの）ことを思いおこしてください。軽く見たというそぶりがほんのわずかあっても彼らは、まるで致命的な侮辱をこうむったかのように、それに敏感さを反応させるのです。ところで、もしみなさんが、二人の健康な人間、たとえば夫婦のあいだで、とるに足らない原因による、同様に、はなはだしい傷つきやすさをごらんになるとしたらどうお考えでしょうか。みなさんはきっと、目撃した夫婦喧嘩《げんか》が、さきほどのわずかな原因の結果にもとづくだけでなくて、長い期間にわたって、火薬がたまっていたのであり、さきほどの一撃によって火薬全量が爆発させられたのだ、と結論なさることでしょう。

しかし、どうかこの考え方を、そのままヒステリー患者に適用なさらないでください。痙攣的《けいれんてき》号泣、突発した絶望感、自殺の試みなどをひきおこすのは、それ自体はとるに足らぬ、最後に加えられた苦痛な体験ではないのです。これは、結果と原因とは比例するという命題を無視したことになるからです。実は、このちょっとした現実の苦痛な体験が、数多くのもっと強度な古傷を目覚めさせ、力を振るうにいたらしめたのであって、それらすべての苦痛な体験の背後には、重大ではあるが、ついぞ気づいたことのない、幼児期の苦痛な体験がかくれているのです》（フロイト『ヒステリー研究』懸田克躬・吉田正己共訳）

《幼児期の苦痛な体験》というのはフロイト流に性欲の面から解剖する精神分析だが、これは鈴恵の場合にはあてはまらない、と矢沢は思った。

彼は、鈴恵の幼時から知っていたのではない。鈴恵を識《し》ったのは彼女が二十二歳のときで、それからすぐに結婚した。いわば妻としての彼女しかわからないわけだが、それ以来の知識からしても彼女の幼時にさかのぼってフロイトのいう既往病癖があるとは思えなかった。

そんな遠いことよりも、鈴恵のヒステリーの原因は、きわめて近いところで、はっきりしている。それは矢沢が他の女と交情をもつことに対する嫉妬《しっと》から出ている。それ以外の要因はない。ただ彼女の場合、嫉妬が普通よりは強い。そして、その嫉妬も経験を重ねることによってしだいに昂《こう》じてきている。フロイトの言葉で言えば、自分たちの夫婦喧嘩の原因は二十数年間にたまった火薬の爆発であり、その火薬はまったく妻の一方的な嫉妬で練り上げられている。

しかし、痙攣的号泣・突発した絶望感・自殺の試みなど、フロイトが指摘した病的現象は、そっくりといっていいほど鈴恵に当てはまった。いったい、この異常さはどこからくるのか。矢沢はもう少しこの本を読んでみることにした。

《心的刺激に対する、異常で過大なヒステリー的反応というこの現象の主要部分については、別の説明も可能です。ヒステリー患者の反応は、一見しただけでは誇張した反応にすぎない。この反応は、われわれがその原因をなす契機のほんの一部しか知らないために、そのような外観を示さざるを得ない、と。

実際のところ、この反応は、興奮せしめる刺激に比例しているから、正常であり、心理学的にも理解できるのです。このことは、分析によって患者の意識している顕在的《けんざいてき》契機に作用を及ぼしてはいるものの、患者がそれに気づかないために、われわれに報告することのできないような、ほかの動機がつけくわえられると、すぐに見てとれるのです》

少し難解な文章だが、ヒステリー患者の異常反応には、もともと患者自身も気づかないような「体験」が下地にある。その下地が当人の意識している動機に影響を与えている。だから外見では誇張した反応のようだが、実際は正常なのだ、ということであろう。

これは絵のモチーフにならないだろうかと、ふと矢沢は考えた。女房のヒステリーに悩まされて対症療法のよすがにもと繰っていた本から、こんなことを思いつくのは、やっぱり絵描きの性分だな、と自分でも思った。人間に潜在する「体験」的な意識が、顕在的な契機に作用を及ぼしているという図柄。――心理の脈絡を造型してみせてはどうだろう。

だが、このときはまだそれが「思いつき」の程度であった。はっきりとモチーフに意図したわけではない。いわば苦悩の砂漠を彷徨《ほうこう》しているとき緑の林を幻想するようなものであった。

矢沢は、別な本も読んだ。日本の医学者によって書かれたものである。

《このように自分自身のもつ欠点や承認できない欲求を否定し、それが他人に原因があるかのように責めを外部に帰する心理的なメカニズムを『投射』という。妄想反応にはこの投射のほか、不当な欲求を理屈づけるはたらきがあり、このメカニズムがくりかえされているうちに、特定の人や事がらについて被害妄想・好訴《こうそ》妄想・嫉妬妄想・色情妄想などが形づくられていく。妄想の内容から見ると、大別して自分が迫害されたり憎まれたりしているという被害的傾向のものと、自己満足的に自分の能力や値打を実際よりも高く評価する誇大的な傾向があるが、よく観察すると多少とも被害傾向と誇大傾向の両方の特徴をもっている》（加藤正明『ノイローゼ』）

《他人に原因があるかのように責める》という《他人》は、鈴恵の場合、夫である矢沢に当たった。この本によると、それは心理的なメカニズムだという。とすると、そのメカニズムの繰り返しで、鈴恵の《被害妄想・嫉妬妄想》は形づくられてきたらしい。《痙攣的号泣・突発した絶望感・自殺の試み》は、鈴恵の上に見る矢沢の体験だった。

あれはモデル女のスミ子と事を起こしたときだった。鈴恵はいまでも、お手伝いが雇えないときは、スミ子を呼んでこい、女中がわりに使ってやると彼に叫ぶくらいだから、よほど強い印象がある。もっとも、それは鈴恵が自殺を企てた最初のケースでもあった。

矢沢が画家仲間の会合があって、家に戻ったのは夜なかの二時ごろだった。酒の好きな先輩がいて、会のあとで二次会、三次会とハシゴ酒してまわった。矢沢は危ないな、とは思ったが、先輩が音頭をとっていることだし、みんなもつき合っているので抜けることができなかった。

玄関でブザーを押したが、いくら待っても鈴恵は起きてこなかった。睡《ね》ったふりでいるのに違いなく、矢沢の帰りの遅いのをスミ子のところで遊んでいるものと邪推しているのだ。

そのころはモデルとして通ってくるスミ子との間が鈴恵にわかってしまい、スミ子は来なくなっていた。このときもたいそうな騒動だったが、矢沢は妻の前ではもう無関係のような顔をして陰でスミ子と会っていた。ときどきは彼女のアパートに行った。なにぶん妻の監視がきびしいのでそれは細心の注意と策略とを要した。

だが、結局はそれは妻に握られ、彼女の痙攣的号泣と狂気めいた怒りとが、彼の上に襲ってきた。だが、矢沢としては、そうだからといって無責任にスミ子を突き放すこともできず、スミ子が納得するように漸次《ぜんじ》別れる方法をとった。といってもこれは鈴恵にはもちろん内密で、彼女に向かっては、とうに女と手が切れたような顔をしていた。

矢沢も、鈴恵がそれをまともに信じていると思ってはいなかった。それでなくとも猜《さい》疑《ぎ》心《しん》の強い女である。で、十分な警戒をしていたのだが、もちろんそれはいつどういう事態が発生するかわからない怖れにつながっていた。そうまでしてスミ子と会っていたのは、やはり彼女を手放すのが惜しかったのである。妻が感づいているという予感におびえながらも、スミ子をひと思いに振りはなすことができず、家を出るときも帰るときも、いちいち鈴恵の一顰一笑《いっぴんいっしょう》を窺《うかが》うありさまだった。女に会いに行くのではない、他の用件で外出する際も、同じ怯《おび》えがあって、つい妻の顔色を見ることになる。《たまった爆発》がいつ爆発するかわからない怯えであった。

先輩や仲間とハシゴして回っているときにも、悪い予感で、つき合うのにも心そぞろだったが玄関のブザーを押してもいっこうに反応がないと知ると、胸が波立った。いや、もうそれはタクシーが家の前にしだいにちかづくころからだったが、いつまでたっても妻が戸を開けないとわかると、彼にも意地のようなものが出てきた。あるいはそれは窮《きゅう》鼠《そ》猫を嚙《か》むていのものだったかもしれない。とにかく裏の戸を蹴破《けやぶ》るようなつもりで勝手口のほうに回ると、こっちの格子戸は意外にも手をかけただけですうと開いた。内側からの施錠はしてなかったのである。

中にはいったが、灯は全部消してある。暗がりから大きな鼾《いびき》が聞こえていた。矢沢は強盗がはいって鈴恵に凶行に及び、くたびれて寝込んでいるのかと瞬間に錯覚したくらいだった。家の中は鈴恵ひとりしかいないし、彼女は鼾をかく女ではなかった。

寝室になっている部屋の襖《ふすま》を開け、電灯をつけると鈴恵が自分だけの蒲団《ふとん》を敷いて寝ていた。つまり、矢沢の蒲団はなく、そこは畳がひろく空いていた。畳がこんなにひろく見えたことはなく、一人ぶんの蒲団がこんなに侘《わび》しく見えたこともなかった。

鼾の主は鈴恵だった。実は蒲団の感想は瞬時に起こったもので、彼の動転は枕元の睡眠剤らしい瓶を見ることによってはじまった。その瓶は枕から三センチばかりのところに、空になった状態をよく見せるように、きちんと立ててあった。

電話で医者が看護婦を連れてきたのは一時間ぐらいしてからだった。救急車をと初めは考えたが、何もかも世間に知れるスキャンダルをおそれて、かかりつけの医師にきてもらった。日ごろ話好きの医者も、このときは、むずかしい顔で胃洗浄とか注射とかの処置をすませ、終始無口のままだった。三十分もすると鈴恵の意識が戻り、眼を開けてきょろきょろし、びっくりしたように上からさしのぞく医者の顔を見ていたが、矢沢の顔に瞳《ひとみ》を動かしてからようやく自分の行動に思い当たったらしく、急に顔をそむけた。医者はあとの看護のことだけを矢沢に短く言って、不機嫌そうに看護婦を促して帰って行った。世間には洩《も》れなかった。

矢沢があとになって考えると、鈴恵は本当に自殺するつもりで薬を飲んだかどうか疑わしいのである。本気に死ぬつもりだったら、裏口の戸を開けておくはずがないではないか。日ごろ戸締まりには神経質なくらいの鈴恵が、深夜まで錠もかけずに放置しているわけはなかった。裏戸を開けておいたのは、帰ってくる夫に早く発見させるつもりだったのだ。つまり彼女は夫に対して面当《つら》ての、狂言自殺を行なったのである。

だが、そういうことも、矢沢は鈴恵に向かって言葉のはしにも出せなかった。言ったら大変である。それでなくとも彼女の「自殺未遂」のあと、吹き荒れる暴風に、矢沢は頭を両手で押えてうずくまっていなければならなかったのだ。――荒れ狂う妻のこうした神経症の場合には、そのあらゆる気まぐれに従うことで降伏するよりなかった。

すべて悪いことは矢沢の責任にしなければ気がすまないのが鈴恵の性格だった。彼女は自分の落度は少しも認めなかった。どうみても彼女の非としか考えられないようなことでも、それを矢沢のせいにした。たとえば、明らかに彼女の失策――不手際によることとか、失念による手違いとかいうような種類でも、その原因を彼に帰した。

それは巧妙な論理のすり替えとか、白を黒と言いくるめるようなまわりくどいものではなく、きわめて率直で、短絡的であった。

――わたしをこんなふうにさせたのも、もとはといえばあんたのせいよ。

こういう言葉で、すべての責任は彼に転嫁させられた。自分は絶対に正常なのだが、不覚な過失は夫の悪業が彼女に禍《わざわ》いしているからだというのである。もともとこの言葉は、鈴恵が興奮から平静に冷めたときに、矢沢がその反省を求めたときに発せられたものが口癖になってしまったのである。

ところで、その興奮時の狂暴状態については、鈴恵は記憶していることもあるが、こっちで嘘ではないかと思われるくらいほとんど自覚してないことがあった。矢沢が詳しく話してやると、彼女もとびとびには覚えているところもあるので、わたしをこんなふうにさせたのもあんたのせいよ、あんたのおかげよ、あんたの責任よ、と逆に詰め寄ってくるのである。

これは嫉妬《しっと》妄想とともにならべられる被害妄想であろう。その心理的根底には《自己は絶対に正しい》という確固たる精神構造がある。したがって鈴恵の場合は、この嫉妬妄想・被害妄想から攻撃妄想に移行してくるのである。

嫉妬妄想でも被害妄想でもいいが、そこから派生するものに幻覚がある。幻覚は通常の性格の人間にもあるということだが、通常の人間は、たとえそれが見えても他人にあまり訴えることはしない。しかし、鈴恵はしばしば幻覚を見て、それが事実であるかのよう錯覚し、行為に爆発するのである。

あれはスミ子の前の、画商の女店員とのときであったが、矢沢が鈴恵から絞殺してくれと彼女が自ら首に巻いた腰紐《こしひも》で迫られたあと、すぐに女店員と完全に別れた。一つは女店員に若い画家志望者や画学生の恋人がいるとわかったからでもあるが、矢沢としても、初めて知る鈴恵のすさまじさに恐怖したからでもあった。ところが、鈴恵は、彼が女と別れたことをなかなか信じなかった。

ある晩、友人の書いた美術評論集の出版記念会に出て帰宅すると、いきなり鈴恵の攻撃をうけた。女と会っていたろうと詰《なじ》ってくる。そういうときの鈴恵は、こめかみの筋が腫《は》れたように浮き、蒼白《そうはく》になって眼がすわっている。ものを言わないうちでも猛威が予見された。

いくら出版記念会のあった会場や時間、そこで挨拶《あいさつ》をかわした人々の名前を矢沢が挙げても、彼女はいっこうに承服しなかった。あんたが女といっしょに連込み旅館から出てくるのを、自分は見たと言うのである。その旅館の名前も、場所が新宿であることも具体的に言う。

今夜おまえは新宿なんかに行きはしないじゃないかと矢沢が言うと、たしかにその前を通ったと鈴恵は言い張った。あとでわかったことだが、鈴恵は矢沢が会に出たあと、代々木《よよぎ》まではタクシーで行ったらしい。知合いに不幸があって、お通夜の席にちょっと顔を出したのだが、それが錯覚というよりも妄想の生じる原因だった。新宿と代々木とは近いといっても場所が異なっている。しかも代々木にもその途中にも、鈴恵の言うような名前の旅館はなかった。タクシーの中からの見間違いというようなものではなく、完全な幻覚であった。

いま、矢沢がフロイトの翻訳書を読んでいると思い当たることが多い。

《ある勤め人が上役に虐待された結果、ヒステリーになった。発作が起こると、倒れて猛《たけ》り狂うが、口も利けないし、幻覚があらわれるわけでもない。ところが催眠状態でこの発作を誘発してみると、この患者の口からわかったことは、彼は街路上で主人に罵《ののし》られて、ステッキで殴打されるという場面を再度体験しているのである。この患者は二、三日たつと再びやってきて、同じ発作がまた新しく起こったと訴えた。催眠術によって今度も病気の突発と元来関係をもつ場面を、彼が体験していることが明らかにされた。つまり、それは法廷の場面であって、そのとき彼は虐待に対する損害賠償をかちとることに成功しなかったのである》

この患者の場合は損害賠償が取れなかった、そのために、主人からの虐待が心理的に中止されず、継続状態にあったことからヒステリーになったのであろう。鈴恵の場合は、矢沢がいくら女と別れたと言ってもその保証がなかったので、彼女は信じなかった。証明がない限りその嫉妬妄想・被害妄想が継続していたのである。

もっとも鈴恵の猛威が始終発揮されるというわけではない。それは間歇《かんけつ》的であって、日ごろは平静なのである。矢沢はそれを彼女が金銭のいっさいを握り、自分をマネージしていると考えていることでまだまだ落着きを残していると解した。それが、まだしも彼女の継続的な暴発を防ぐ柵《さく》となっていると思っている。

だが、これは、矢沢にとってはたまったものではなかった。

7

結婚は偶然である。恋愛も偶然なら見合いも偶然である。

その出会いで一生を共にできるかどうか、お互いにわかるわけはない。一、二年間の恋愛、二、三回の交際程度で生涯の相手を予見するのはよほどの天才でない限り不可能である。日本全国何千万人のなかの二人がたまたま出遇《であ》っただけのことなのだ。街角で衝突したようなものだ。ほかにいくらでも適性の人間がいるはずであった。

ところがその偶然で一生を共にしなければならない必然性が生じてくるのは奇怪というほかない。必然性の多くは外的条件によってつくられることが多い。肉親の関係とか世間体があるとか子供ができるとかである。世間はまだ離婚を罪悪視している。儒教をとり入れた封建制度の名残りだが、当時の時代観念では家族制度の崩壊がそのまま体制の崩壊にもつながるので、親子は一世、夫婦は二世てなことを言っていた。亭主と女房を主従関係にして、これを単位に封建制度の主従関係が築き上げられていた。家庭における「貞《てい》」は主家に対する「忠義」と同質であり、夫婦別れは封建君主と家人の結合を分裂させることを意味した。

戦後になってもこの観念がまだまだ尾を引いていて保守的な「世間」を残している。これに気がねして思い切って離婚ができないうちに、ずるずると機を失って年をとってしまうのだ。若いうちだと女は別れても二度めの恋愛や結婚の機会があり、独立の生活力ももてるが、年をとるとその可能性もなくなる。経済力の不安から家にしがみつき、居直って亭主を支配しようとする。亭主に憐《あわれ》みを乞《こ》う消極的な立場よりは、彼を支配するほうが積極的な防御なのである。

そういう意味で近ごろの若い人がすぐに離婚するのはまことに合理的で、羨《うらや》ましい。何かの雑誌に出ていたが、統計によると十分間に五組の結婚式があり、三組の離婚届があるという。結婚後一年以内に離婚の率がどのくらいかということも新聞に出ていた。若い人が勢いよく離婚をするようになったのはいいことである。最近になってようやく若い層に「世間体」が意識されなくなったのだ。

その彼らでも、もう少し離婚の機が遅くなると、家庭の中の夫婦という因襲の絆《きずな》と憎悪の帯《おび》に縛りつけられて離れがたくなる。年を経るにしたがって相互の憎悪はしだいに濃くなる。因襲によって妥協するか、諦《あきら》めるか、闘争するか、あるいはまったく放棄して自分の殻に立てこもるかである。世間体をとりつくろって平和な家庭を装い、内情を他人に見せぬために平静な微笑を浮かべれば、それだけ憎悪は内攻する。こうして二度と得られない一生を索莫《さくばく》のうちに終わることになる。

わずかな最初の出会いのために生涯を棒に振る、これ以上の大きな不合理はない。望みどおりのことをしようと思っても、そこはそれ儒教的な因襲社会に遠慮して、こうすれば世間がどう見るだろうとか、何を言うだろうとか、いちいち自分のほうからの気がねが先に立ち、右顧左眄《うこさべん》して逡巡《しゅんじゅん》する。そうして家では憎悪している妻の一顰一笑《いっぴんいっしょう》に小心翼々としていなければならない。それというのが、外でも内でもよけいな面倒を起こしたくない中年の因循姑息《いんじゅんこそく》な根性からだ。――矢沢はそう思っている。

矢沢は十何年も以前のことだが、鈴恵と口争いしたとき、おまえとはもうきっぱりと別れるから出て行け、と怒鳴ったことがあった。そのとき鈴恵はもちろん激しく反抗してきたが、まだそのころは彼女も異常性格にまでは到達していなかった。彼女は着替えなどをトランクに詰めて家をとび出して行ったが、遅い夜のことだし、東京には親戚《しんせき》も親しい友だちもなく、矢沢のほうで心配になってきた。ふらふらと歩き回っているうちに妙な了見を起こして近くの鉄道線路にとび込むとか川に身を投げるとかの不吉な幻想も浮かんできた。以前、奥入瀬の渓谷で薬を飲んで死んだ道子のことが思い出されたのである。矢沢は少々心配になって、駅のほうに向かって眼をきょろきょろさせながら歩いていると、暗い空地のところに鈴恵がトランクを提げて悄然《しょうぜん》と立っているのを見つけた。おい、馬鹿な奴だ、帰ってこい、と言うと彼女はうしろからついてきた。

それで鈴恵がおとなしくなったかというとそうではなく、こぜり合いはたびたび起こる。別な日に、また別れるから出ろと言うと、彼女は今度も憤然として家を出て行った。それも夜ふけであった。前のことがあるので、勝手にしろ、このまま別れるのだったらもっけの幸いだと心を決めて、ひとりで睡《ねむ》った。どれくらい睡ったかしらないが、夜中にふと人の気配がして眼をさました。電灯を消していたが、ベッドの裾《すそ》の下にうすぼんやりと鈴恵がすわっているのが見える。いつのまにか外から戻って、着物も着替えずそのままうずくまっていたのだった。

そんなところで何をしているのだ、と矢沢が言っても、鈴恵は返事をしなかった。押し黙ったまま、向こうむきになって背中を曲げ、ベッドの下にしゃがんでいる。矢沢は半身を起こして二こと三こと言ったが、彼女は耳をふさいだような格好で、ますます身体を硬くし、唖《おし》になっていた。いったん家をとび出しておいて、こっそりと戻ってきたのが体裁が悪かったのだろう。帰ってきたのが気の折れた証拠だが、意地で素直になることもできず、ふてくされた様子ですわりこんでいる。

矢沢も勝手にしろと横たわったが、そのまま睡ってしまった。そうして何時間かして眼がさめると、鈴恵はまだベッドの下で身体をエビのように曲げていた。強情な女だと思ったが、その姿に哀れを催してきた。

いまから考えると、あの二つの出来事は鈴恵の策略であった。空地に立っていたり、ひと晩じゅう寝ずに巫女《みこ》のようにうずくまっていたりしたのは、こっちの心を舐《な》めての芝居だったのだ。あのとき、もう少し強い態度に出て徹底的に拒絶していたら、鈴恵とは完全に別れられていたのだ。十何年も前のことだから、まだお互いに若く、簡単に離婚の可能性はあった。あのときのつまらぬ妥協が、現在の煉獄《れんごく》となっている。

こっちの妥協と忍耐の連続がそれだけ鈴恵には暴力をもたせる結果になった。女の無知が男の慈悲的な妥協を無力だと勘違いして侮っている。ルイジ・ピランデルロの評伝には《妻は力というものを熱愛し、弱さを軽蔑《けいべつ》する女だった》とある。この力とは妻自身の持っている力のことであり、弱さは夫のそれであった。矢沢は自分の場合にひきくらべてそう解釈する。《ピランデルロは精いっぱいの慈悲で行動しながら行動を誤っていた》。自分もそうだと矢沢は思った。

わずかな息抜きを求めると鈴恵の狂気が襲ってくる。すでに鈴恵は通常ではなかった。矢沢はヒステリーの書物を読んで鈴恵がその患者に完全に該当するのをたしかめた。被害妄想・嫉妬《しっと》妄想・偏執妄想・自尊妄想などの症状のことごとくを鈴恵の実例に求めることができる。

鈴恵はそうした自分の欠点に気がつくことがあっても、わたしをこんなふうにしたのはあんたのせいよ、あんたが悪いのよ、と夫を罵《ののし》る。……《このように自分自身のもつ欠点や承認できない欲求を否定し、それが他人に原因があるかのように責めを外部に帰する心理的なメカニズムを『投射』という》

――しかし、ヒステリー症状だけでは精神病院に拘禁することはできなかった。それはせいぜい総合病院の精神科で治療をうけさせることだけである。が、それは鈴恵が絶対に承知しない。口にしただけでも激怒し、何をするかわかったものではない。……それに彼女は始終興奮しているわけでもなかった。日ごろは通常の人間と変わらない。何か刺激を与えるとき以外は何でもないのだ。いや、刺激を与えるというのは正確ではない。「刺激」を彼女が勝手に受けるのである。それも被害妄想的な幻覚から発しているのだが。

矢沢は、これまで自分のほうから家をとび出そうと思ったことが何度もあった。そうなったらどんなにいいだろう。だが、それも不可能である。技術的にはもう一軒アトリエをつくらなければならない。これが面倒だ。また、関係先にいちいち言訳や説明をしなければならぬ。対手《あいて》はどうせ好奇心から訊《き》いてくるのだから、陰口をきかれるにきまっている。妙な噂がとぶのもわかりきっていた。友人の画家たちは嗤《わら》い、その女房連中は離婚を犯罪のように非難するだろう。ピランデルロは妻から逃げだすために、町に一部屋を借りた。しかし、画家は劇作家と違って、仕事場の道具立てがたいそうである。ピランデルロの妻にとっては夫が町に部屋を借りて自分から逃げ出したことは、彼が自ら敗北を認めたことでしかなかったというが、その敗北者は妻に降参してすごすごと再び戻っている。

鈴恵が一時期でも彼が《町で部屋を借りる》ことを許す道理はなかった。彼女は夫の仕事のマネージと収入の全部を握っている。夫の逃亡は、彼女が自身のために築き上げた経済的な蓄積と基盤を根底から崩壊させることだった。

別れるに当たっての条件として、これまでの貯蓄の全部と家と土地とを提供すると言っても、鈴恵は承知しないにきまっている。妻に悩まされた芸術家がそのような条件で自らは裸一貫で家をとび出した例も聞くが、鈴恵にはそれが絶対に通じない。彼女の物欲的貪婪《どんらん》は、収入の永続に執念している。

ああ、鈴恵と別れたら、どんなにいいだろうと矢沢は思った。その収入はことごとく彼自身のものになる。何に使おうと勝手だ。女のために費やそうと好きな物を買おうと自由である。そうなれば今度こそ気に入った女を見つけることができる。独身の画家で、まずまずの収入があれば女のほうから近づいてくる。どうせ心から満足する女はいないにちがいないから契約の形式でいい。いつでも解約できる形式の。——絵の注文をうけるのも今度は自分の自由だから、女房から使われることはなくなる。好きな仕事だけ選び、期限も自分の意志で決め、適当に働き適当に遊ぶことができる。こんりんざい女をマネージャー格にしてその使用人になることのないようにせねばならぬ。遊びに出かけるのにも、女房の顔色を気にし、帰るのにも玄関前で言訳を考えるような惨めさから解放される。それだけでも生きるよろこびがあり、長生きもできよう。

しかし、どんなことを考えたところで、それは結局空想でしかなかった。現実にはとうてい実現不可能なことだった。そんな希望を妻にちょっとでももらせば、どんなに荒れ狂うかわからなかった。

《妻は荒れ狂い、不幸は倍加された。彼は、妻の精神の分裂や、次の瞬間にやってくる反省などの中に、女の不可思議さを見てしまうのだった。しかし、狂った妻は見捨てられず、気弱に脱《のが》れるピランデルロの人間らしい豊かな考察が、彼の未来の作品の萌芽《ほうが》となった。ピランデルロ的なあらゆる主題の大きな器に。彼の芸術は、まさしくその偉大なる孤独から生まれた。逃亡という心弱いただ一つの方法で》

画家は小説家とは次元の違う表現形式をとる。小説家は気弱に脱れるなかで《豊かな考察》が行なえても、画家はそうはいかない。小説家は人間心理を解剖し、その描写をするからそのための観察ができるのであろう。画家は対象の美を、たとえ精神であろうとそこに美をつかみ出そうとする。どだい違うのである。画家は荒れ狂う画室ではなく、静寂なそれを必要とする。

ただこの劇作家の場合と一致しているのは《逃亡という心弱いただ一つの方法》であった。

鈴恵からの脱走はあり得ない。それは自分が死ぬか、彼女が死んだときである。自己の死はもちろん永久の逃亡である。しかし、それでは生の解放感も愉悦も味わえない。死ぬなら妻のほうではないか。

不幸にも――と言っていいが――鈴恵はすこぶる健康に恵まれていた。矢沢はときどきいろんな病気にかかるが、鈴恵は、その精神構造を別とすれば、まことに頑健であった。矢沢の往診にくる医者は鈴恵を見るたびに、奥さんはお丈夫ですよ、とほめるのである。鈴恵が先に死なない限りは、矢沢の願望は空中楼閣であり、現実的には自分の死の間際まで彼女から苛《いじ》められねばならなかった。

ところが、偶然にも夫婦でいっしょに死にそうな機会がきたのである。――

画商の女店員との一件がすんで一年半ほどたって、矢沢はレストランを経営している女に心を惹《ひ》かれるようになった。

空虚な矢沢の気持ちの中に、その女は青い翅《はね》をひるがえして舞い込んだと言える。それは矢沢が銀座の小さな画廊を借りて個展を開いたときにはじまったのだった。

一週間の期限をつけたその個展に、矢沢は連日出張しては、会場の受付の椅子にすわったり、観覧者のうしろにそっと回って私語に耳を傾け、絵の前に立っている人の顔つきに反応をのぞいたりした。その間々には知った者がくると、いっしょに茶を飲んで雑談をし、受付をつとめてくれている画廊の女店員を喫茶店に誘ったりした。

なんという愉《たの》しい日々だろうと矢沢は思った。女房から離れた自由はこういうものにちがいない。鈴恵から《命じられた》絵を描く必要もなく、のんびりと気ままに遊んでいられるのだ。鈴恵も個展とあれば仕方がないので黙っているし、会場に来てくれた先輩や仲間や美術雑誌の編集者と酒を飲んでいたと言えば、夜おそく帰ってもあまり文句を言わなかった。こんなことなら会期が二週間も三週間も続けばよいと思った。

個展の評判も悪くはなく、三年前に開いたのよりは、ずっと上々であった。ピランデルロのことを最初に話してくれた美術雑誌記者の森禎治郎もやって来て会場をひと回りし、

「なかなか結構じゃありませんか」

と矢沢のところへ寄ってきた。

それはお世辞だけでもないらしく、明日は評論家のA氏を連れてきて次号に書いてもらいますと言った。明日の新聞には別の評論家の批評が出るはずであった。矢沢は幸福感に満ちた。

「ところで、ピランデルロの評伝のことは、いくらかお役に立ちましたか？」

森は真面目な顔で言った。矢沢はその森の表情から、もしかすると鈴恵の悪妻ぶりは

画壇の定評になっているのではないかと思った。これが遠慮のない仲だったら、ニヤニヤ笑いながら、参考になりましたかなどと訊くところだろうとこっちで気を回した。鈴恵のことがよく言われているはずはないのだ。

「芸術家の奥さんというのは、あんまり出来すぎたのでは、かえって主人が不幸ですな」

　森はそんなことを言った。

「そうかね」

「亭主の芸術をだめにするのは、そういう型の良妻ですよ。女房のサービスで亭主がふやけてしまいますからね。そう言っちゃなんですが、Uさんの絵がすっかり停滞してしまったのは奥さんが甘やかしすぎたという評判ですよ。ぼくもそう思いますね。いつだったか、ぼくがU氏邸に行ったら、Uさんは奥さんのサービスでウィスキーをいくらでも飲んでいるんですね。あの人は完全にアル中ですよ。ところが奥さんはちっとも制《と》めようとはしないで、ウチは芸術を大事にするからつまらない仕事で忙しくさせたくないのです、いま大作の構想中です、などとぼくに言われるんですね。Uさんはすっかりご機嫌なんですよ。あれから三年ぐらいたちますが、大作どころかUさんは何も描かないでいます。あれは奥さんがご主人を怠けさせているんですよ。もうUさんは描けなくなっているんじゃないですかね。少なくとも画壇に登場したときの仲間だったHさんやKさんには大きく水を開けられてしまいましたね」

「世の中の亭主族は従順な女房を望んでいるが、絵描きにはそれがいけないのかねえ?」

「いけませんね。サラリーマンの女房じゃありませんからね。画家は違いますよ。亭主から反逆精神を奪ってしまいますよ。絵に対する執念も反抗も刈り取ってしまいますよ」

そのとき、青い洋装の女が会場にはいってきた。

8

周囲からどうみても、羽田志津子と矢沢の間は、鈴恵が異常な嫉妬《しっと》をもつようなものではなかった。画家と通りいっぺんな顧客の関係であった。ただ、この女客が美しい中年の独身女で、しかも都内に三つのレストランをもっている資産家だというのが鈴恵を刺激し、そうして矢沢が羽田志津子に普通以上に興味をもっていることが鈴恵にもわかったからである。

矢沢の災難の種子は、羽田志津子が個展の会場に気まぐれに立ち寄ったときに持ちこまれた。

そのときは矢沢も森も互いに話をしながら、それとなく青い色のスーツを上手に着こなした女の入場者に注意をむけていた。個展というのはデパートなどを会場に借りる人気作家のもの以外は、そう観覧者が押しかけて来るわけではない。三、四人ぐらいが絵の前に立っていればいいほうだが、それだけに羽田志津子は目立ったのである。中年婦人の洋装にはあまり垢《あか》ぬけしたものはないが、彼女の着こなしは洗練されていて、とくに服飾の配色に神経がゆきわたっていた。こちらは画家だけに眼ざとかった。

矢沢は、話相手の森もそうだが、それとなく彼女の様子を眼の端に入れて観察したけれど、彼女が立ちどまってていねいに観ている絵が、実は矢沢がひそかに上出来だと考えているものばかりであった。いわゆる玄人《くろうと》好みの絵なのである。これも矢沢の興味をそそった。

矢沢の絵は具象で、裸婦が多い。が、それは肉塊を画布に立たせたり転がしたりしているだけではなく、宗教的な物語性を加味していた。彼はそれが画風として完成すれば批評家に「新古典」と綽名《あだな》されるだろうとひそかに思っている。もちろん十八世紀ごろのキリスト教画ではないから天使も使徒も画面には明瞭《めいりょう》に現われてはいない。そこは抽象的な手法で模糊《もこ》たる幽暗の裡《うち》に沈んでいる。——主調はバーミリオンをもって古画の褪《さ》めたセピア調にかえた。

矢沢も一時は抽象画《アブストラクト》を志したが、全盛をきわめたこの画風の行詰まりを予感し、遅ればせながら参加するの愚を悟った。もともと彼は具象が得意で、悪口をいう者は職人芸《アルチザン》だというくらいに技巧がうまい。

岸田劉生《きしだりゅうせい》は、エコール・ド・パリ（セザンヌ以後にパリ画壇を中心として現われた野獣派その他いろいろの新しい絵画運動）全盛の日本画壇の風潮に抗して写実主義一本槍《やり》で進み、未完成にして敗死した。だが、いまは劉生の価値は認められている。

その劉生でも初期肉筆浮世絵に打開の手伝いを求めている。これは簡単にいうと「味」

の摂取であろう。現代ふうなモチーフには限界があり、それが現代の生活というナマな点においてかえって純粋な美の妨げとなる。美は現代生活と隔絶した世界に求めなければならない。あらゆる芸術至上主義は絶えず現代を拒否し、それを越えて幽玄《ゆうげん》の桃源郷に遊ぶ。もともと芸術至上主義は現代生活の逃避で完成する。大正期のヨーロッパ様式が流れこむ生活の中で、たとえ野獣派であれ、キュビスム（立体派）であれ、当時のフランスの新傾向画は結局は現代生活の延長にすぎぬ。それは断絶ではなく、継続である。論より証拠、こうした流行的な画風はまもなく下火となった。劉生は案外それを見ぬいていたのではなかろうか。芸術至上主義は、あくまでも現実の継続を断ち切ったところにある。矢沢は劉生の生き方についてそう解釈している。

劉生は初期肉筆浮世絵の、いわゆる「でろりとした味」に惹かれたが、そこに彼の支えとなるものの発見があった。どのような天才でも己れの創造だけの一本槍では行き詰まる。劉生は近世初頭の風俗絵画に彼の芸術の援用を求めた。たとえば、彼の初期の作品を代表する「切通しの写生」などの風景画や、果実などを中央にまとめて背景の上下を真二つに裁断して色違いにするといった構図の静物画だけでは永続できなかったであろう。彼の少女像には初期肉筆浮世絵のもつ気味の悪い、退廃的な美の耽溺《たんでき》がある。そうしてそこにはデモニッシュな物語性がある。これは宗教（あの淫祠《いんし》邪教とも通じる、おどろおどろした魅力ある神秘性）ではないか。

矢沢は抽象画がやがてはすたれ、次にくるものはネオ具象画と呼ぶべきものであろうと予見した。もちろん抽象画のアンチテーゼがただちに以前の具象画に復帰するという意味ではない。抽象画の洗礼をうけた次の具象画が、どのような発展になるか見当がつかぬ。現在のネオ具象画の混迷がそれを現わしている。連中はとまどっている。これは日本だけでなく、パリ画壇やアメリカ画壇など世界共通の現象であるらしい。

矢沢は、その混迷を解決する一つの策は新しい宗教画の創造だと考えている。これには物語性がある。対象の形態を完膚なきまでに分解して人間の潜在意識を組み立てたアブストラクトはすでにマンネリとなって「図案」化し、「奇型」化している。芸術至上主義的な美神とは縁もゆかりもないものになった。矢沢は自分の将来の行く道にとくに劉生を浮かべたわけではないが、十八世紀の西欧宗教画のもつ妖《あや》しい恍惚《こうこつ》的な雰囲気と、劉生が援用した十七世紀日本の土俗的な絵画の妖美《ようび》に相似を認めるのである。

「結構に拝見しましたわ」

羽田志津子は、個展の画家のところに歩み寄ってきて挨拶《あいさつ》した。彼女もさっきから会場の隅で森と話している矢沢を意識していたようであった。

「どうも、ありがとう」

矢沢は少し硬くなって頭を下げた。

羽田志津子は唇をほころばせ、光沢ある歯なみを見せて、展示の絵は売ってもらえるのだろうかと遠慮がちに訊《き》いた。

「どうぞ、どうぞ」

矢沢は感激して言った。

「どのぶんがお気に入ったのでしょうか？」

羽田志津子は会場——といっても狭いものだが、そこに引っ返して二点ほどさした。それは矢沢がひそかに「実験」を試みたものだったのでよけいにうれしかった。それにしても売り絵的でないものを指摘した女客の眼の高さには感心した。

「どうもありがとう。もちろん、お売りいたします」

値段も相当なものだったが、これは画商の天野仙太が値を決めたものであった。彼の儲《もう》けが含まれていた。が、女客は値を聞いても眉《まゆ》一つ動かさなかった。即座にそれで購入したいというのである。

「それでは画商のほうから、この個展が終わりしだいにお届けに参上させます」

女客は名刺を置いた。名前はそれではじめてわかったのだが、届け先を赤坂《あかさか》のレストランにしてほしいと彼女は言った。画商を通じなければならぬとは矢沢に不便なことであった。

「なかなか鑑賞眼も高いようじゃありませんか」

と、羽田志津子が去ったあと森禎治郎が雑誌記者らしく見送って言った。そのときは彼女は絵については何も言わなかったが、その謙虚さがあとでわかって矢沢に好意を感じさせる。

個展が終わり、画商の天野が羽田志津子に注文の絵を納めて帰り、矢沢に報告した。

「たいへんな女性ですね。付け焼刃でなしに美術のことに詳しいですよ。赤坂のレストランだってビルの地下一階ですが立派なものです。パリふうにしてしゃれたものです。デザインも豪華で、彼女のアイデアだそうですが、なかなかセンスがありますね」

天野はベタぼめだった。

「それにあのとおりの美人ですが、独身なんですからね。支店もほかに青山《あおやま》と銀座に二つもっているというんだから豪勢なものです。金があって、事業家で、美人で独身、それに美術に造詣《ぞうけい》が深いというのだから、こたえられませんよ」

「どういう人なんだろう？」

「やっぱり後ろにすごいパトロンがついているんでしょうな。そのパトロンが美術好きで、彼女の素養はその旦那《だんな》からの伝授だと思いますよ。それで当人も絵が好きになって勉強したというところじゃないですかね。ぼくはそう鑑定しています」

「ぼくの絵はどこにかけるつもりだろうな。その赤坂のレストランの中かね？」

「自宅は青山のマンションなんだそうですが、そこではなくて銀座の支店なんだそうです。Rビルの地下だそうですよ」

「あのぼくの絵について彼女は何か言ってたかね？」

「ちょっと聞きました。しかし、それはぼくがお伝えするよりも、先生が直接彼女に会われてお聞きになったほうがいいでしょう」

天野はにやりと笑った。

「絵を買ってくれたからといって、すぐにぼくが会いに行くのもなんだか気がひけるね」

「なに、そのご遠慮には及びません。先方から先生と食事をしながら話をしたいとおっしゃってるくらいです。彼女のレストランでね」

「そうか、そんなことをほんとに言っていたのか」

矢沢は眼を輝かした。

「嘘じゃありません。美術の知識だって、素人にしては相当なものです」

「そうか、それならいっぺんその店に行ってみるかな。君もいっしょにどうだ？」

「ぼくは遠慮します。お二人だけで話し合ってください。ただし、先生からデートを申し込まれるのも何ですから、ぼくが間に立って連絡してもいいです」

「そうしてくれ。先方もちゃんとしたパトロンがいるとわかっているのだから他人《ひと》さまの花だ。彼女に会ったからといって野心を起こすようなぼくではないよ。飯を食いながら芸術の話をしようという公明な心境だからね」

――芸術の話からさきに結論づけて言えば、羽田志津子は、彼の絵の傾向には興味があると言い、そこから先どのような方向に進んでいらっしゃるのかと矢沢に訊いた。彼女の店でフランス料理を食べながらの話である。

矢沢は自分でもまだはっきりとわかっていないが、ぼんやりとした考えはある。それを暗中模索のかたちで描いている。その中の二つがあなたに買っていただいた絵であると言った。その「ぼんやりとした考え」を矢沢はかねての思案どおりに語った。自分でも熱っぽい調子だと思いながらである。彼女はその話をよく理解した。

ご馳走《ちそう》のなり放しにもできないから、矢沢は自分の知合いの割烹《かっぽう》料理屋に彼女を招待した。そういう往復が何度か重なった。

「人間の意識を具象で描けたら面白いと思いますわ」

と、そのような席で羽田志津子は言った。

「意識を具象で？」

「そのモチーフは抽象や以前のキュビスムの専売のようになっていますが、具象だってできないことはないと思いますわ」

「むずかしいですな。そりゃ、写実でそれを描こうとすると、たとえば意識を象徴した小道具を配置して処理する手はありますがね、そうなるとおっしゃるようにキュビスムのフォルムに逆戻りです。あくまで写実の手法でゆくとすればね」

「何か処理の方法があるような気がしますわ。たとえば先生が考えてらっしゃる十八世紀の宗教画の方法で、それができないものでしょうか。これはほんとに素人考えの思いつきですが」

「宗教画の手法で意識の表現をねえ……」

矢沢は羽田志津子の美しい顔を見て考えた。

矢沢と羽田志津子との交渉がどのようなかたちで進行したかをべつにとりたてて言う

必要はない。矢沢の内側にある旺盛な興味と、羽田志津子の内側にあったらしいいささかの好奇心とを除けば、両人の間は他人行儀的な交際であり、つつしみ深い日常的な、しかもときたまの話合いの機会にすぎなかったからである。ある傾向の小説家だったら、この退屈な関係に心理的な絡み合いと情感的なサスペンスの起伏を与えるであろうが、ここでは行動の上に現われた非日常的な面を見てゆくより仕方がない。

問題の発生は、あとで考えると、画商の天野から羽田志津子買取りぶんの絵の金が鈴恵に手渡された時点となっている。その絵はもちろん矢沢が画室で描き上げたものであるから、妻の「管理」から脱《のが》れることはできなかった。彼女の眼を偸《ぬす》んでこっそりと描く小品（それはたいていスケッチ板だったが）や色紙や短冊類とは違うのである。鈴恵の「帳簿」には、その絵がちゃんと記録されているから、画商も支払わざるを得なかった。

そのとき鈴恵は羽田志津子について何も訊かなかった。だが、彼女は顧客が女名前だというところから関心をもった。ひそかな調査が行なわれた。画商からは客の住所や営業内容がもちろん公明に伝えられている。

ある日、矢沢が画室にいると、鈴恵が血相変えてはいってきた。彼女は矢沢の顔の前に割烹料理店の領収証二枚とホテルの領収証一枚を突きつけた。

「これは二人ぶんの領収証だわ。だれと会っていたのよ。さあ言いなさい」

割烹料理店での食事は親密な間柄の相手のようにとられる。ことにホテルの領収証がいけなかった。たとえ食堂での飲食代だとわかっていても、鈴恵の妄想はそれからの行動が客室《ルーム》のベッドに結びつくのである。

「あんたが白ばくれても、わたしにはちゃんと前からわかっているのよ。相手は羽田志津子というレストランの女だろう？」

「べつにかくすのでもなければ、白ばくれているのでもないよ。なんでもないことじゃないか。食事をするくらいはさ」

矢沢は真《ま》っ蒼《さお》な顔で眼を吊《つ》りあげている鈴恵にうろたえながら言った。発作が起これば理屈はいっさい通じないのである。彼女は前々から彼のポケットをさぐって領収証を貯めていたとみえて、はじめから挑戦的であった。

「それならどうして、いままでその女のことをわたしに隠していたのよ？」

「べつにかくすつもりはないが、関係ない人のことを言うこともないからね」

鈴恵が狂暴になったのはその言葉を聞いてからだった。彼女は襲撃してきた。長い、尖《とが》った爪を彼の頰や手首に刺した。

「ばか、何をする」

矢沢は椅子を倒して起《た》ち上がった。鈴恵は逃げ口をふさぐように入口に走るとドアをばたんと閉めた。さすがに錠まではおろさなかったが、髪は乱れ、眼はすわっていた。

「もう、あんたとはいっしょにいられないわよ。これまでわたしをさんざん欺《だま》しておいて、まだ女狂いがやめられないのか？」

「そりゃ誤解だ。そんなのじゃないったら」

「じゃ、わたしがあの女のところに行って絵を取り返してくる。金を叩《たた》きつけてやれば文句はないね」

異常な興奮に駆られたときの癖で、鈴恵は肩で大きく呼吸《いき》をしていた。苦悶《くもん》の、荒い息使いが鼻からも口からも聞こえた。

「おい、そんなみっともない真似はやめろ」

鈴恵は本当に羽田志津子の店に暴れこんで行きかねない。その醜態を想像しただけでも矢沢は羞恥《しゅうち》が脳天から走り、力ずくでも妻を押し止めなければならなかった。

彼のこの抵抗が、よけいに鈴恵を狂暴にした。

「わたしを苛《いじ》めてまでして、あの女を庇《かば》うのか」

とすさまじい眼つきで彼を睨《にら》みつけると、

「おまえを殺してやる。わたしもいっしょに死んでやる。さあ、覚悟しなさい」

と言うなり、画架の横の台にあった揮発油の大瓶をとりあげると矢沢の頭の上に振りかけた。ふいのことなので矢沢も逃げる間もなく長い髪が放水を浴びたようになった。揮発油の臭いが顔じゅうに立ちのぼり、鼻をふさいだ。

矢沢は肝をつぶし、ドアに急ぐと、その前に鈴恵は素早くそこに走った。そうして自分の背中でドアを押えて立ちふさがったまま瓶を逆さまにして残りの揮発油を自分の頭に降りそそいだ。画室に置いて画布の処理に使う揮発油は矢沢の習慣であいにくと大瓶であった。

鈴恵はそれがはじめからの計画だったらしく、すぐに懐からマッチをとり出した。矢沢は全身が凍結するくらい恐怖した。ふりそそがれた大量の揮発油はまだ蒸発が終わっていなかった。

ドアが外から激しく叩かれた。この前から派出家政婦会で雇った家政婦で、画室でただならぬ物音を立てるので不審を起こし、駆けつけてきたようだった。

「近藤さん」

矢沢は家政婦の名を呼んで悲鳴をあげた。

「早く、こっちにはいって」

「どうしたんですか？」

家政婦はドアの向こうで大声を出した。

「たいへんだ、早くそのドアを押し開けて」

矢沢は自分がドアに近づくと、そこに立っている鈴恵がマッチを発火させそうなので、なるべく離れて突っ立ち、ひたすら家政婦の進入を待った。鈴恵はマッチ棒を片方の指に持ち、一方の指にはマッチ函《ばこ》の赤リンをむけて握り、いつでも擦れる用意になっていた。それは狂人の眼であった。その瞳《ひとみ》には見る者に戦慄《せんりつ》を起こさせるような、何ともいえない寂しさや哀れさが出ていた――。

# 9

気の弱い者だったら自殺するか、逃亡したまま蒸発したくなるだろう。こういう抑圧された生涯が死ぬまでつづくと思えば、心に鎖が沈み、歩くと鈍い音が聞こえそうである。まるで刑罰として空の石臼《いしうす》を涯《はて》しなく回しているようなものだった。

蒸発できる男が羨《うらや》ましい。女房から逃げ出すことはやさしいが、むずかしいのはその先の生き方である。矢沢の場合はパレットを捨てることはできなかった。普通のサラリーマンや商人と違うのである。第一、絵を描く以外に取り柄がなかった。勤め人ならさしずめ保険の外交などができる。職人だと手に技術がある。商人はツブシがきく。しかし、年を食った絵描きに何ができるというのか。絵以外のことでは無器用で、力仕事も不可能なのである。

絵で食べてゆこうとすれば、画壇や画商との関係が切れないから逃げてもアシがつく。また、それだと、築き上げた地位の手前、応分の面目は保たなければならない。虚栄が残っているから妙な眼で見られたくないのである。

日雇でも何でもやれるという雑草的生活をしてきたほうが、こうなると、むしろ幸福であった。それこそ失踪《しっそう》が自由である。絵が、彼の鉛となって飛翔《ひしょう》を妨げる。

鈴恵に揮発油を頭から浴びせられ、火で無理心中をさせられそうになったが、今後もそういうことが繰り返されるかわからない。逆上したときの鈴恵は精神喪失状態だから、間歇《かんけつ》的に発作を起こす狂人と暮らしているようなものだった。なるべく妻の気に障らないようにしようとすれば、彼自身が生きながら亡骸《なきがら》となってしまう。生命の危険を防ごうとすれば、意志も自由もない人間でいなければならないのだ。ひたすら妻の顔色をよんで機嫌をとり結ぶ毎日を送るだけである。

ある日、矢沢は街に出たついでに神田《かんだ》の古本屋にはいった。そこで『自殺の基礎的考察』という一冊のうすい本を百二十円で買ってきた。

その本には「自殺の心理学的観察」というのがあった。①厭世《えんせい》観②生の倦怠《けんたい》③劣等感④無力感⑤運命主義⑥宗教のあこがれ⑦自己の否定感――などが挙げられている。このうち⑥を除くと、あとは全部自分にあてはまりそうに矢沢には思えた。

ところが、その内容の説明が自分の場合とは少し違っている。右の概念を容認するとしても、たとえば本は次のように言う。

《生の倦怠は、多くの人々が生活上になんの苦労もなく一見、めぐまれた状態にありながら、ただ生きていることに疲れたという理由で死ぬと言われているが、しかし、自殺者が書き残した遺書が、はたしてその内容どおりに受け取られるものかどうかわからない。自殺直前の異常な心理状態では、人並はずれた冷静さをたもつことも可能であり、けっして生の倦怠ばかりではないからである。

自殺の原因として考えられるものにペシミズム（悲観主義）がある。生の倦怠とちがってペシミズムは、多少とも、自己の縮小感、あるいは劣等感をともなっている。そのような劣等感は、多く本人によって意識され、また、場合によっては、他人にも知られているものである。

無力感は、たんに自分が人生の失敗者であるというだけでなく、積極的に生きてゆくための生命力がしだいに枯れてゆく感じで、倦怠感に似た心理ではあるが、かならずしも自分が人生において他人よりも劣っているという意識をともなわないことがある。そのために、自分が精いっぱいの働きをして、ついに力つきた感じが強く、はじめから劣等であったことを認めない場合もある。

運命感は、しばしば人事を尽くして天命を待つというたとえにあるように、万策尽きた人間が、すべてを運命として諦《あきら》め、自殺をも自分に与えられた運命と思って、意外に安らかな気持ちで死につくことがある。

自己否定感は、外面的な事情にもとづくよりも、内面的な自己追及から自己破壊の理由を自分に納得させるため、非常に複雑な論理と心理によって自己否定に達せさせる場合である。もちろん、分析してみれば、そこには対人関係のさまざまな衝突や矛盾が複雑に入りくみ、それらの心理的苦悶が自殺者に深く食いこみ、純粋な自己否定の論理と心理をもともなって、ふつうの自殺者には見られぬ透明な、拡大した形で、その論理と心理とをあらわすことがある》

こうしたたぐいの自殺者の心理的観察は、自殺者だけに適用されるものでなく、一般の「生存者」についても言えることなのである。ただ、それが自分で「死の手段」を選ぶか、「死んだような状態」で生きながらえるかの違いである。

しかし、こうした抽象的な類別説明は、読む者にいちいち思い当たるようになっている。あたかも家庭医学書などに挙げられた症状例を読んだ者が、そのいずれにも自分の自覚症状が該当すると思うのと似ている。

《自殺と精神病理との関係をとり上げ、すべての自殺は精神異常の結果であるという「自殺狂気説」がある。これは一八三八年にエスキロールが偏狂説を樹立し、自殺者はことごとく自殺病という精神病にかかっている結果だとの意見を発表して以来、重視された説であった。その後、ステレッネル、ヒュブネルなどによって研究されたが、ガウプは百二十例の自殺未遂者の精神状態を調査し、三十八名は著明な精神病者で、四十四名は精神状態が尋常人と精神病者との中間にあるものであり、その他の三十一名は精神薄弱者、アルコール中毒、癲癇《てんかん》、ヒステリーと診断すべきもので、精神健康者はわずかに七名であったことから、自殺の原因を精神の狂気によるものと判断したのである。

彼らによれば、自己保存の本能に反して自ら生命をたつ自殺という現象は、普通ではとうてい想像することができないくらいの些細《ささい》なことが原因となるというのである》

この『自殺の基礎的考察』という本は国警科学捜査研究所が「偽装犯罪に関する研究」の第一巻として出されたものらしく、副題は「自他殺の鑑別を中心として」となっていた。

矢沢は、これを何気なしに古本屋の店頭に出ている「百二十円均一」の雑端《ざっぱ》ものの中から拾い出したのだが、あとで考えると、日ごろの趣味とはいささか違うその種のものを買ったことじたいが、すでに彼の心理の深いところで何かが起こりつつあった、と言えよう。

もっとも、矢沢がこれを偶然に買ってきて読んだときは、まだ、それよりも、この本の記述の前半となる自殺の心理が自分に当てはまり、後半の自殺狂気説は、それがヒステリーから発していて《普通ではとうてい想像することができないくらいの些細なことが原因》とある箇所を鈴恵に当てはめ、心が寒くなったのである。

自殺が単に自己だけですませればいいが、この前のように「共に自殺」という行動に鈴恵が出るとなると恐怖なしにはいられない。なぜなら外見からすると《些細なことが原因》だが、彼女の内側にその妄想からくる「重大な原因」があるため、こっちには凶暴の予想がつかないからである。

こうなると、ルイジ・ピランデルロの場合はまだ仕合わせである。彼は精神錯乱の妻を持ってはいたが、その妻は彼に死の脅迫まではしなかった。十五年間にわたってピランデルロは「妻の理由のない執拗《しつよう》な嫉妬《しっと》」に苦しめられはしたが、それは彼の生命の安全までおびやかすに至るものでなかった。たしかにピランデルロにとっては狂気の妻に対する長期間の忍従ではあった。その苦痛から脱する願望が「死せるパスカル」を書かせたのである。パスカル氏は自殺を装ってまで自己を抹殺し、それによって妻からの永遠な脱出を図りはしたが、それは彼の第二の人生を祝福し、保障するものではなかった。それはあたかも矢沢が、妻の傍からの「蒸発」を考えたところで、絵を描く以外には生活の途《みち》がないのと似ている。せっかく「死んだ」パスカル氏は、仕方なしに「生き」返って妻のもとに戻る。原作を読んでいないからわからないが、たぶんそれは主人公のやり切れない復帰の心理が克明に描出されていることであろう。そうしてその妻が他人と再婚したのを発見し、それによって完全に妻からの脱出を知り得たときのパスカル氏の欣喜雀躍《きんきじやくやく》こそ作者ピランデルロの願望的空想であったにちがいない。

それでも実際のピランデルロは、妻の自然死によって解放を獲得することができた。しかし、鈴恵は健康で死にそうにない。参るなら矢沢のほうが先である。しかも、鈴恵は死ぬときは自分まで道づれにしようとするのである。これ以上に残酷な運命に置かれている夫があろうか。何ひとつ自分の愉楽を自由にできずに、虐《いじ》めぬかれた妻に殺されるかもしれないとは。

矢沢は、森禎治郎が友人にたのんで翻訳して送ってくれたピランデルロの評伝の一節を何度も読み返してみた。

《狂った妻を見捨てられず、気弱に脱《のが》れるピランデルロの人間らしい豊かな考察が、彼の未来の、作品の萌芽《ほうが》となっていた。ピランデルロ的なあらゆる主題の大きな器に。——現実の生活の中で、彼のイマージュは解体され、それを彼は作品の中で再構築する。——その、いつも暗い部屋の、痛ましい気配の中に、妻の影はうずくまっていた。限りなく

陰鬱《いんうつ》な、救いがたい悲劇が、ピランデルロのペシミスチックな、それでいて、寛大な芸術を生み出したとは言えないだろうか》

矢沢の心には、この一章が読み返されていた。実は、森から送られて最初に読んだときから、この文句に印象づけられていたのである。

いま、それがあの「青い翅《はね》」の女、羽田志津子のもらした言葉と重なってきていた。

——人間の意識を具象で描けたら面白いと思いますわ。

すでにフロイトの『ヒステリー研究』を読んだときから、矢沢はその本に出てくるヒステリー患者の病的な「深層意識」を絵のモチーフにしたらどうだろうかという思いつきを浮かべたものだった。——人間に潜在する「体験的」な意識が、顕在的な契機に作用を及ぼしているという図柄。現代心理をつなぐ脈絡の造型。

すでに抽象画は行き詰まり、次に移行する「新」具象画も未《いま》だ暗中模索の域を出ていない。とすれば、アブストラクトの専売だった観念の構築を、まったく逆な方法の具象によって完成するという試みはその打開となろう。いみじくも羽田志津子が示唆しているように、つまり彼女が絵画の愛好家であってみれば、それは民衆の要求ではあるまいか。

矢沢は、それにとりかかることが現在の苦境を克服する唯一の方法であるように思えた。芸術家は新しい創造に意欲を燃やし、その制作に没頭する間だけが天来の妙境である。それこそ、まさに《ペシミスチックな、それでいて、寛大な芸術》を生み出したルイジ・ピランデルロの文学の世界に共通するものではなかろうか。異常な妻に屈伏という慈愛をもって奉仕しながらも、そこからこれまでの矢沢の眼にあった絵画のイマージュは解体される。矢沢はそれを作品の上で再構築しようとかかった。

矢沢は、新しい意欲に奮い立った。その熱気にこそ芸術のデエモンはやってくる。また、それへの没入によって彼の好む外界の興味も自ら封じることになった。他の女性への渇望を、羽田志津子との発展の希望も含めて、いっさい中止して制作に没入するのである。その禁欲によってはじめて創造への集中がなされる。

矢沢はそれから二か月間というものはこの制作生活に打ちこんだ。今度は「狂気」が彼の上に移ったかに見えた。《自分が精いっぱいの働きをして、ついに力つきた感じ》になる寸前から起《た》ち上がったのである。

この禁欲は、当然に鈴恵を満足させる結果になるはずであった。彼はアトリエに閉じこもったままであり、夜がきても外出はせず、仲間からの誘いの電話がかかっても、それに応じることはなかったのだから。

ところが、結果はそうはならなかった。たしかに矢沢が自虐的なほど禁欲して仕事にとりかかっているのは鈴恵に不満でなかった。彼女の狂わしい発作を導き出す「些細な原因」は何ひとつ彼の行動の上に見いだすことができず、妄想の種になるようなものも拾えなかったからである。それは通いの家政婦の近藤イネが、

「旦那《だんな》さま。そんなに根を詰められていては身体に毒でございますよ」

と、心配したくらい、わき目もふらない精進であった。

この家政婦にも三か月前にこの家に働きにきて以来、鈴恵の異常な性格がわかったはずであった。ことに、来てから一か月ほどして鈴恵が夫婦もろともに焼身心中を企てるのに出遇《であ》ったときなど肝をつぶしたにちがいない。この出来事は、近藤イネによって自分の家族や派出家政婦会の朋輩《ほうばい》に語られているのであろう。それは、矢沢にとってわが家の恥ではあったが、世間の一部がそれを知っているということで、あとで犯罪を思いつく要因にもなったのである。つまり鈴恵の性格は「他人にも知られているもの」なのである。

とにかく鈴恵は、矢沢の宗教的ともいえる制作態度に当座満足していたことはたしかである。彼女は上機嫌で、矢沢をやさしく扱った。彼女のこめかみの青い筋は、久しぶりに二か月以上も現われることはなかった。ただ、アトリエに来て矢沢の描く絵が変化しているのを見てから怪訝《けげん》そうに眉《まゆ》を寄せる以外は、何ごともなかった。

しかし、そのわずかな眉の寄せかたが、実は激しい怒りに成長していったのを矢沢は知らなかった。

ちょうどうっとうしい梅雨が明け、本格的な夏がきたころであった。夜、矢沢がアトリエでクーラーを入れてカンバスに向かっているときだったが、鈴恵が険しい顔ではいってきた。

矢沢はその表情を見て、早くも胸が波打った。これは習性的な恐怖症からでもあった。

いったい何を妻はつかんできたのか。被害意識は、自分の落度をあわてて心の中でさがしはじめるのである。このところ、妻に押えられるような弱味はないはずだと思いながらも、彼はつい、おどおどとなった。

「あんたは、どうしてこんな絵ばかり描いているのよ?」

久しぶりの鈴恵の険悪な声であった。もちろん、妻の眼尻《めじり》のほうにはもう青い筋がふくれ上がっていた。

「どうしてって、これは描きたいから描いているんだよ」

矢沢は、なるべく取り合わないようにしてブラッシュを動かしていた。そうして妻の不機嫌な原因をさぐっていた。

「この間からこんな変わった絵ばかり描いているのね?」

画架の絵を鈴恵は見据えながら言った。

「ああ。これはぼくの新しい創造だ。今までとは行き方を違えたのだ。いうなれば、ぼくの実験だよ」

矢沢は病める妻をさとすように言った。

「そんなものを描いて、お金になるの?」

鈴恵は激しい息づかいになった。

「え?」

「だれも買ってくれやしないわよ。画商だって尻ごみしてるのよ。この前、天野が来たから訊《き》いてみたら、ああいう実験的な絵じゃどうも、と頭をかいていたわ。天野だって買ってくれない絵ばかり描いて、あんた、どうするつもり？」

　矢沢は、あっと思った。絵を売るのは鈴恵である。矢沢はただ画家として描いているだけでよかったのだ。これまでがずっとそうだった。妻の「使用人」の立場なのである。いま、絵が売れないことをはじめてマネージャーから聞かされた。道理で、このところ天野がやってきてもこそこそと逃げると思った。

「そうか。天野は買わないのか？」

「なに言ってるの。今まで描いたそんなのが五、六枚たまって埃《ほこり》をかぶっているわ。あんた、だれに唆かされたか知らないが、そんな変な絵ばかり描いて、わたしを飢え死にさせるつもり？」

「ばか。何を言うのだ」

　気をつけてはいたが、思わず口から出た「ばか」という言葉がたちまち鈴恵を毒薬のように刺激した。

「ばかだって？　ああ、わたしは、ばかですよ」

「…………」

「畜生。わたしが何も知らないと思って。……そういう一文にもならない絵を描くのも、あのレストランの羽田という女の口車に乗せられたからだ。わたしは、天野から聞き出しているんだからね。畜生。おぼえておれ」

鈴恵は出しかけているバーミリオンのチューブをつかむと、その絵具で自分の手も血のように真赤に染め、精悍《せいかん》に画布に突進した。

## 10

犯行の計画を、新聞記事から思いつくことがある。矢沢の場合がそうだった。ただし、記事のほうは犯罪でない。

アパートにひとりで住んでいる女性がガス中毒で死んでいた。朝、ガス洩《も》れの臭いに隣室の住人が気づき、管理人といっしょに窓ガラスを叩《たた》き割ってはいると、女性は蒲団《ふとん》に横たわったまま冷たくなっていた。バーのホステスだったので、異性関係から覚悟の自殺ではないかと思われたが、警察の現場検証で過失死とわかった。

その女性は、前の晩おそく店から帰り、ガス風呂《ぶろ》を立ててはいった。途中で元栓が一時切れたために、ガス風呂の火が消えた。それが湯からあがる直前だったので本人はそれに気づかずに風呂から出て床についた。夜中にガスがまた通り出し、開いたままの元栓からガスが室内に充満した。そのための中毒死である。——記事の内容はそういうことだった。

矢沢はこれからヒントを得た。鈴恵に睡《ねむ》ったまま死んでもらおうと考えついたのである。

妻の桎梏《しっこく》から脱《のが》れるには妻の死以外にはなかった。ピランデルロの妻アントニエッタは病気で死んだが、その自然死までピランデルロは十五年間も彼女の狂気と異常な嫉妬《しっと》につき合わねばならなかった。矢沢は、鈴恵の死を待つという気長なことは、とうてい辛抱できなかった。それまでに自分のほうが先に死んでしまう。年齢の順からいってもそうなのだ。妻に苦しめられたまま、何ひとついいことなしに。

妻がいま死んでくれたら、少なくともあと十四、五年間は解放された生活が送られるはずだった。もしかすると二十年間は自由が享楽できるかもしれない。妻の死が早ければ早いほど、自由の期間は長くなる。

医者がほめるほど健康な鈴恵に当分死がこないとすれば、こちらから与えるしかなかった。

しかし、彼女だけが事故死をとげたとすると、当然に嫌疑は同居の夫にかかってくるはずだった。それを逸《そ》らすためには、いったん共に死んで、彼だけが助かる方法をとるしかなかった。夫婦心中で、妻だけが死に、夫が病院で手当ての結果ようやく生命を取りとめたというやつである。世間にはざらにある出来事である。

だが、矢沢夫婦の場合は、心中する原因も動機もなかった。事業に行き詰まって借金だらけになっている中小企業の社長とは違うのである。困窮した失業者でもなければ、絶望的な病気にかかって世をはかなんでいるのでもない。矢沢の画業は順調であり、経済的には恵まれている。外見的には満ち足りた生活なのだ。夫婦心中するような原因はどこにも見当たらない。世間はそう考える。だから、心中で妻が死亡し、夫だけが助かったとなると、警察は擬装心中の疑いをもちそうだった。

しかし、妻が強度のヒステリーで、それがほとんど精神病に近かった場合、発作的に夫と無理心中を図ったと理解すれば、その疑惑は消えるだろう。幸いにも、鈴恵は過去二回ほど似たような行為を仕かけてきたことがある。一回は腰紐《こしひも》を自分の首に巻きつけて彼に絞めてくれと強要した。が、これは夫婦だけの間で、第三者にはわかっていない。

あとの一回はまったく格好なものであった。鈴恵はアトリエに闖入《ちんにゅう》して、いきなり彼に揮発油を浴びせ、火を付けようとした。あんただけ殺すのじゃない、わたしもいっしょに焼身自殺をとげるのよ、と叫んだ。幸いなことに、このときは第三者の目撃があった。通いの家政婦が現場に飛びこんできて、鈴恵からマッチを取り上げたのだ。家政婦の近藤はこの騒動を家政婦会の会長や友人たちに話したにちがいないし、その人たちもほかの者に吹聴《ふいちょう》しているだろうから、鈴恵が発作的に無理心中を企てたという状況は周囲の証言で成立していた。

矢沢は、ガス中毒で死んだホステスの新聞記事によって、「無理心中」から自分だけが助かる方法となると、石炭ガス、つまり一酸化炭素中毒しかないと思った。毒薬だと、同量に飲まないと警察の検査で怪しまれそうだし、生命に危険があった。入水《じゅすい》とか刃物とかは不適当である。画家である彼は、助かったあとでも絵を描くのに不自由する傷害をうけてはならなかった。それに、鈴恵のほうから仕かけてくる無理心中という体裁なので、女には、そういう荒事《あらごと》は不向きであった。入水にしても、妻が夫を川や海の傍に引っ張ってゆくという状況を他に見せることは不可能である。

矢沢は試みに——というのはまだ意志も計画も決定的ではなかったので——とにかくガス中毒とはどういうことなのかを調べてみることにした。それで得た知識によって、成功がおぼつかなかったら計画はいつでも放棄するつもりだった。

矢沢はある日、都心に出て、なるべく人のたくさんはいっている大きな本屋に行き、棚から法医学の書物を抜いて買った。店員は忙しそうにしていて客の顔もろくに見ようとはしなかった。もし彼がこういう種類の本を買ったことがわかると、計画は成就しても、たいへんまずいことになる。しかし、人の混み合う本屋を選んだだけのかいはあって、周囲の客も彼の買物に注意する者はなかった。

矢沢は東京駅に行き、待合室のベンチにすわってその本を開いた。表紙は本屋が包み紙でカバーしてくれたから、まわりの者が見ても何の書物だかわからなかった。

矢沢は、この本を棚から抜き出したときすでに目次を見ておいたのだが、いまそこで「一酸化炭素中毒」の項のページをゆっくりと開いた。

《……市街地の家庭に配給されている石炭ガスの中には、一酸化炭素が六%ないし二〇%のわりに含有されている。石炭ガスはガス洩れを早く気づかせるためメルカプタンその他で臭いがつけてある。日本では一酸化炭素中毒死はガスの栓をあけてやるのが多いが、外国では車庫に入れたまま、自動車の中で死んでいるのが多い。どちらも自殺もあ

れば事故もある。他殺も考えられるが稀《まれ》である》

《他殺も考えられるが稀である》という活字が矢沢に希望を与えた。

《一酸化炭素はヘモグロビンと結合する親和力は酸素のそれの二〇〇～三〇〇倍も強い。したがって一酸化炭素の混じっている空気を吸うと、肺で血液中に吸収され、直ちにヘモグロビンと結合する。このときそのヘモグロビンが酸素と結合しておれば、その酸素を逐《お》い出して自分がそれに結合する。ヘモグロビンは呼吸で空気中から吸いこんだ酸素を肺のところで取り入れ、これを身体の各所の臓器組織に運搬する役目をもっている。人間には大切なものであるのに、これが一酸化炭素と結合してしまってはその働きができなくなる》

この部分は化学的説明で矢沢にはよくわからなかった。だが、この暗いトンネルを出ると興味ある記述になった。

《……その結合した割合が大きくなればなるほど症状が重くなり、七〇％内外の飽和になると完全な麻痺《まひ》状態となり、急に卒倒し、昏睡《こんすい》状態となり、死んでしまう。組織が酸素をほしいと思っているのに、来る血液も来る血液も一酸化炭素ヘモグロビンの血液で、酸素ヘモグロビンをもつ血液は少ないため、呼吸はすれどその役目をなさず、言いかえると窒息死に陥るということになる。

空気中に一酸化炭素の含有量が大であればあるほど、それだけ症状が高度だし、また速やかに起こる。日本家屋より西洋家屋のほうが換気が悪いのでガス中毒の危険度が高

い》

ガス中毒の自殺者がガラス窓や襖《ふすま》などに目貼《めば》りをするのは、日本家屋が開放的にできているためだ。矢沢は自分たちの寝室を頭に浮かべた。壁際の下のほうにガスの元栓がある。冬の間ここにガスストーブをつけるためだった。この元栓をひねればよい。ゴム管も何もないから、じかに管からガスが流出する。

部屋の構造は日本間の八畳である。襖ばかりというのが都合が悪いが、奥のほうなので間に別の襖や障子があって、これを閉めれば二重になってそれほどガスが逃げることもなさそうであった。厚い壁とドアで仕切られた洋室のようなわけにはいかないけれど、それに近い密室にはなりそうに矢沢には思えた。

《……まず空気中の濃度が〇・〇一％以下では危険はないが、これが〇・〇三％となると頭痛、疲労感などが起こる。この時血液の一酸化炭素飽和度は二〇％となっている。もちろんこのくらいの濃度でも更に長くとどまっていると、血液の飽和度は二〇％から三〇％となる。

空気中の一酸化炭素の濃度が〇・〇五％となると頭痛はいよいよ激しく、嘔気《はきけ》、めまいなどが起こる。注意力や思考力が冒され、自分が危険な状態にいることも気づかない。またこれにしばらくいると筋力も脱失し、逃げ出そうにも腰が立たなくなる。この時の血液濃度は三〇ないし四〇％飽和で相当な危険状態である》

矢沢は、ガス中毒の人間がそれと気づいてガス栓を締めるために手をその方向に伸ばし、這《は》ったままの状態で死んでいたという話を聞いたことがある。それがこの《腰が立たなく》なった状態なのだな、と合点した。風呂《ふろ》場でガス洩《も》れのために死亡した人間も、事故に気づいたときは腰が立たなくなって脱出できなかったのであろう。

《……空気中の濃度が〇・〇七％になると症状が更に悪化し、脈搏《みゃくはく》は初期は緩徐であったが、この時期では頻少《ひんしょう》となり、呼吸も浅くなり、血圧も下がる。頭はいよいよ錯乱状で錯覚、耳鳴り、視力、聴力は極度に減退し、脱出能力は全くなくなる。この時期の血液中の一酸化炭素飽和度は五〇～六〇％前後である。

　空気中の濃度が〇・一～〇・二％になると血液中の飽和度は七〇％となり、一～二時間のうちに前述のような麻痺状態にはいる。

　一酸化炭素中毒の死体は死斑《しはん》はきれいな鮮紅色を呈しており、一見して見誤ることはない。しかしその確実な診断は血液をとって一酸化炭素ヘモグロビンの定性と定量をした上でなければならない》（上野正吉『犯罪捜査のための法医学』）

　要するに空気中の一酸化炭素の濃度が〇・一％から〇・二％になった部屋の中で寝ていれば、一時間から二時間のうちに麻痺状態のままで死亡することがわかった。

　では、いったい八畳の部屋に一酸化炭素の濃度がゼロの状態から〇・二％になるまでにはどのくらい時間がかかるものだろうか。つまり元栓を捻《ひね》ってガスを出しはじめてから中にいる者が危篤状態に陥る濃度になるまでの時間である。その濃度になっても一時間ないし二時間は中にいなければならないから、その前の時間が知りたいのである。

だが、まあこれだけの知識を得たので、矢沢はそれを十分に暗記するまで何度も繰り返して読み、頭の中に叩《たた》きこんだ。あとは買ったばかりのその本を持って暗いところに行き、表紙と中身を引きはがし、それぞれを引き裂いて屑《くず》箱の中に放りこんだ。こういう本を家に置いておいて警察に見つけられたときの危険を考慮したのである。

そういうことを考えるのは、矢沢に半ば計画の現実性が出てきたといってよかった。

——小説の主人公パスカルもいったんは死んで生き返った。

鈴恵には、だまして睡眠薬を飲ませるから、部屋の中がどんなにガス臭くても眼をさまして起きることはない。睡眠のままに意識を失うだろう。問題は一酸化炭素の濃度が空気中に〇・二%程度に達するまでの時間だった。矢沢はこれを知るのが先決だと思った。

彼は鈴恵から無理心中の道づれにされたことになるから、同様にガス中毒の症状になっていなければならない。そのうえで自分だけが病院の手当てで助かるのが必須《ひっす》条件である。ところで、危険率は一酸化炭素の濃度、すなわち血液中のヘモグロビン飽和度と比例し、それはまた彼の滞留時間とも比例する。この時間の測定を一歩誤ると、病院に担ぎこまれたときはすでに自分もまた手遅れだったということにもなりかねない。

賭《か》けは非常な危険を伴っていると言わねばならなかった。だが、これをあえてしないと鈴恵に死んでもらうことはできなかった。絶対の安全地帯にいて人を殺すことは至難な業《わざ》であった。

ガスの放出がはじまってから、八畳の部屋に人間の機能障害が起こる程度の一酸化炭素濃度となるまでの所要時間はどれくらいだろうか。

こういうことは、うっかりと他人に質問できなかった。ガスのことはおくびにも出してはいけないのである。

矢沢は、読んだ法医学の本で、市街地の家庭に配給される石炭ガスの中には一酸化炭素が六%から二〇%のわりに含有されているとあるのを知った。これはかなりな幅がある。各都市によってガス会社が違うためであろう。含有量が多ければ、もちろん死に至る時間も早くなる。

東京都内のガスの含有量はどのくらいだろうか。矢沢は公衆電話、それも傍に人がうろうろしているような赤電話でなく、ボックスにはいってガス会社にかけてみた。これだったら、先方もだれがかけているのかわかりはしない。

電話に出たガス会社の係りは即答ができずに、まわりの者にいろいろ聞いていたが、やっとのことで、当社のガスに含まれている一酸化炭素の量は四%です、と答えた。

矢沢は、さすがに東京だと思った。本に書いてある六%よりも含有量はずっと低いのだ。ガス会社では化学処理で危険度を下げているのであろう。しかし、それだけに人間が中毒症状を起こすまで時間がかかりそうだと思った。

家庭用配給ガスの元栓を全開した場合、一秒間にどれくらいの量が放出されるものだろうか。これは案外に多いような気がする。というのは風呂場での不完全燃焼ガスでも入浴者は中毒して死亡した例があるからである。風呂場の狭さと、八畳の間の広さとでは空気の量も違うが、不完全燃焼によるのと、元栓の全開とではガスの量も違うから、結局は同じことになろう。一酸化炭素は空気とほぼ同一の比重（〇・九六七）というから、上にものぼらず下にも沈澱《ちんでん》せずにすぐ空気と融合する。

矢沢は、八畳の間に四％の一酸化炭素含有量のガスを元栓を全開で放出しつづけて、その濃度が空気中で〇・〇五％になるまでには十分ぐらいのものだろうと推定した。濃度〇・〇五％だと《血液濃度は三〇ないし四〇％飽和で相当な危険状態である》と本に書いてあった。

さらにそのガス放出を十分ぐらいつづけたら、空気中の濃度はいよいよ増して〇・一％か〇・二％ぐらいにはなるだろう。すなわち血液中の飽和度は七〇％となる。脈搏は微弱となり、呼吸は浅くなり、血圧は下がってゆく、とある。もちろん眼がさめていても腰が立たないし、昏睡状態となる。——それでも、死亡までには一時間か二時間はかかるとある。

これは個人差によって死亡時間が違うのだろうと矢沢は思った。一般的にいって男よりも女は体質的に弱い。鈴恵がいくら気が強くても、女は女である。死亡は速いにちがいない。

そこで矢沢は、鈴恵の死亡時を午前五時ごろにしようと一応考えてみた。七時には通いの家政婦の近藤が勝手口からはいってくる。近藤には、夫婦が寝ていても、また外出中でも、いつでもはいってこられるように合鍵《あいかぎ》が渡してあった。彼女は、仕事に口うるさいだけに几帳面《きちょうめん》である。いまだかつて、事前の断わりなしに休んだこともなければ、遅刻したこともない。七時にはかっきりとやってくる。

近藤によって事態が発見される午前七時には、矢沢はたとえ昏睡《こんすい》状態であっても、助かる状況でいなければならない。そうすると、鈴恵がそれよりあまりに前に死亡していては疑いを招く。個人差は考慮されるにしても、二人の症状にあまり格差があっては不自然となる。女のほうは一、二時間前に死亡したというのが理想的であろう。

つまり、鈴恵は例の発作を起こし、無理心中を考えて、夜中の三時ごろにガスの元栓を開く。夫は熟睡している。十五分か二十分ぐらいたつと八畳の間の空気中には一酸化炭素が濃くなり、危険状態となる。鈴恵はたぶんそれより二時間ぐらいで完全に死亡するだろう。午前五時だ。

矢沢自身は、六時四十分ごろに濃い毒素の満ちた八畳の間にはいり、自分の床に横たわればよい。家政婦がくるまで二十分はある。二十分もそこに横たわっていれば、自分も昏睡状態になるが、死亡にはいたらない。外見では、彼が途中からガス中毒に参加したとはわかるまい。

――だいぶん、計画が具体的になったぞ、と矢沢は胸に勇気が出てきた。パスカルの蘇生《そせい》である。それは自由の再生であった。

# 11

矢沢の計画には冒険が二つあった。

一つは、彼がガスの充満した部屋に滞在する時間の測定である。彼は、一酸化炭素が濃度〇・二%程度になった八畳の間に十五分間ぐらい寝ていれば病院の手当てで蘇生できると計算していた。とくに化学的な知識はないが、法医学書にある「一酸化炭素中毒」の解説からそう考えたのだった。同じ濃度の部屋で死亡するには一時間ないし二時間を要するというのだから、十五分間ぐらいだと十分に生命を取りとめられると思った。発見時に「虫の息」だったというのがいちばん理想的である。横の妻が死んでいるのに、夫があまり軽症では無理心中の点に不審がもたれる。

もっとも、十五分という時間がそれに適正かどうかは実はわからなかった。だれにも相談できないことだから、すべて独り判断である。その時間経過が救助されるには長すぎたとすれば生命を失う。短すぎたとすれば軽症の故に疑惑を持たれる。露見すれば万事が終わりである。いずれにしても生命にかかわることだった。

もう一つ、さらに生命に危険のある問題があった。彼は、通いの家政婦の近藤イネが午前七時に出勤してくるのを前提にしてこの計画を立てている。すなわち自分のみは六時四十五分にガスの立ちこめる部屋にはいり、すでに死亡しているはずの妻の傍《わき》に敷いてある蒲団《ふとん》に横たわるのだが、もし、家政婦が七時ちょうどに来なかったらどうなるだろうか。

近藤イネは几帳面な女で、毎日午前七時には必ず勝手口から合鍵ではいってくる。彼女を雇って以来その時間は一分と狂いがなかった。鈴恵は彼女に感心して、それを矢沢によく話していたし、彼も目撃しているから間違いはなかった。彼女は第一と第三日曜日に休む。それ以外は合鍵で裏の錠を開ける音がまるでタイムレコーダーの鳴るみたいだし、つづいてその縮れ毛と筋張った身体とを見せる。鈴恵が寝ていれば黙って台所でコトコトと音を立てて片づけものをするし、起きていれば、おはようございます、と大きな声をかける。

しかし、近藤イネも人間である。ちょうど計画実行の朝、何かの都合で急に休むということが絶対にないとは言えない。彼女に用事があるときは、もちろん前日に断わりを言うが、その朝になって不意に急用ができれば、それはないわけである。また、近藤イネがいかに頑健であろうと、生身の身体だからその朝になって急に病気にならないとは限らない。その連絡が家政婦会からあっても当日の遅い時刻だろうから、そのときは夫婦二人とも冷たくなっている。

これまでは近藤イネにそういうことは一度もなかった。が、今までがそうだからといって、今後も変わりはないとは言い切れない。その狂いが、運悪くも計画実行の朝に限って起こるかもしれないのである。

また、たとえ家政婦が元気であり、急用が生じなかったにしても、その出勤の途上で事故に遭うという場合も考えなければいけない。ちかごろは交通事故が日常茶飯事化している。彼女が出てくるのは早朝だから、車は少ないにしても、乗った電車が故障を起こして遅延するという突発事もないとは言えない。

さらに、そうした大きなアクシデントでなくとも、彼女が出てくる道で、珍しい知合いに出遇《であ》い、そこで長話になるといった場合も想像される。その話が五分もつづくと、それだけ彼女が「夫婦心中」を発見するのがおくれるので危険となる。話が十分ぐらいひまどっても、こっちの生命にかかわるのである。これまで七時に一分と遅れなかった家政婦だが、女にありがちなそうした偶発事も、この際真剣に考慮しなければならなかった。

こうなると、矢沢は自分の生命が近藤イネに握られているのを今さらのように身に感じた。彼女にその朝起こるかもしれない偶然の事故が、彼の命とりになるのだから、普通の冒険ではないのだ。

矢沢は、それを考えてこの計画を一時は諦《あきら》めようとした。しかし、この危険を冒さずには自分の「真の自由」はあり得ないと断定した。生きながら「死んだ状態」になっているのと、「真の自由」獲得に生命を賭《か》けるのとどちらを取るかだ。矢沢は、ついに勇気をもって後者を選択した。彼女が当日の朝、必ず午前七時にくることを前日にさりげなく確かめることにして。

遺書はどうだろうか。——

この場合は、鈴恵が無理心中を仕かけるのだから、遺書があるなら鈴恵だけである。矢沢は熟睡中に道づれにされて死ぬのだから何も残す文章はない。

だが、鈴恵が遺書を書くはずはなかった。擬装犯罪では、よく筆跡を真似てニセの遺書をつくる例があるが、これは危険と言わなければならない。見破られる可能性が多いのである。

では、鈴恵に遺書がなくとも大丈夫だろうか。新聞などに出る無理心中の例では、実行者が他所《よそ》にいる肉親や知人宛に「どうしてもこうしなければならなかった、世間を騒がせて申し訳ない」といったような遺書を書いている。鈴恵にそれがないことで不自然に思われはしないだろうか。

しかし、その点はむしろ遺書のないほうが自然であろうと矢沢は考えた。なぜなら、鈴恵は正常な精神でその行為に出たのではないからである。彼女は発作的に無理心中を企てたのだ。極度のヒステリー状態で、ガス栓を開いたことになるのだから、突発的である。つまりは前々からの計画的な行為ではない。計画していたら遺書も残そうが、突然の発作だから、かえって遺書を用意したのが不自然になる。げんにこの前、鈴恵が揮発油を彼の身体に振りかけて火を付けようとしたときも、突然の狂気だったから、遺書なんかなかった。これはないほうが警察に納得される。

それにしても近藤イネが焼身心中の現場に居合わせたことはどんなに幸運だったかし

れない。あの場を救われただけではなく、今度の計画では間接的な協力者になってくれたのだ。彼女だったら、鈴恵の狂暴な現場を見ているし、日ごろのヒステリー的性格を十分に知っているから、警察に対してどのようにでもそれが説明できるし、証言してくれるにちがいなかった。

もう一つ、実行に当たっての問題が残っていた。ガスの元栓に付く指紋である。矢沢は、はじめ映画や小説にあるように手袋をはめたり、ハンカチなどの布で元栓を開くつもりだったが、それではだれの指紋も付着しないことになる。これも不自然である。自殺者が指紋を恐れるはずはない。そこから作為が見破られないとは限らない。やはり鈴恵の指紋を付けなければならなかった。

だが、この工作は比較的に容易に思えた。鈴恵は、空気中の一酸化炭素の濃度〇・〇七％程度の中で、血液中の飽和度が五〇から六〇％前後となり、《脈搏《みゃくはく》は頻少となり、呼吸も浅くなり、血圧も下がる。頭はいよいよ錯乱状で錯覚、耳鳴り、視力、聴力は極度に減退し、脱出能力は全くなくなる》からである。すなわち意識はあっても頭が混濁し、腰が抜けた状態に陥るのである。

こうした彼女を抱きかかえて畳を這《は》い、壁ぎわにある元栓に右手の指を触れさせるのは、ごく簡単であった。すでに意識がはっきりしないのだから、鈴恵は自分がどうされているかわかりはしない。抵抗もせず、子供のように彼にされるがままに手を取られて元栓の上にくっきりと指紋を押しつけるに相違なかった……。

矢沢は、これでもう手落ちはないかと計画を検討した。あとは部屋の状況を作るだけのようである。つまり、鈴恵が突然に発作を起こした痕跡《こんせき》を見せなければならない。そのためには、部屋の中に彼女の荒れ狂った舞台装置が必要であった。あらゆる物が彼に向かって投げつけられたあとを設定することだったが、これはもちろんむずかしいことではなかった。

残るのは勇気の問題だった。

べつに凶器を用意することはない。凶器は常に壁際に冷たい頭をのぞかせている。

――その晩、矢沢は友人の画集出版記念会に顔を出した。仲間が大勢集まり、画商の天野も来ていた。

ひとしきり仲間との話がすんだころに、天野がグラスを片手に持って彼のほうに歩いてきた。こういう場所の天野はそわそわしている。始終眼をきょろきょろさせて、なるべくいいカモをさがそうとしている。二流どこの画商だから、有名な画家や流行画家をつかまえて商売にすることに熱心である。だれかと話していても、視線《いち》は相手に落ちつかず、まわりにいる目ぼしい画家の様子を窺《うかが》っている。機を見たら逸早《いち》くそっちに脚を運んで行って見栄も外聞もなく叩頭《こうとう》する。

その天野がその辺にいる先輩画家を捨てて矢沢の傍に来た。ニヤニヤ笑いながら小さな声で、先生、このごろお描きになっている新しいお仕事は結構ですな、と言った。

「結構ですなと言ったって、君はちっとも買ってくれないじゃないか」

矢沢は、天野の見えすいたお世辞に憤《むっ》とした。思えばこの前鈴恵の狂暴を誘発させたのも天野がその新しい試みの絵をいっこうに買ってくれないということからだった。

「いや、まるきりちょうだいしないと言ったわけじゃありませんよ。ただ、お値段を少し安くしていただきたかったのです。なんといっても、先生のこれまでの画風と違うから不安だったんです。ぼく自身は大いに感服しているのですが、なんといっても先生の固定したファンにはイメージが違いますからね。それで、奥さまに画料の点でお願いしたところ、どうもお聞き入れにならないので……」

天野が新傾向の絵をまるきり買ってくれないと言った鈴恵の言葉は嘘だったのだ。値段が安いために彼女の気に入らなかったのである。マネージャー格としてすべての交渉も収入も、女房の手に握られて「使用人」たる悲哀を矢沢はもう一度味わわされた。

「いや、それはすまなかった」

矢沢は鈴恵への憤りを噛《か》み殺して天野に謝った。

「どういたしまして。先生もたいへんですね」

天野は笑っている。鈴恵に取り入る一方、絵描きに同情していた。この天野が自分の新しい試みに理解を持っていたとは知らなかった。さすがは画商で、現在の画壇の行詰まりと、それと対角をなす自分の絵の将来に感受性を持っていると感心した。

「四日前、先生のお留守に伺ったとき、アトリエにあった描きかけの十五号、あれも先生の新傾向の一つのようですね」

　天野はグラスを一口すすって言った。

「見てくれたのか?」

「お留守中だけど、拝見しました。まだ三分の一ぐらいの進行なので、奥さまはそれとお気づきならないようですが、あれはその方向に仕上げられるのですね」

　さすがに画商でよく見ていると思った。鈴恵はまだ気がつかない。彼女の眼を偸《ぬす》みながら仕上げに向かうつもりだった。ああ、こんな不幸な画家があろうか。新しい指向に情熱を燃やしているというのに、女房に遠慮しなければならないとは。

「あれは結構な作品になると拝見しました。奥さまには申し上げませんでしたがね。これからの先生の画期的な新生命になると存じますよ」

「君もそう思うか?」

「思いますね」

「ぼくも実は自信があるんだよ」

　人間の意識を写実的に造型する新しい手法……。

「そうでしょう。わかりますよ。ただ、画料の点が、さっき申し上げたように、まだ新し過ぎるので、これまでの作風のものと同じようにはゆきませんがね。そのうち、きっと人気が出ますから、そのときはご相談させていただきます」

「画料は問題じゃない。画家は値の安いものに情熱を燃焼させる仕事をしなくてはいけない。いつまでも駆出しのころでいるような、そういうパッションを持ちつづける必要がある」

「初心を忘れないわけですね。それはたいへん貴重です。先生ぐらいのものですよ、既成作家でそういうお気持ちをもっておられるのは。先生には、なにか、こう執念みたいな根性を感じますよ」

矢沢は自分でもそう思っていたから、画商の言葉に激励された。天野を見直した。同時に、内側から盛り上がってくる呪力《じゅりょく》のようなものを感じた。新しい意欲作に立ち向かうときのこの呪力は、それを邪魔立てするいっさいの存在を抹消する神呪《しんじゅ》にも似ていた。


……すべては計画どおりにいった。

鈴恵は夜の十一時ごろから熟睡にはいった。矢沢はことさら彼女の機嫌をとり、このところ不眠症を訴える彼女にジンフィーズをつくってすすめ、それに睡眠薬の粉末を混入しておいた。ジンフィーズの白濁した液体はその判別をまったく不可能にさせた。

矢沢は、その翌朝の七時には、近藤イネが間違いなく出勤してくることをさりげなく確かめておいたので、思い切って実行にかかった。

鈴恵は軽い鼾《いびき》をかいて睡《ねむ》っている。矢沢はもちろん気が昂《たか》ぶって睡れなかった。彼は恐怖と興奮とを忘れるために、もっぱら絵のことを考えるようにした。いま描きかけの絵を、画商の天野がほめたことも刺激となった。彼は、進行途上のその絵の構図や色彩の配分の検討に頭の中を没頭させた。この野心作にとり組むのに、明日からは何の遠慮もなくなるのだ。もはや才能の伸長を控制《こうせい》する何の障害物もないのである。

　午前三時すぎ、彼はガスの元栓を指に巻いた布で開いた。きわめて事務的に方法の順序を言えば、十五分後に鈴恵は自然な睡眠から毒薬による昏睡《こんすい》状態にはいった。彼自身はガスを放出してからすぐに部屋の外に脱出した。そうして十五分後に引っ返して鈴恵のその様子を確認したのだった。昏睡している彼女の血液中の一酸化炭素の飽和度は六〇％から七〇％になっているにちがいなかった。

　矢沢は鼻と口をタオルでかたくしばり、臭気の強い部屋にはいって睡っている鈴恵の身体を抱き、畳の上を引きずって元栓に彼女の手を近づけた。鈴恵は、うす眼を開けてちょっと抵抗するような反応を示したが、その身震いは痙攣《けいれん》かもしれなかった。彼は鈴恵の右手親指と人差指とを持ち上げ、元栓の金属の上に強く押しつけた。その際、自分の指は少しも元栓に触れぬように気をつけた。

　鈴恵をもとの蒲団《ふとん》の中に入れるのに三分とはかからなかった。彼は妻をなるべく安臥《あんが》のかたちにさせ、両手を胸の上で組み合わさせた。夫に無理心中をしかけた妻は、覚悟の自殺だったところを第三者に見せなければいけない。

　襖《ふすま》を閉めて部屋の外に脱《のが》れたが、息苦しかった。タオルで口と鼻をふさいだうえに、なるべく呼吸をしないようにしていたのでガス中毒の影響はないと思われるが、心理的に肺の中に一酸化炭素が相当量たまっているように思われた。これを吐き出すためにアトリエに行った。

《空気中の濃度が〇・一～〇・二％になると血液中の飽和度は七〇％となり、一～二時間のうちに麻痺《まひ》状態にはいって、やがて死亡する》

「教程」にはそう書いてあった。

七時前十五分に彼が再びあの部屋にはいるまでには三時間以上もひまがあった。ほかの部屋にはいって睡る気はしなかった。

彼は気をまぎらわすために、描きかけのカンバスに向かうことにした。「待ち時間」の利用である。アトリエは閉め切ってあるので蒸し暑かった。とくに昨夜から蒸し暑く、その熱気がまだ冷めないでいる。彼は窓をほんの少し開けた。もちろん厚いカーテンはそのままである。室内の電灯をつけずに、フロア・スタンドだけを点《つ》けた。スタンドの笠《シェード》を外側に傾けて、光が外にもれぬようにした。カーテンが厚いからその心配はないが、用心を重ねたのだ。また、こんな時間に起きている近所もなく、人通りもなかった。

絵を描いているうちに、いま死にかかっている鈴恵のことが意識からだんだん遠ざかっていった。われながら身体にデエモンが憑《の》り移っているように思えた。

これこそ真の精霊《しょうりょう》ではないか。ゴッホもピカソもこれほどの強烈なデエモンは与えられなかった。彼は神秘と恐怖とに身体を委《ゆだ》ね、戦慄《せんりつ》した。

小さな羽虫の群れがとんできた。カーテンをおろしているのに、わずかな隙間から光を見つけて侵入したらしい。虫の鋭敏な感覚だった。その羽虫が画布の濡《ぬ》れた絵具の上にとまった。粘い絵具に脚をとられて飛び上がれない虫もいる。白い、小さな翅《はね》を矢沢は一つずつつまんで絵具の上から除いた。そのはしから新しい虫が光った絵具を目ざして飛びついてきた。

彼はドアを閉め、画布の羽虫をすっかりとり除いたうえ、羽虫の死骸《しがい》を全部トイレに持って行って水に流した。戻ってくると、指先や爪でキズのついた画布の絵具の上に、もう一度同じ色を重ねた。部分でも、小さな翅の片方がちぎれて執拗《しつよう》に残ったところは、面倒になって絵具で塗りつぶした。——こんなのは、事件とは何の関係もない。

思うような絵が何の遠慮もなく描ける。矢沢はその喜びに浸った。鈴恵の傍に横たわるには、まだ二時間以上あった。

## 12

鈴恵は死亡し、矢沢は病院で助かった。その朝七時かっきり、通いの家政婦近藤イネの出勤によって夫婦のガス心中は発見されたのだった。

救急車が到着したとき、矢沢は、八畳の間に充満する強烈なガスの臭いのなかに意識を失っていた。発見がもう十五分も遅れていたら窒息死は間違いなかったろうと手当てした医師は言った。

しかし、かなりの重症だったので、警察が臨床で事情聴取できるまでに三日間は待たねばならなかった。

その三日間、警察は何もしないのではなかった。ガス洩《も》れは過失や事故ではなく、あきらかに人為的に放出されたのである。その部屋の壁ぎわにのぞいているガス栓は開放され、台所の下にある元栓も開かれていた。この元栓のほうはよごれていて指紋が採れなかったのだが、部屋の栓には鈴恵の親指と人差指の指紋が実にはっきりと採取できた。

ガスを部屋に放出したのは、この栓に付着した指紋から鈴恵であることは明瞭《めいりょう》だった。矢沢の鈴恵はその壁際に敷いた夏蒲団の中に仰臥《ぎょうが》し、両手は胸の上に交差されていた。矢沢のほうは俯伏《うつぶ》せになってうすい掛蒲団から這《は》い出し、ガス栓のほうに右手を伸ばし、左手は畳を突くような格好で肘《ひじ》を曲げて倒れていた。これは近藤イネの緊急電話で駆けつけてきた所轄署員らが部屋に踏みこんだとき実見したのだから間違いはない。

ガス中毒の現場を多く見た警察署員、とくに鑑識係員の経験則にしたがえば、矢沢のほうは睡眠の途中で眼をさまし、ガスの流出に気づいて栓を閉めに這い出したが、運動能力を失い、麻痺状態となってそのまま意識不明に陥ったものと推定された。

矢沢はガス栓を閉めに行く意志があった。だからこれは妻の鈴恵が夫を道づれに無理心中を企てたものと考えられた。解剖台に載った鈴恵の身体の背面にはあざやかな薔薇《ばら》色が一面に塗られていた。死斑《しはん》がきれいな鮮紅色を呈するのはガス中毒の特徴である。死亡は午前六時ごろから六時半の間と推定された。死体から血液がとられ、一酸化炭素飽和度は七二％の量に達していた。これは空気中の一酸化炭素の濃度が〇・二％前後の状態になってから一時間半ないし二時間後に死亡する。そして〇・四％の一酸化炭素を含む配給の石炭ガスが八畳の間に流出して、部屋ぜんたいの空気を濃度〇・二％にするまでには約十五分間を要する。したがって鈴恵は午前四時ごろか四時半ごろガス栓を捻《ひね》ったものと推測された。

入院直後の矢沢の血液を検査すると、これも飽和度七二％あった。矢沢が辛うじて生命をとりとめたのは女の鈴恵よりは体力があり、心臓が強靭《きょうじん》であったからだと思える。

妻の鈴恵は、なぜ夫と無理心中を企てたのか。遺書がなく、死者の意志を確かめることができないため、警察では矢沢夫婦の周辺を調査することにした。これは犯罪事件ではなかった。鈴恵が生きていれば刑事責任を問われるが、本人は死亡しているので、警察も事情調査だけで終わらせるつもりでいた。

家政婦が訊《き》かれた。

近藤イネは、四十日前に起こった鈴恵による無理焼身心中未遂事件を述べた。矢沢の叫び声で自分がアトリエのドアを蹴破《けやぶ》るようにしてはいらなかったら、鈴恵は矢沢の身体に浴びせた揮発油にマッチの火を投じたであろうと言った。

「わたしが奥さんの手から火のついたマッチの軸を奪い取ったからよかったのです。でなかったら、どんなことになったかわかりません。奥さんの顔は真《ま》っ蒼《さお》で、ものすごい形相でした。旦那《だんな》さまは揮発油をまるでシャワーのように浴びせられて頭から雫《しずく》が垂れていました。あのとき火がついていたら、今回の悲劇は四十日前に起こっていたのです。そうして旦那さまは火炎に包まれた生不動《いきふどう》のような姿になって黒焦げとなり、決して助かることはなかったでしょうし、大火事になったかもわかりません」

この種の証言は、とかく真相より何割か大げさに語られる。それは自分だけがその場に居合わせてその劇《ドラマ》に何らかの役割をつとめたという証人の興奮からもくるし、そのことをドラマチックに語ろうとする婦人の性向からもくる。

常からの夫婦仲はどうでしたか、という質問に、近藤イネは、鈴恵が主人で矢沢が従僕のようだった、奥さんは通常の性格ではなく、機嫌のいいときはおそろしく上機嫌だが、虫の居どころが悪いと手がつけられないくらい不機嫌となり、怒りっぽくなる、その気まぐれが一日に何回となく起こり、しかも予想がつかない、あれは完全なヒステリー症で、旦那さまは奥さんの顔色を見て兢々《きょうきょう》と暮らしていた、と、こまかに実見例を述べて語った。焼身未遂事件もそうだが、奥さんが気違いのようになって旦那さんに乱暴した形跡は数限りなく見てきた。

たとえば、アトリエで描きかけの絵がナイフで引き裂かれていたり、絵具のチューブがそこらじゅうに投げつけられていたり、旦那さまの洋服やシャツが鋏《はさみ》でずたずたに切り刻まれていたりしていたことは珍しくない。そのへんの道具が暴力で散乱しているのは、ほとんど連日のことだった。それに対し、旦那さまは顔を赧《あか》くして、それを奥さんの所行でないように弁解していた。何が不足で、奥さんはおとなしい旦那さまをあんなに虐《いじ》めていたのだろうか。金に困らない結構な暮らしをさせてもらっているのも旦那さまのおかげではないか。しかも、旦那さまの仕事を暴力で邪魔をし、旦那さまはそれを我慢しながら、そうして奥さんの機嫌を取り取りして絵を描いておられた、ヒステリーの奥さんを持った旦那さまは、ほんとに気の毒だと思った。それについて言えば、いろんなことがお話しできる……。

女の証言は男子にくらべて細目的な個々観察はむしろすぐれており、男では気がつかないような小さな一部分の事柄には真実性の報告を提供するものだが、とかく総体的な観察力に欠けるところから総体的観察上の供述は比較的に誤る、とされている。これに対し、「知識型」と呼ばれる証人のタイプがある。
《自分独りよく呑《の》みこんでいるような分別顔と自信に満ちた口調で答えようとする証人は、多くは知識型（「教養型」）に属する。彼らは知能と弁力に恵まれているところから、かつて自分が経験した事実を確実・明白に理路整然と、かつ老練な用語をもって陳述するから、聴く人をして一応本当だと思わせるが、しかし、そのかつて認識した事実についての客観的なありのままの報告ではなくて、ある程度それに代わるに主観的の批判、解釈、説明、意見が先立って述べられるという傾向が顕著である》（『供述心理』司法研修所編）

近藤イネは、決して知識人でもなく教養人でもなかったが、その職業柄、年じゅう他人の家を転々として移って働いているため、他家の家庭内情について詳しい知識をもっていた。派出家政婦である彼女は、控えめに台所で働きながらも、その家の内情の観察者であり、探知者であった。彼女の耳目はそのために働いた。豊富な経験は、派出先の家にはいって二時間も働けば、その家庭がどのような色合いをもち、主婦の性格、家族との折合い、経済的な事情、主人が戻ってくればその夫婦仲の善悪などを、彼女の頭の中にある類別に従って本能的に直観できるのだった。そして彼女はもちろん幸福で平和な家庭よりも悲劇的な家庭に興味と好奇心を持った。

《看護婦の甲野は職業がら、冷やかにこのありふれた家庭的悲劇を眺めていた――と言うよりも寧《むし》ろ享楽していた。

……お鈴の声は「離れ」に近い縁側から響いて来るらしかった。甲野はこの声を聞いた時、澄み渡った鏡に向ったまま、始めてにやりと冷笑をもらした。それからさも驚いたように「はい唯《ただ》今」と返事した》（芥川龍之介『玄鶴山房』）

芥川《あくたがわ》の書いた「甲野」は病家に泊まりこみでいる派出看護婦だが、派出先の家庭の悲劇的な面を冷ややかに享楽している面では、近似の職業である派出家政婦近藤イネも変わりなかった。

　こうして近藤イネの証言は、画家矢沢の家庭――というよりもその夫婦関係について観察したことを詳細に述べ、かつ自己が経験した事実を明白に理路整然と老練な用語をもって陳述したのであった。それには彼女の鈴恵に対する主観的な皮肉と批判と、矢沢に同情的な解釈、説明、意見が先立って述べられるという傾向がかなりあった。

　警察は、矢沢の絵を買い、その家庭に親しく出入りしている画商の天野からも事情を聴取した。

「奥さんが変わっていたことは事実です。はっきり言うとヒステリーでしょうな。気が強くて、お天気屋さんで、矢沢さんもすっかりもてあましていましたよ。私なども奥さんは扱いにくい人でした。画家の奥さんはご主人のマネージャー格になって画商との交渉に当たる人が少なくないのですが、矢沢さんの奥さんもそうでした。そもそもはご主人に雑事をわずらわさせずに制作に専念してもらう善意から出たのですが、奥さんがマネージャーになって絵の注文を選択したり引き受けたりすると、どうしても、奥さんの責任においてご主人に絵を描かせることになりますからね。まあ、なかにはもちろんご主人と相談して画作を決める向きもありますが、奥さんに何というか権力のようなものができると、奥さんが万事ひとりで決めるようになります。矢沢さんとこもそうでした。すべてが奥さんに決定権がありました。だから、矢沢さんは、おれは女房の使用人だとよくこぼしていましたよ。気の毒に小遣いも自由に使えないものですから、こっそり小品など描いて私から現金を受け取ってポケットマネーにしていました」

画料は自分のものにならなかったのですか、という警察官の質問がある。

「画料は全部奥さんの管理です。なにしろマネージャー格ですからね。私が奥さんに直接にお渡しするしくみになっていました。奥さんはそれを銀行預金にしたり、品物や土地を購入したり、生活費に当てたり、絵の材料を買ったりして、まるで自分の収入のように仕分けしていました。そりゃ、矢沢さんには小遣銭は渡していましたが、そんなにたくさんは出さなかったようです。女房というのはケチですからね。それにあんまりたくさん渡すと道楽をするくらいに邪推しますからね」

矢沢氏に女性関係があったのですか、という警察官の質問がある。

「多少は浮気程度のことはあったようです。そりゃ男だし、芸術家だから仕方がありません。けど、みんな大したことはありませんでしたよ。それに、このごろは年齢のせいか、そういうこともないようです。ところが鈴恵夫人には矢沢さんの前からの女性関係で嫉妬《しっと》が固定観念になってしまったようです。夫人の元来の異常性格もあるようですが、その嫉妬や猜疑心《さいぎしん》が昂《こう》じてあのヒステリー的な性格になったんじゃないかと思いますよ。矢沢さんも気の毒でした。夫人にヒステリーの発作が起こると、その暴力の前に矢沢さんはじっと耐えていましたよ。とても理屈のわかる相手じゃありません。まるで狂人ですからね。家政婦のいう焼身無理心中未遂の一件は私も聞きました。矢沢さんは恥ずかしがってぼくには話しませんでしたが、あの人にはそういう気の弱いところがありましたよ。だから今回のガス無理心中も、鈴恵夫人が夜中に発作を起こして突発的にしかけたのだと思います」

最近、何か変わったことはありませんでしたか、という警察官の質問がある。

「そうですね。これは家庭の事情に関係のない、絵のことですが、矢沢さんは新境地の開拓にすごく情熱を燃やしていましたね。あの人は具象画が得意なのですが、近ごろネオ・レアリズムというのですか、その方向に光明を見つけたといってよろこんでいました。一口に言うと、それは人間の深層意識、気づかない匿《かく》された本能といったものを分解して画面の造型に構成するというイディーです。これはもともと抽象画の分野なんでしょうが、そのアブストラクト的なものを矢沢さんは写実で構成しようというのです。私は、新しい試みだと思います。矢沢さんはその完成に没頭することによって鈴恵夫人から受ける苦痛を忘れようとしていましたね。ところが、その新しい傾向作が鈴恵夫人にはまた気に入らなかったのです」

どうしてですか、と警察官の理由の質問がある。

「画料が安かったからです。私も商売ですから、自分の趣味だけで絵を買うわけにはいきません。矢沢さんにはこれまでの画風にファンがついていて、相当な値段で売れていたのです。矢沢さんの値は画壇では、超大家のものは別にして、最近は第一線作家に近い値になっていました。が、いわゆる新傾向となるとそれほど買い手は付きませんからね。それが認められるまでは長くかかる。ご本人もまだ未完成なんです。そういう絵を同じ値段では私も引きうけられませんから、どうしても安い。矢沢さんはタダでもいいから描きたいと思っているでしょうが、マネージャーたる鈴恵夫人はそうはいきません。矢沢さんがそんな安い絵を描くのが気に入らず、いつぞやは描きかけのカンバスをナイフでめちゃめちゃに切り裂きましたね。ヒステリーというのはカッとなって発作が起こると精神喪失状態になるのですね。あれでは矢沢さんは地獄の中で制作をつづけているようなものです。まったくお気の毒でした」

最近、あなたが矢沢氏のところを訪問されたのは何日ですか。

「今回の事件が起こる四日前です。矢沢さんは留守でしたが、アトリエを拝見して、描きかけの新傾向の絵を見せてもらいました。それは、まだ三分の一ぐらいの進行で、模糊《もこ》として、はっきりしない図柄でしたが、私にはそれが新傾向の絵だということはわかりました。つまり矢沢さんは仕上げ近くなるまで、その絵をはっきりとはさせず、鈴恵夫人には従来の絵のようになるよう見せかけていたのです。そして夫人が暴れるのを防いでおいて、隙を見ては一気に仕上げるつもりだったのでしょう」

アトリエの画架に絵が載っているが、それがそうですか。

「まだ、それを見ていませんが、たぶんそうでしょう。そういう涙ぐましい努力を矢沢さんはしていたのです。私は、そう言ってはなんですが、鈴恵夫人と矢沢さんとが死生をとり違えなくてよかったと思います。あれが反対だったら、矢沢さんがあまりに気の毒です。そうそう、あの事件の前の晩は、ある画家の画集出版記念会が銀座でありましてね。そのパーティの席でも私は矢沢さんに会ったのですが、矢沢さんは野心作への意図に燃えていましたよ。終始ご機嫌で、そういう暗い家庭をもっている人とは思えませんでしたね。矢沢さんは、自分はピランデルロの生き方に学びたいと言っていました」

ピランデルロとは何ですか、という警察官の質問に、それは、イタリアのノーベル文学賞作家ということだが、詳しいことは、矢沢さんと親しい美術雑誌記者の森禎治郎さんに訊《き》いてください、矢沢さんは森さんの話から感銘を受けたようです、と言った。

そこで警察官は森に会いに行った。

「ルイジ・ピランデルロの半生は、その精神分裂症の妻の介抱に明け暮れした悲惨な生活だったと言ってもいいでしょう」

文学好きの美術雑誌記者は言った。

「しかし、その妻の荒々しい発作に苦しめられたからこそピランデルロの作家魂が磨きあげられたとも言えます。彼はその現実の生活の中でイマージュを解体し、それを作品の中に再構築したのです。狂える妻の心理をたどりながらね。矢沢さんはその話に感動されたようです」

ピランデルロには、どういう作品がありますか、と警察官の質問。

「『作者をさがす六人の登場人物』という劇作が最も有名で、これで彼はノーベル文学賞を受けました。小説には『死せるパスカル』というのがあります。これは作者の心境小説のようでもありますね。悪妻からのがれようとした主人公パスカルはいったん死んだことになる。〝死んだ〟彼はそこで自由と恋愛を享受するのですが、やむを得ない事情で、もう一度生き返ります」

なに、死んだ亭主が生き返るのですか、と、その言葉で警察官は衝撃をうけたように問い返した。

## 13

矢沢が回復に向かって、臨床質問ができるようになった。犯罪ではないから、尋問でなく事情聴取だった。

「その前の晩は……」

と、矢沢は係官の問いにベッドで話した。

「銀座で絵描き仲間の寄合いがありました。場所はAホテルの四階です。結婚式の控室に使う何とかの間《ま》でしたが、出席者の中には画商の天野君もいました。会が終わったのが九時前で、それから天野君を含めて四人で銀座裏のバーを三軒ほどハシゴしました。

帰りが十二時ごろでしたが、タクシーがなかなか拾えないので、四十分ぐらい待ったと思います。天野君が心配して、いっしょにお宅までお送りしましょうかと言ってくれたのです。というのは、ぼくの家内は嫉妬が強く、怒り出すと狂って手がつけられず、ほとんど精神分裂症の状態になるのです。天野君はそのことを知っているので、ぼくを送ってやろうという気持ちだったのです。今から考えると、そうしてもらったほうがよかったのですが、ぼくも画商の手前、やはり見栄《みえ》がありますから、それを断わってひとりで戻りました。帰宅したのが午前一時二十分ごろだったと思います。

妻は玄関を閉めて寝ていましたので、ブザーを押しましたところ、三十分ぐらい出てきませんでした。それで妻の不機嫌なことがわかりました。やっと寝巻姿で出てきた妻は玄関の錠をはずすと、あとも見ずに奥にはいって行きました。私は内側から施錠をし、居間にはいりますと、そこに妻が立っていて、いきなりぼくの顔を殴ってきました。それから、そこにあるいろんな物を抛《ほう》ってきたりしたのですが、ぼくは妻の暴言と乱暴に耐えていました。妻の嫉妬は普通ではなく、妄想が浮かぶと狂人同様になり、もしこれに抵抗しようものなら、どんな騒ぎになるかわかりません。ぼくの家は経済的に安定し、妻は何一つ不自由のない生活をしているのですが、そういう理性はまったく妻に通じないのです。

そのうえ、狂気の発作が起きると、妻にはこの世の中がどうにもやり切れない絶望に映るらしく、自殺の欲望に駆られるらしいのです。それも、自分ひとりが自殺するのではなく、ぼくを道づれにしようとするのです。つまり無理心中です。

過去にそういうことは二、三度ありました。刃物で迫られたこともあります。また、妻は自分の首に腰紐《こしひも》をぐるぐると巻きつけ、さあ、絞めてくれと紐の端を持ってぼくにすり寄ってきたこともあります。いつぞやは、アトリエにはいってきて画材用の揮発油をぼくに降りそそぎ、マッチで火を付けそうになりました。あのとき、通いの家政婦の近藤イネさんが妻の閉めているドアを蹴破《けやぶ》るようにしてはいってこなかったら、ぼくはどうなっていたかわかりません。

ぼくは妻の狂気を先天的なものと諦《あきら》めていました。いまさら離婚することもできません。また、そんな話でも持ち出そうものなら、逆上した妻に殺されかねません。そこで、ぼくは森君という美術雑誌の記者から、イタリアのノーベル文学賞作家のピランデルロの生涯を聞き、彼の境遇によく似ているのを知って以来、ピランデルロのような生き方をしようと決心しました。このピランデルロは十五年間も奥さんの異常な嫉妬《しっと》と精神分裂症に悩まされたのですが、その地獄のような境遇から、よく精神の実態を見つめ、そこから偉大な文学を構築したのです。ぼくも同じ芸術家として、美術の面でこの逆境から新生面を発見しようと思いました。そうすることによって現実の苦悩から脱《のが》れようと思ったのです。

幸い、それは成功するように思われました。というのは、ぼくのこれまでの絵の分野にないものが発見でき、それがうまくいきそうに考えられたからです。もし成功すれば、世間にも大きな反響を呼び、現在混迷している画壇に一つの方向を示す篝火《トーチ》にもなるように思われました。この自負が、ぼくにどんなに大きな勇気づけになったかわかりません。ところが妻は、ぼくのそうした新しい傾向の作品にはまったく理解がなく、アトリエでそういう試作品を描いていようものなら、たちまちナイフで切り裂いてしまうような乱暴を働くのです。

というのは、ぼくは妻に画商との交渉いっさいを任せていたので、妻は値段の安い新傾向の作品をよろこばず、これまでどおり高い値で売れる絵を描きつづけるように望んだからです。ぼくは妻の眼を盗んで自分自身のための絵を描くより仕方がありませんんでした。この点は、画商の天野君がよく事情を知っていると思います。さて、あのときのことですが、ぼくは狂う妻をなだめすかして、やっとのことで床にはいらせました。妻も疲れたのか、案外早く寝につきました。ぼくはそれで安心し、酒を飲んできたうえに、そういうことがあったので、ぐったりとなり、すぐに眠りにはいりました。それが、だいたい三時ごろだったと思います。

どのくらい睡《ねむ》ったかわかりませんが、何だか息苦しくなったので、ふと眼を開けると瞬間に強烈なガスの臭いがしました。いけない、ガス中毒になると思って、壁ぎわにあるガス栓を止めに床から起き上がろうとしたところ、どうしたことか腰が立ちません。腰が抜けた状態になっていたのです。それで床を這《は》い出してガス栓のほうに近づいたのですが、その運動がまるで夢の中で走っているような具合で、どうしても前のほうにすすみません。それでも意識ははっきりしていて、妻が例の癖を出して、ぼくの睡っている間にガス栓を捻《ひね》ったのだと知りました。その妻は、ぼくの横に敷いた蒲団《ふとん》の中に横たわって身動きしないでいます。ぼくは、自分が意識があるものですから、妻が死んだとは考えず、早くガス栓をとめないと妻が危ないと思い、必死に栓のほうに向かって畳に手を突きながら近づいて行ったのですが、右手がもう少しで栓に届くところで、頭の中がぼんやりしてきて、それきりわからなくなってしまいました。眼をさましたとき病院のベッドに寝かされていたので、びっくりしました。妻が早くから死んでいたとは全然知りませんでした」

警察では、矢沢がピランデルロの小説「死せるパスカル」にヒントを得て、自分が一度死んだことにして生き返る方法を選んだのではないか、と思った。そのために警察官はその小説をさがしてきて読んだものだった。

小説と違うところは、小説の主人公は妻に自殺と誤認されるのだが、矢沢の場合は「妻から無理心中」を仕かけられた点にある。すなわち、小説の妻が生きているのに対し、矢沢の妻は死んだのである。そうして、矢沢だけが生き残ったのである。

たしかに、矢沢が妻の鈴恵といっしょにガス中毒になって同じ部屋に転がっていたことは間違いない。近藤イネの急報で、救急車がくる前に、近所の人がその部屋にとびこみ、庭に面したガラス戸を叩《たた》き破り、雨戸を開放したから、当時の室内における一酸化炭素の濃度はわからなかった。だが、解剖した鈴恵の血液中の一酸化炭素ヘモグロビンの飽和度は七二%であり、病院で矢沢の血液中から検出した量も七二%であった。完全に両人は同じ部屋の一酸化炭素を吸入し、中毒を起こしたのである。

さらに、鈴恵がその部屋でガス栓をひねって、ガスを流出させた決定的な証拠があった。ガス管の捻子《ねじ》に鈴恵のはっきりした指紋が付いていることだった。もっとも、近所の人が中にはいったとき逸早《いち》くこの捻子を閉めたので、その人の指紋もあるが、鈴恵の指紋は一部重なっていても判別ができた。それほど鈴恵の指紋は明瞭《めいりょう》についていたのである。

が、一方、台所にある元栓のほうには鈴恵の指紋がうす過ぎて、はっきり検出できなかった。こっちは古すぎるし、埃《ほこり》などで汚れていたからでもある。それに台所に置いてあるガス・レンジを使うから、いちいち元栓のほうを開閉することはない。

このように鈴恵の「行動」が証明されると、近藤イネや画商の天野などの証言もあって、矢沢の中立ては間違いないものとして警察官に受け取られた。

――しかし、猜疑心《さいぎしん》の強い警察官はいるものだ。矢沢が心を惹《ひ》かれたと言っているピランデルロの「死せるパスカル」の主人公が《死んだことにして、実は生きている》という筋を重視した。細君に虐待される主人公の境遇が矢沢と似ていて、矢沢がそれに共感をおぼえたとすれば、彼もまた《死んだことにして、実は生きている》という理想を願望していたのではないかと、その警察官は疑ったのである。

そういえば……と、その警察官は考えた。矢沢の話だと、鈴恵のはヒステリー、いつも衝動的であり、発作的であった。それから夫に対して悪罵《あくば》と暴力とをふるった。つまり、いつも夫が妻の嘲罵《ちょうば》に顔を歪《ゆが》めその屈辱に耐えている様子や、暴力の前に敗北している姿に彼女は快感を覚えていたのだ。夫の苦痛の反応を愉《たの》しみ、嗜虐性を満足させていたのである。夫が睡っている間にガスを出して心中の道づれにしようとしたところで、彼は熟睡しているのであるから、その恐怖も感ぜず、苦痛も見せないわけである。これでは夫を虐めたことにはならないではないか。鈴恵は狂人的なヒステリーだと矢沢は言っているが、そのヒステリーにはサディズムがあるようである。

同様なことだが、それまで鈴恵が仕かけた《無理心中》は衝動的で、突然発作的であった。それに比べると、夫の睡眠中にガスを出すというのは計画的である。

さらにもう一つ、それまでの鈴恵の無理心中的行為には、そこに遁《に》げ道が開けてあった。たとえば、矢沢が自分で言っていることだが、鈴恵が刃物を持って追い回したことも矢沢が逃げるか取り押えるかすればよいわけだし、首に腰紐を巻きつけてその紐の両端で絞めてくれと身体をすり寄せてきたところで、矢沢が言うことを聞いてやらなければいいのである。げんに、焼身無理心中の話も、鈴恵はマッチを持っていたが実際には火を付けていない。家政婦が駆けつけてきたから大事に至らなかったと矢沢は言っているが、あるいは鈴恵自身も、火を付ける格好で近藤イネという家政婦がくるのを待っていたかもしれないのである。すべて遁げ道をつくったうえでの、威嚇であり、狂言であり、そうすることによって矢沢の驚愕《きょうがく》、恐れ、狼狽《ろうばい》、苦悶《くもん》を愉しんでいたふしがある。矢沢は鈴恵が狂人のようなヒステリーだと言っていたが、精神分裂症ではないから正常だったとみていい。

ところが、ガス中毒となると、安全な遁げ道は少なく、死への可能性は高い。彼女も夫も助かる見込みは、まず少ない。彼女もその危険なことは知っていよう。これまでの鈴恵のやり口から考えて、それは特異である。――とすると、矢沢が鈴恵の行状を利用してガス中毒ということで妻を殺し、自分だけが助かるという工夫をしたのではあるまいか。

警察官は、いったん疑惑が生じると、それがたとえ晴れた空の小さな雲ぎれのようなものであろうと、すっかり拭《ぬぐ》えない限りは、最後まで相手を監視するものだ。

矢沢の退院があと二、三日という日、その警察官は画商の天野を連れて矢沢家に行った。矢沢が帰宅するまで、鈴恵の葬式は出さず、家には両家の親戚《しんせき》が詰めかけ、家政婦の近藤イネもそのまま残っていた。

アトリエにはいった天野は画架の上にある描きかけの十五号のカンバスを見て首をかしげた。どうしたのですか、と警察官は訊《き》いた。

「いや、ぼくがここに来て見たときは、この絵はまだ三分の一ぐらいしか進行していなかったんですがね。それはガス事件の四日前です。ところが、いま見ると半分以上はすんでいる。しかも、矢沢さんの新傾向が画面に明瞭に出ています」

その四日間に、矢沢が絵を進行させたのではないか、と警察官は訊いた。

「いや、そういうことはないでしょう。少なくとも奥さんが生きている間はね」

生きている間は、とおっしゃると？

「矢沢さんは、新傾向の絵を描いているというのを奥さんにできるだけ隠していたのです。でないと、また奥さんに絵を破られますからね。私が三分の一ぐらいのを見た時点では、新傾向のものになるのか、従来のものなのか、まだはっきりしていませんでした。それは奥さんの眼をごまかすためで、仕上げしだいではどっちにでもなるといったものでした。私には、だいたい新傾向になるなアと見当がついていたので、パーティで矢沢さんにそれをほめたことがありますよ。奥さんは、やっぱり素人で、それがわからなかったんですな。矢沢さんは、その絵の仕上げを自分のアトリエではできないから、私のとこの画廊の奥で、こっそり持ってきてやるつもりだったのです。……ところが、いまカンバスを見ると、はっきりと新傾向の絵になっています。しかも、これまでになく大胆に、自由に、のびのびと絵具が塗られ、線がひかれていますよ。矢沢さんの近来の佳作になりそうです。そこには、何ものにも掣肘《せいちゅう》されない、また拘束も受けない、自由闊《かっ》達《たつ》さがあります。奥さんの監視の眼がある自分のアトリエで、よくこんな絵が描けたと思いますよ。しかも、三分の一のところを私が見てから、今回の事件までの間が四日間ですからね。自由な環境で絵をこの程度までに進行させるにはそんなに時間はかかりませんが、奥さんの眼から隠れながら描くとしたら、もっともっと時日がかかると思いますがねえ」

矢沢が、鈴恵による無理心中を擬装して実は彼がガスを放出したとすれば、同じ部屋に同じ時間に寝ている限り、彼も鈴恵と共に死亡する可能性が強い。事実、両人の血液中にみられる一酸化炭素ヘモグロビンの飽和度は同じだった。この飽和度からすると、室内の一酸化炭素の濃度は○・一％から○・二％はあったろうと推定される。

ところが、調べてみると、この状態だと死亡にいたるまで麻痺《まひ》のまま二時間ぐらいは生存していることがわかった。そうすると、矢沢が鈴恵よりはずっと短時間その部屋に寝ていれば、彼には助かる見込みが十分にある。家政婦の近藤イネは朝七時には判で捺《お》したように家にくるから、七時の発見を計算に入れると、矢沢がその部屋にはいったのは、六時から七時の間ではなかろうか。室内の濃度が〇・二％であれば、短時間そこに寝ていても、矢沢の血液中の飽和度も七二％になるはずである。

矢沢の申立てによると、夫婦は午前三時に就寝したと言っているが、もし実際には矢沢だけが七時二十分前に寝たとすれば、午前三時（この時間は矢沢の申立てを信じるとして）を過ぎた時間、たとえば四時前ごろからガス栓を開いたとすれば、その間約三時間の余裕がある。とすれば、その「時間待ち」の三時間、矢沢はどこにいて何をしていたのだろうか。

矢沢は画家だ。その「時間待ち」の間に、アトリエにはいって、十五号を現在のものに一気に描いたのではあるまいか。鈴恵は死の道への昏睡《こんすい》をつづけている。それへの恐怖を絵にまぎらわせたとも言い得る。また、苦しめられた妻から解放され、いまや何の遠慮も拘束もなく、思うがままに意欲作の完成に向かったとも言える。彼の絵をよく知っている画商の天野が、矢沢としては近来になく、大胆で、自由奔放な出来だと言ったのは、そのためではないか。その絵の仕上げは天野の画廊の奥でやりたいと言っていた矢沢がである。――そういえば、部屋のガス栓の捻子だけに、鈴恵の指紋がいやに明瞭に付着していたのも不自然で、作為を感じさせる。

警察官は、未完成の十五号に眼を近づけさせて舐《な》めるように見渡した。すると、天野が指摘したその後の進行部分に当たる絵具の中から、小さな虫の翅《はね》の片方が出ているのが見えた。干からびたレモン・イエローの中で、その翅も澄明な黄色に染まっていた。鑑識で調べてみると、それはニンギョウトビケラという羽虫の一種であった。この絵具を塗っているときに、羽虫が外から侵入してカンバスにとまったのである。

最近、矢沢の家の近くで、この羽虫が多く飛んでいた日が調査でわかった。ガス中毒の前夜遅くから当日の午前七時すぎまでであった。矢沢は、前夜はホテルの画家仲間の集まりに出ているし、午前一時半ごろに帰宅してからは絵を描いていないと陳述している。描かなかった絵に、羽虫がどうしてカンバスの塗りたての絵具にまみれていたのか。

警察は約三時間の矢沢の「時間待ち」の内容を知った。

# 六畳の生涯

## 1

東京都の西はずれにある区で、郡部の地区に接している一帯は、十年前とは見違えるように多くの家が建ち、きれいな住宅街がひろがっている。ある場所では、五、六年前は低湿地で、大きな雨が降るたびに水が出て、雑草が浸《つか》っていたところも、土盛りがなされ、体裁のいい洋風住宅がならび、新しい道路が四方につくられている。

最近、建売りの家を買った夫婦者が、まだもの珍しそうに界隈《かいわい》を散歩していた。晩春の黄昏《たそがれ》で、夕食をすませたあとのそぞろ歩きには気持ちのいい季節である。よその庭のうす暗いところから散り残りの桜が白くにじんだりしていた。

「志井田《しいだ》医院か。内科だね」

夫は鉄柵《てっさく》の門の前に立ちどまって洋館の看板を見上げた。窓は暗かった。

「お医者さまも近いし、安心だわ」

夫のうしろにいる妻が言った。

「小児科も診るのでしょうか？」

「そりゃ診るだろう。こういう場所の医院だからね。内科なら、たいてい小児科を兼ねている」

「子供が病気になったとき、応急の手当てはしてもらえますわね。近いからありがたいわ」

夫婦は足を動かし、医院の裏につづいている和風の家屋を斜めから眺めた。医者の住居らしく、そこには灯が映っている。二階はなく、長い家だった。表の医院の建物の倍はありそうだった。

「家族の多い家らしいわね。何坪ぐらいあるかしら？」

「四十坪はあるらしいな。住居のほうだけで」

「看護婦さんなんか置いてるから、これくらいの大きさが必要なのね」

「それだけではあるまい。優雅に暮らしてるんだね」

眼の前には、小さな門があって標札がかかっていた。

「志井田正夫というのか……」

夫は陶器の標札の字を外灯に透かして読み、妻を促して歩いた。

少しばかり行ったとき、うしろに靴音がした。夫婦がふり返ると、小さな門から薄茶色のコートをきた、長身の女が出てきて、この道を反対側へ足早に歩いて行った。

「お医者さんの奥さんかしら？」

妻は見送って言った。

「看護婦かもしれないね」

「そんなに若くはないみたいよ。奥さんだわ、きっと。背の高い方ね、お洋服の似合う……』

洋装の似合う女は向こう角に消えた。

夫婦が姿勢を戻そうとしたとき、同じ門から、また女の姿が現われた。丈《せい》の短い、ずんぐりとした格好だった。黒っぽいカーディガンをきて、手に買物籠《かご》を提げていた。その女は、門のところで立ちどまり、道の向こう側をのぞくようにした。その様子が、いま消えたばかりの長身の女を窺《うかが》うようにみえた。そうしてこっちに向かってきたので、いままで眺めていた夫婦はちょっとあわてて歩き出した。

ぶらぶら歩きしている夫婦者を、その背の低い、肥えた女はさっさと追い越した。通りすぎるときに見た横顔では四十近い女に思われた。地味な身なりで、カーディガンもスカートも黒い。脚は無格好に太かった。少しガニ股《また》である。片手にふくらんだ買物籠を提げているが、かなり重たそうだった。風呂敷《ふろしき》を上に詰めているので、何がはいっているのかわからなかった。

その女の姿が曲がった道の向こうに消えると、いままで黙っていた妻が夫に言った。

「あの人、お医者さんとこのお手伝いさんかしら？」

「そうらしいね」

夫は片側の、しゃれた家を見上げた。ピアノの音がしていた。

「中年のお手伝いさんね。お医者さんの家には通いで来ているのね。いま、帰るところよ、きっと」

「このごろは、住みこみの若いお手伝いさんがいないからな。あの人は、派出家政婦会から来ているのかもしれないね」

「家政婦会の人を雇ったら高くついてたいへんよ。あの女の人は近くの主婦だと思うわ。お医者さんの家に頼まれて、昼間だけ手伝ってるんだわ。ほら、買物籠にいっぱい何かはいっていたでしょう？　あれ、きっとお医者さんの奥さんからもらった品だと思うわ。このごろは、それくらい通いのお手伝いさんに気を使わないといけないのね」

「そうかもしれない。お医者さんだって、患者からの贈りものがあるだろうからな。……そうすると、さっき向こうに行った背の高い女の人はだれだろう？　奥さんでなかったら患者の家族かな」

「違うでしょう。お手伝いの人が、そのあとから出てきて、門のところで女の人をうしろからじっと見ていたじゃないの。なんだか様子をさぐるような、警戒しているような格好だったわ。患者の家族には、あんな真似はしないわ。あの背の高い女の人も、通いで来ている看護婦さんかもしれないわ」

「うむ。当節は人手がないからパートタイマーばやりだね。あれがパートの看護婦だとすると、なぜ、お手伝いの小母《おば》さんは、あんな素振りをするんだろう？」

「奥さんからもらったものを看護婦さんに見られたくなかったからでしょう。警戒したのよ、きっと」

「看護婦のほうは、いや、あれが看護婦だとするとだね、人妻だろうかね。うしろ姿からすると二十七、八ぐらいにみえたが」

「そうね。あの小母さんがあとから出てきたので対照的になったけれど、看護婦さんのほうは、だいぶん気どった様子ね。よその奥さんでしょう」

「背のすらりと高い人だが、顔を見たかったな」

中年の、好人物の夫婦はそんな会話を交わしながら肩をならべて、すっかり暗くなった住宅街を歩いていた。


志井田正夫は、居間で医学雑誌を読んでいる。妻の望子《もちこ》は患者の健康保険の点数を計算しては書きこんでいる。このへんの夜は静かで、ときどき車の音が聞こえるだけだった。置時計が音楽を鳴らして十時をうった。

正夫は雑誌をめくり、ソロバンを入れている妻の細い顔に言った。

「おい、おじいちゃんの部屋をのぞいてきたか?」

望子は珠《たま》の数字をペンで帳簿に写しとるのに眼を凝らしていたが、

「ええ八時ごろに」

と、詰めた息といっしょに返事を吐いた。

「どうしていた?」

「睡《ねむ》っていたわよ。でも、睡ったふりをしていたのかもしれないわ。おじいちゃんは、わたしの足音を聞き分けるんだから」

　正夫は手の雑誌を持ちかえた。

「夕食はとったのか？」

　妻に少し気がねした言い方だった。

「六時前にね。トミさんが台所で何かつくって食べさせていたわ。そのあと睡ったらしいの。おじいちゃんは、トミさんが帰ると、いつもぐったりとなるんだから」

　望子はカードをめくってはソロバンとペンとを動かしていた。

「ねえ、パパ。おじいちゃんの身体、すぐにどうということはないでしょう？」

　しばらく経って、今度は望子からきいた。

「それはないよ。老衰だからな。まだ心臓のほうは丈夫だ。脚はだいぶん弱ったようだが」

「七十九歳にしては丈夫なほうね。あと、五、六年はいまのままね？」

「そのころになると、身体が動かなくなるかもしれないな。トイレには通えなくなるよ」

「困ったわ。そのころまでトミさんが通って来てくれるといいんだけど」

　望子はペンとソロバンを休んで、顔をしかめた。細面の、頬骨のあたりが少し出ているので、どうかすると尖《とが》った顔にみえる。以前は年齢《とし》より若いといわれたが、今は三十五歳相応の顔になっていた。

「そのときは、そのときのことだ。トミさんが来てくれなかったら、だれかを頼めばいい」

　正夫は雑誌に眼を落としたまま言った。

「トミさんが、おじいちゃんにはいちばんいいのよ。世話もよく行き届くし、第一、おじいちゃん、トミさんが好きなんですもの」

　正夫が苦笑した。

「トミさんが、わたしに報告するの」

　望子は、帳面を閉じて夫に言った。

「おじいちゃん、気が若いですねって。トミさんがすわっていると、おじいちゃんいろんなことを言うらしいわ。トミさんはあのとおり小肥《こぶと》りでしょう。すわっているとスカートがめくれて、膝《ひざ》の上まで露《あら》われてるのを、おじいちゃんは眼を細めて見てるんですって。そんなときだけは、視力が回復するらしいわ」

　それは望子がこれまでも何度か言っていることで、正夫には珍しくないが、望子は言い出すたびに興味をもち、何かしら新しい事実をつけ加えた。

「昨日もね、トミさん、わたしのところにきて何を言うかと思ったら、おじいちゃんはトミさんに亭主がいなかったら、茶のみ友だちになっていっしょに暮らしたいと言ったそうよ。おじいちゃんはわたしを口説いてらっしゃいますって、トミさんは笑っていたけど」

　正夫は、吉倉トミの歯齦《はぐき》までまる出しにする野卑な笑顔を浮かべ、そのトミに甘えている父親の寝姿を想像していた。

来年は八十歳になる父親の博作《ひろさく》は、裏側の六畳に蒲団《ふとん》を敷かせたまま、寝たり起きたりしていた。骨太の体格なので、痩《や》せた感じはしない。脚は弱っているが、廊下を踏む足音も重量感があった。顔の血色も悪くはなく、食欲も衰えてはいなかった。

半年前までの博作は、こっちの茶の間に出てきて、みんなといっしょに、といっても息子の正夫夫婦と、五つになる孫の憲一と三人の中にはいって食卓にすわったものだが、通いの手伝いの吉倉トミが来るようになってからは、こっちに出るのが大儀になったと称し、六畳に引っ込んだままになった。昼と夜の食事は吉倉トミが望子と相談してつくり、膳《ぜん》を運んだ。

トミさんが来てから、おじいちゃんに悪い癖をつけたといって、望子は朝食を六畳に持ってゆくだけでも不平を言ったが、けっきょくそのほうが面倒がなく、トミを便利がっていた。医院の雑用も受けもっている望子には、年寄りの昼と晩の食事の支度が煩わしい。

その点、吉倉トミは、こまめで、よく気がつく。老人の世話ばかり頼んだのではないが、家の中の掃除や洗濯ものが片づくと六畳にはいる。そこで寝たり起きたりの博作を相手にしながら、裁縫などをしているのだった。家の中の仕事は望子よりずっと上手で、手を抜くことがなかった。トミは若いときどこかの商家の女中奉公を長くしていたらしく、その苦労で得た技術が身についていた。

一年前に、それまでいた若いお手伝いさんがやめたので、そのあとにきてくれそうな人を望子が各方面に頼んでいた。そのひとりが吉倉トミを世話してくれたのだった。トミの夫は指物《さしもの》大工で、四十歳を越した今でもよそに雇われている。酒飲みで、小博奕《こばくち》も打つらしかった。小学校六年の女の子と三年生の男の子とがいる。家の炊事は六年生の女の子がやるので、トミはほうぼうの家に通いの手伝いで行っていた。

当節、こんな便利な女はないので、トミを望む先は多かった。望子はやっと彼女を説得して半年前からずっと来てもらうようになったが、それには給金もよそよりは奮発し、ときどきは患家から礼にもらう洋酒だとか菓子とかを彼女に持たせて帰したりした。

博作は、以前は軍医で、大正七年のシベリア出兵には軍医少佐として従軍したが、軍籍を退《ひ》いたあとは、郷里長野県で開業医となった。恩給を当てに、田舎医者として悠々の生活をおくったが、長男の正夫を医科大学に入れても自分のあとつぎにはさせず、病院の医局に長くつとめさせた。東京で開業医を開かせたのは十二年前だった。博作は晩婚で、長男の正夫が四十一のときの子、次男の直夫が四十六のときの子だった。直夫は、いま大阪で電器商をしている。

博作は八年前に妻に先立たれた。そのとき長野の郷里をひきあげ、正夫の家に同居した。郷里の土地と山は前からなしくずしに売って、正夫の開業資金と、直夫の商売資金とにあたえていたが、最後に残った土地はそれほどの金にならなかった。

博作は東京に出て来ても話相手がなく、ことに妻が死んでからは所在ない毎日を送っていた。正夫は医者の仕事が忙しく、望子も舅《しゅうと》とは話が合わないので敬遠していた。

自然とそうなったのでもあるが、博作は新聞が好きで六畳の枕もとはいつも古新聞が散乱し、古雑誌でとり散らかっている。視力がうすくなった今では、天眼鏡を片手にして無理に読んでいる。半年前までは、近所だけでなく、かなり遠いところまで地下足袋《たび》をはいて歩き回っていた。

博作は長野から持ってきた野良着同様のものを着て、つぎはぎだらけの股引《ももひき》を出して歩くので望子がいやがり、外出着を出しておくが、博作はそれに手を通そうとはしなかった。

(おじいちゃん、みっともないから、よしてよ。畑から上がってきたお百姓さんのようだから)

望子が制《と》めても、

(かまうことはねえ、どこのだれだかわかりゃしねえもの。べつに名札をつけて歩くわけじゃねえし、医学博士志井田正夫の親父とはだれも知っちゃいねえ)

と、ふり切って出て行った。

(あれは、おじいちゃんのわたしたちへの面当《つら》てだわ)

望子は腹を立てていたが、正夫には老父の抵抗する気持ちがわからないではなく、望子がもう少し親父に親切にしてくれたらと思うけれど、これは性格でいたしかたがなかった。

博作が六畳から野良着の姿で出てくると、望子は露骨に顔をしかめて、

（おじいちゃん、お願いだから、着物を着かえてください）

と、両手で押し戻すようにした。

（なあに、これでかまわねえよ。すぐに帰ってくるから心配するな）

と、博作は振り放す。

（いったい、どこに行くのよ？）

と訊《き》いても、

（どことはきまってねえ。外へ出たら気のむいたほうに行くだ）

と、玄関さきに腰をおろして、下駄箱《げたばこ》の中から乾いた泥で真白になっている地下足袋をとり出した。それをまた無理におさえると、博作は意地になって大きな声を出した。医院のほうには患者が来ていることだし、争っているように聞こえては困るので、望子も諦《あきら》めた。

その博作が、トミが来てからは、ほとんど外に出なくなった。

若いときから女中奉公をしてきたトミは、なんでもよく気がつくが、年寄りの扱いには慣れていた。以前の家でも八十を越した中風やみの老人が寝ていたとトミは望子に話したことがある。

（おじいちゃんはトミさんが気に入ったのよ。トミさんが要領よく世話してあげるから。おじいちゃんも現金ね。すっかり外には出て行かなくなったわ）

望子は笑って夫に言ったが、そのうち、

(おじいちゃんたら、ちょっといやらしいわ。わたしが六畳の間に近づくと、トミさんとの話をピタリとやめるのよ。まるで秘密な話をしていたみたい。わたしがはいってゆくとね、おじいちゃんったら、頭から蒲団をかぶって寝たふりをしているのよ。トミさんはわたしの顔を見て、にやにや笑ってるの。あんなふうじゃ、わたし、おじいちゃんの部屋には行きづらくなったわ)

と言うようになった。

(どんな話をしているのだろう?)

(前は、ご自慢のシベリア出征の話だったようだけど、いまはなんと言っているのかしら。ヘンね、あの六畳で老いらくの恋がはじまってるみたいだわ。子供への影響もよくないわ)

五つになる男の子は幼稚園に通っている。

2

志井田正夫は一週間に二度ぐらい、夕方から往診用の小型車に乗って医者仲間の成瀬《なるせ》謙輔《けんすけ》のところに碁を打ちに行く。十時過ぎに戻ってくるが、土曜日の晩は十二時をすぎたり、一時になったりする。二年ほど前からその癖がついた。

一年ぐらい前までは成瀬も正夫の家に来ていたが、夜中の二時ごろまで碁盤の前に粘られるのに望子は困り果て、正夫に苦情を言ってから成瀬もあまり来なくなった。もっぱら、正夫のほうから出むいた。

その前ごろの夫婦の会話。

(成瀬さんは、家にいらしても、前はあんなに長尻《ながじり》ではなかったのに、どうしたのかしらね?)

(碁が少し強くなって面白くなったんだよ。それに、家庭のあたたかさがやっぱりいいのかもしれないな)

(そんなら、あとの奥さまをおもらいになればいいのに)

(もらえばいいと言っても、本人にその気がなければ仕方がない)

(だって、家庭のあたたかさがいいんだろうとあなたは言ったじゃないの。よその家庭でそうお感じになるなら、里心はついていらっしゃるんでしょう?)

(自分のこととなると、そう急には決められないよ。成瀬は結婚に失敗した男だからね。臆病《おくびょう》になってるよ)

成瀬は四年前に妻と別れて以来ずっと独身でいるが、正夫より二つ上だった。成瀬は開業医でなく、病院づとめなので、ひとり暮らしで気楽だった。

成瀬がこっちに来て碁を打たれては、望子は夜中までお付合いをしなければならないが、正夫が彼の家に行くぶんには、先方に家族がないから迷惑をかけることはないと望子は思った。奥さんがいれば、そうそうは一方ばかりに迷惑はかけられず、こっちにも呼ばなければならないし、奥さんにも挨拶《あいさつ》しなければいけないのだが、独身だから気兼ねがいらなかった。

ときたま、成瀬から電話がかかってきたとき、その礼を彼に言うだけで済んだ。成瀬が笑って言うように、出し放しの茶を飲みながらの殺風景な碁の愉《たの》しみだった。

ここから四キロばかりはなれている成瀬の家に正夫が夕方から車に乗って、碁打ちに出かけると、望子は憲一を寝かせつけたあと、気がむけば健康保険の点数の計算をするし、そうでなかったらテレビを見たり雑誌を読んだりして早く寝てしまう。

だが、寝る前に一度は奥の六畳に行って舅の博作の様子をのぞいた。

その部屋の障子に灯が映っているからといって老人が起きているとは限らなかった。電灯をつけたまま睡《ねむ》っていることが多い。枕もとに散らかった新聞や雑誌の上には眼鏡があり、そばには煙草とマッチと灰皿がある。博作の閉じた眼の隅にはたいてい眼脂《めやに》がこびりつき口の端から頰に涎《よだれ》が流れていた。口も頰もすぼみ、禿《は》げた頭は枕からずり落ちかけている。鼾《いびき》は昔から高い人だった。

望子はその寝顔を一瞥《いちべつ》しただけで引っ返す。年寄りに異状がなければそれでいい。ときには、もっと親切にしてあげなければと思うことはあったが、博作が長野の田舎から家に来たときが、ちょうど子供に手がかかるさかりで、そのうえ、看護婦がいないので診療のほうの手伝いをしなければならず、老人の達者なのに任せて、つい世話が届きかねるのが癖になった。

八年前から博作が家に来たといっても、それまでは一年に一度見るか見ないくらいの舅だったので、引きとってみたものの親しさが湧かなかった。言うことといえば、昔の話か、信州《しんしゅう》の村のことばかり。老人のいない実家に育って、年寄りを扱いなれない望子は何としても舅がなじめなくて、調子を合わせることができなかった。

博作の話を聞いていても全然興味のない世界なので、そうなると辛抱して聞いてやることのできない性分だった。ずっと家にいて、そしてこれから何年いっしょにいるかわからないのでは、そんな愛想もできない。べつに不自由をさせなければいいと思って、あまりかまわなかった。それがこの八年の習慣になっている。内心では、いよいよ死期がくれば赤ん坊のように世話しなければならないのだから、そのときに親身にしてあげればいい、元気なときは本人の気まかせにしておこうと、これは望子自身が舅に不親切な嫁を自覚しての内心の言訳であった。そうして年寄りが家に来ぬ前の生活をなつかしんだ。

望子が夜寝る前に六畳にのぞきに行くと、障子が暗くなっていることもある。電灯が消えていても博作が睡っているとは限らない。闇の中から赤い火がぼうと見える。

(おじいちゃん、煙草はいいけど、火に気をつけてくださいよ)

望子が障子の外から言うと、

(わかってるだ)

と、博作はたたき返すように返事する。以前は、それもおとなしい声だったが、しだいに煩《うる》さそうな調子になり、このごろは少々つっけんどんだった。

博作も、望子が彼の相手にならず、倅《せがれ》の正夫もそうした妻をたしなめるでもないのに諦めたのか、しだいにひとりでこもるようになった。半年前からは望子に向かって依怙《いこ》地《じ》のようなものも出てきた。孫の憲一まで博作にはなつかない。

トミは毎朝八時半には来て、望子の用事をきくが、べつにあらたまって指図をうけるまでもなく、勝手がわかっていることだからわが家のように思うように仕事を運ぶ。午前中は、きまって掃除と洗濯になった。

「おじいちゃん、おはよう」

トミは望子と会ってから、六畳に顔を出した。歯齦《はぐき》をまる出しにして、大きな口で笑っているが、博作を揶揄《やゆ》しているのが変わらない表情だった。

「おう、おはよう」

「おじいちゃん、わたしを待っていた？」

「おう、待っていたとも。昨夜から待っていただ。話の伽《とぎ》がねえで、寂しくてならねえでな」

「もう少し辛抱してね。いま、奥の座敷を掃除して、そしてこっちの部屋を掃除にくるから」

医局のほうの掃除は、望子がおもに受けもって、それに、通いの看護婦の久富千鶴子《ひさとみちずこ》が手伝った。

久富千鶴子は未亡人で三十六歳になる。五年前に夫に死なれたが、二人の子供がいた。看護婦の免許状を持っている。正夫が出身校の友人に頼んで世話してもらったのだが、通いで来てからもう四年になっていた。

久富千鶴子は丈《せい》の高い女で、痩《や》せていた。額の広いのは前の髪でかくし、化粧には気をつかっていた。眼窩《がんか》と頬が少し落ちているので、どうかすると混血児の顔に見えた。当人もそれを心得ていて、服装も奇抜にならない程度に色も型も択《えら》んでいた。長身だから洋装はよく似合った。

千鶴子は勝気な女で、それはこめかみに浮かぶ筋でもわかった。その代わり仕事はできる。薬の調合から診断の助手、カルテの整理と何でもてきぱきとやってのけ、ときには正夫が尻《しり》をたたかれるくらいだった。

彼女は、上品なものの言い方をする女だった。死んだ亭主は文部省の下級役人だった。彼女は望子とは一度も摩擦を起こしたことはなかった。その勝気なのにもかかわらず、彼女のほうから望子の気をそらさせないようにしていた。

久富千鶴子は、当然に吉倉トミを見下していた。千鶴子のほうからはトミにあまりものを言わなかった。言っても、用事を頼むときに限っていた。

(トミさん、悪いけどねえ……してくださらない?)

と、尻上がりに言う声は音楽的で快かったが、内容は言いつけだった。そのくせ、トミは、はじめのうちは千鶴子の性格がわからず、二人だけで親しそうに話しかけようとすると、彼女は、ほんのちょっと、その薄い唇に微笑を浮かばせるだけで、体よく遁《に》げた。

久富千鶴子の気どったお体裁ぶりがわかると、トミも彼女に反発をおぼえるようになった。だが、トミは半生の大部分を女中奉公で過ごした経験から、反感を顔にはっきり出すようなことはなかった。

それにはトミの容貌《ようぼう》が得をした。彼女はまる顔で、眼が細く、低い鼻が上に反ってい た。厚い唇は、いつも締まりがなくて、黄色い前歯をのぞかせていた。頰《ほっ》ぺたはいつも真赤だった。その生来の弛緩《しかん》した顔つきが、憤りや悲哀の表情を濁していた。そのうえ、十六、七のころから二十五、六まで女中奉公していた過去の経験が感情をすぐには見せないようにしていた。それは彼女の保身術だった。

女中奉公といえば、今でもその習性はつづいている。志井田医院に極《きま》りの家政婦で通ってくる前は、よその家を同じように回っていた。

そのような性質は、自分の上にいる人間のくみしやすい性格と、苦手とを敏感により分けていた。主人の志井田医師は彼女にはあまり交渉のない人間で、当たりさわりはなかった。主人というのはどこでもたいてい女中には無害で、寛容であった。いちばん厄介なのは主婦だが、これは以前とは雇用関係がすっかり変容しているので、適当に調子を合わせておけばよかった。今では主婦のほうがいろいろと気を使うのである。トミの若い時代とは変わっていた。

トミにとって、いちばんの苦手は、通いの看護婦の久富千鶴子ということになる。トミは持ち前の晦渋《かいじゅう》ぶりを装って、千鶴子との正面衝突は回避していたが、当たらず障らずにしながらも、千鶴子の様子は横眼で丹念に観察していた。

トミは、ほとんど医局のほうには行かないけれど、千鶴子は住居のほうにちょいちょい姿を現わした。どんなわずかな動作でも、こと千鶴子に関する限り、見落としはしなかった。たとえ洗濯をしていようが、干しものをしていようが、台所を磨いていようが、うしろに千鶴子が通りかかると、必ず視線を矢のように走らせた。その視線の投げ方には、それと相手に感じさせない特技があった。

トミにとって、もっともくみしやすいのは老人部屋に、ひとり寝起きしている博作であった。彼女は毎朝、その部屋の掃除をしたが、それは長い間身につけた習練のようなものだから、彼女の親切とか真心とかには関係なかった。食事をつくってやるのもそのとおりだった。これは望子に任せられた範囲でやればよかった。

「おじいちゃん、やっと、こっちに来たよ」

と、トミは母屋の仕事が終わって六畳にニヤニヤしながらはいる。それはたいてい博作の昼の膳《ぜん》を下げてから台所の片づけが済んだ二時近いころになった。

「そうかい、よく来てくれたな」

博作は腹這《は》いになって煙草を喫う。トミはこの家の縫物がないときは、自分の家から持ってきた毛糸編みを出したりする。横ずわりでスカートから出た短い膝《ひざ》は赤味を帯びて太く、肉がもり上がっていた。

「今日は何の話をするかな」

博作は、昨日の夕方から今まで封じられた口を性急にもぐもぐと動かした。

「もうシベリアの話はいやだね」

「面白いはずだがな。シベリアの戦争の話はだれも知らねえだで」

「もう何べんも聞いたから、聞き飽いたね。それよりも、おじいちゃんの若いときの話を聞きたいね。いいときもあったんだろうね？」

「そんなものはねえよ。おれは軍人だったでな。堅い一方だったよ」

「若いとき堅い人が、年とって色気が出るというじゃないの？」

「おまえは、いくつの年寄りを相手に訊《き》いてるだ？」

「あら、気持ちの上だけだったら年齢《とし》には関係がないはずよ。おじいちゃんだって、気持ちはまだ五十ぐらいのときと変わらないんじゃないの？」

「そうだな。気持ちはあんまり変わらねえな」

「それみなさいよ。五十代の気持ちじゃ、まだ色気はあるわよ。わたしはまだ三十四だからね。若い女を毎日眼の前に見ただけでも、おじいちゃん、気が若くなるよ。長生きするわよ。おじいちゃんの気に入るように、わたしのどんな格好でも見せてあげるからね」

トミは桃色の歯齦を出し、細い眼の奥からなぶるような瞳《ひとみ》で博作を見おろした。

トミには盗癖がある。——

たいしたものは盗《と》らない。押入れの中にしまった患家から届けものの菓子箱だとか、函《はこ》入りのタオルだとか、ビールだとかが抜かれたりする。調味料も早く済んでしまう。

望子は、うすうす気がついていたが、それをはっきり知らせたのは久富千鶴子だった。

「奥さま。トミさんにはお気をつけになったほうがよろしいわ。あのひと、ときどき帰りの前に買物籠《かご》を裏木戸の塀の横に置いていますわ」

千鶴子は上品にささやいた。

「あの買物籠は、いままでわたくし、トミさんの着替えのカーディガンだとかエプロンだとか手拭《てぬぐ》いだとか、そんなものばかりが詰まっているとばかり思ってましたの。それに上から風呂敷《ふろしき》を掩《おお》うように詰めてますでしょ。中身がわかりませんものね。ところが、あの中には、お宅の品物がまじってますわ」

「ええ、ときどきは、トミさんにお土産としてあげることもあるのよ。近ごろは、それくらいしないと、来てくれませんから」

望子は一応そう答えた。

「それは知ってます。でも、奥さま。昨日、トミさんに外国物のウイスキーをおあげになりました？」

「いいえ」

望子は眼をひろげ、千鶴子をまじまじと見つめた。

「わたくし、前から、トミさんが買物籠をさきに塀の内側に出して置いているときは怪しいと思ってましたの。いつか、角砂糖の赤い箱の一部が籠の編目の間から見えていましたわ」

「去年のお歳暮にいただいたものかしら？」

「奥さまもお気づきになってらっしゃるの？」

「ええ、まあ、品物が早く見えなくなるとは思ったことはあるけど」

望子は、さすがにそこはあいまいに言った。

「外国物のウイスキーは？……」

ちょっと待って、と望子は押入れを見に行ったが、やがて硬張《こわ》った顔で戻ってきた。

「やっぱり、一本足りないみたいだわ。はっきり数をかぞえていたわけじゃないけど」

夫の正夫は酒を飲まない。それを知らない患家とか知人とかがウイスキーやブランデーを届けにくるので、いつも化粧函入りのままで五、六本は押入れに置いてあった。そのほかに葡萄《ぶどう》酒もあるが、これは、過去にはっきりと三本は失《な》くなっていた。

「トミさんの旦那《だんな》さんはお酒を飲むんでしょう？」

千鶴子はその知識を持った上で言った。

「きっと旦那さんへのお土産ですわ」

「いやね、欲しかったら、そう言ってくれたら、あげるのに。ときには安ものだけど、和製のウイスキーもあげてるのよ」

望子は顔をしかめた。

「でもウイスキーなんか、いくらトミさんが厚かましくてもそうそうはおねだりできませんわ。あんなふうにネズミが餅《もち》をひくように、買物籠にしのばせて、こっそり持って帰るんですのね」

「トミさんのご亭主は、酒に眼がないそうだから、トミさんが孝行してるのね」

「トミさんは、女中根性がしんからしみついたような人ですわ。わたくし、悪いけど、ああいう人、どうしても好きになれませんの。トミさんも、わたくしを警戒してますわ。近ごろは、わたくしがこちらを出てからでないと、なるべく先には帰らないようにしてますわ。きっと買物籠のことをわたくしに気づかれたと思ってるに違いありません。そういうところも、女中根性の勘だと思いますわ」

久富千鶴子のこめかみには青い筋が静かに浮いていた。

「わたくしはなるべく、トミさんとはお話をしないようにしてますの。よそに行って何を言われるかわかりませんもの。……そういえば、奥さま、トミさんはいい気になっておじいちゃまの部屋にはいってますけど、ヘンなことをふざけて言ってるんじゃないかしら」

3

裏の六畳の間では、博作と吉倉トミが半日ぐらい話をしているが、毎日のことなので、とくに話題とてなかった。それでも一人で寝たり起きたりしている老人には、彼女と話をするだけで十分たのしい顔であった。

「トミさん。おまえの亭主はどんな亭主だえ……」

と、博作が皺《しわ》の垂れ眼を細めて訊く。

「そうね、普通の亭主だね。酒好きで、飲みすぎのあくる日は仕事をサボるから、世間なみより落ちるかわからないね」

トミは歯齦《はぐき》をまる出しにして口をひろげる。

「それじゃ、夫婦喧嘩《げんか》をよくやるだろうな？」

「前はよくやったが、このごろは効き目がないから打っちゃっているわ。飲む亭主を持ったのが因果だとこっちも諦《あきら》めてるわよ」

「ふうん。おまえは亭主孝行だ。そうして亭主が仕事を怠けているぶんは、おまえが働いてかせいでいるんだからな」

「働かなきゃ子供が干ぼしになるからね」

「おまえは亭主と七つ違いだと言ったな。亭主はどんな顔をした男だな？」

「いい男よ」

「いい男というと役者のようにのっぺりした顔か？」

「あらいやだ、のっぺりした顔なんかじゃないわよ。苦味走った顔だね」

「役者にたとえると、どんな顔だな。映画の俳優で言ってみな」

「おじいちゃん、映画なんか見るの？」

「今は見ねえが、前は見たものだ」

「そうねえ……山村聡《やまむらそう》みたいな顔だね」

トミはくつくつ笑って言った。

「そんな役者知らねえな。おれがおぼえているのは岩田《いわた》祐吉《ゆうきち》や諸口《もろぐち》十九《つづや》なんかだ。いい男前だったぞ」

「そんなの知らないね。おじいちゃんのは活動写真といったころの役者だろ？」

「そうでもねえが、栗島《くりしま》すみ子《こ》の船頭小唄《こうた》のころだ」

トミはふき出した。

「そんなにおまえの亭主が苦味走ったいい男なら、外で女子衆《おなご》にもてるだろうな。ははあ、わかった、夫婦喧嘩はおまえがヤキモチを焼くからだ」

「もう、そういう時は過ぎたね。外で何をしようと気にかからなくなったわよ」

「そうでもないだろう。おまえが外で働いて亭主に好きな酒を飲ませるのも、苦味走った、やくざな亭主に惚《ほ》れているからだ。ほら、図星だろう？」

「あら、おかしい。おじいちゃん、ヤキモチを焼いているわ？」

「なんで、おれがおまえたち夫婦のことでヤキモチを焼かねばならねえだ？」

「おじいちゃんは、わたしが好きだからよ。そして、わたしもおじいちゃんが好きよ」

「またはじめやがった。年寄りをからかおうたって、そうはいかねえぞ」

「ほら、おじいちゃんの眼が赤くなったよ」

「嘘つけ。いいかげんなことを言うでねえ」

「でも、わたしは、年寄りが好きよ。亭主は亭主として別だわ」

「おまえは浮気性だ。さては、今まで年寄りに可愛がられた覚えがあるとみえるな。おまえはあちこちの家に手伝いに行っているから、そうした家のどこかに年寄りがいて、ねんごろになったことがあるんだろう？」

「ねんごろになんかならないが、年寄りにはわりと人気があるわね。わたしが親切にするからよ」

「おまえの親切に惚れた年寄りも多いずらな」

「惚れられて迷惑したこともあるし、悪くない気分になったときもあるし……」

「迷惑したのは、どういうときだえ？」

「おばあちゃんが悋気《りんき》するのよ。ヘンね、いくら年をとっても女のヤキモチは変わらないのね。おかしくって、しようがないわ」

「悪くねえ気分になったのは、どういう相手だえ？」

「気になるの？」

「うむ、そりゃな」

「つれあいのいない年寄りね。悋気する者はいないし、本人も寂しいから、わたしに甘えてくるの。ちょうどおじいちゃんみたいな年寄りよ」

「こいつ。おれは、おまえに甘えてなんぞいねえぞ」

「強がりを言ってもだめよ。わたしにはよくおじいちゃんの気持ちがわかってんだから。おじいちゃんはわたしがここにくるのを待ちこがれているじゃないの。そして、夕方帰るときは、とても寂しそうな顔をするんだもの」

「そりゃ、おまえ、話の伽《とぎ》がねえからだ」

「そんなら、奥さんをここに呼んで話相手にさせたらいいじゃないの？」

「嫁は、おれより亭主や子供の守《も》りが大事だ。それに望子とおれとは、あんまり気が合わねえだで。あの女はおれに不親切だ。おれもこのごろはあんまり口を利かねえでいる。おまえもここに来ているからには、様子でよくわかるだろう？」

「ええ。そりゃ、なんとなく、うすうすね」

トミは低くうなずいたが、ふと話を変えた。

「そんなら、久富さんはどうなの？　あの人をここに呼んで話したらいいじゃないの」

「うむ。あの通いの看護婦か」

「そうよ。わたしより若く見えて、ずっと美人じゃないの。それにハイカラさんだしさ」

「おれは、あの女が嫌いだな」

「あら、どうして？　久富さんはきれいなうえに、頭がよくて、未亡人よ。わたしは亭主持ちだけれどさ。未亡人なんて、男には魅力よ」

トミは笑いながら、博作の顔をじっと見た。

「いくら後家でも、嫌いなものは嫌いだ。それにあの女は高慢ちきだ。看護婦がとくべつに頭がいいわけでもねえ。おれは軍医で陸軍病院にも長くいたし、開業医もしたからよくわかっているだ。あの女は、うぬ惚れているよ。あのクソていねいな言葉つきを聞いていると、おれはいらいらしてくるだけだ」

博作は久富千鶴子を悪く言った。

トミはニヤニヤ笑っていたが、その言葉の尻馬《しりうま》に乗って自分の意見を吐くではなかった。その点、心得たものだが、表情はひどく満足そうだった。

「でも未亡人ならいいじゃないの。おじいちゃんも男だから、つまみ食いしてみたくなるときがあるんじゃないかね？」

「おれは、あんな瘠《や》せっぽちの女は好みに合わねえや。やっぱり、おまえのようにふっくらと肥えた女がいい」

「わたしを口説いても、わたしは、久富さんとちがって亭主がいるわよ。亭主が怒鳴りこんできたらどうする？」

「おまえの亭主は、やくざか？」

「やくざじゃないけど、女房をとられたら黙ってはいないと思うわよ」

「なに、亭主にはわからねえようにするだ」

「久富さんだったら、苦情の尻を持ってくるものはいないよ」

「一盗二婢《ひ》ということがある。やっぱり人の女房とねんごろになるのがいちばんいいと昔からきまっている」

「言うわね。男の言うことは年を取ってもみんなおんなじね」

「みんなおんなじ？　さては、おまえはよその家に手伝いに行って、男に言い寄られたことがあるな。浮気をして、亭主の前で口を拭《ぬぐ》ったこともあるんだろう？」

「どう見えるかね？」

トミはすわったまま上体をぐっとうしろに引き、寝ている博作に身体ぜんたいを眺めさせるようにした。横ずわりの太い膝《ひざ》は開きかげんで、その間とスカートの下は、奥行の暗い空間ができていた。

「うむ。どうも間男をやってきた身体のようだな」

「どう、おじいちゃんもその気になったら？」

「おまえ、言うことをきくかい？」

「わたしは、ことと次第でその気になってもいいけどね。でも、おじいちゃんはもうダメなんだろう？」

「おまえ、おれを手枕に添い寝してみろ。そしたらわからあな」

「だめよ。ダメにきまっているわよ。来年はもう八十だもの」

「そうばかにしたものでもねえぞ。万一、役に立たねえでも、女子《おなご》をよろこばす手はいくらでもあるだ」

「あら、おじいちゃんも言うわね。そんなに上手なの？」

トミが見おろす下で、博作はフウフウ息を吐いていた。心なしか、眼脂《めやに》の横にも粘い光がにじんでいる。

トミは、さすがにどきっとなったが、あいまいな笑いは消えず、かえって調子づいていた。

「なあ、おまえ、いっぺんためしてみるだな」

「どこで、そんなことするのよ？」

「この座敷で、いいじゃないか」

「いやよ、こんなところで。奥さんがのぞきにくるわよ」

「望子はくる気づかいはねえだ。あいつは、おれのことなんぞは、ほったらかしだ。晩にちょいと様子をのぞきにくるだけだ」

「そのとき、どんな話をするの？」

「話なんかしねえ。おれが死んでやしねえかと、それを見にくるだけだ。おれは眼がさめていても、睡《ねむ》ったふりをしてやるだ」

「先生は？」

「息子か。息子も寄りつかねえな。一週間に何度か友だちのところに碁打ちに行くらしいが、この部屋までくる様子はねえ。あいつは女房の尻に敷かれているだ。望子に遠慮して親のところにもよう来ねえ奴だ」

「おじいちゃんも気の毒ね」

「年寄りになると、みんなこうだよ。寂しいものだ。おまえがこうしておれのそばに来てくれるから、おれもどれだけ助かってるかわからねえ」

「それじゃ、せいぜい慰めてあげるわね」

「頼むぜ。おまえに見放されたら、おれもがっかりして早死するだ」

「早死？　おじいちゃんは、いくつまで生きるつもり？」

「九十までは何とかして生きてえな」

「あと十年ね。長生きしてね」

「それには気を若くしなくちゃな。おい、おまえ、話をうまいこと逸《そ》らしたが、そんなわけで、この部屋にはだれも来やしねえ。おまえとおれだけだ。どんなことをやっても気づかれる心配はねえだ」

「やっぱり、ここじゃ落ちつかないわね。おじいちゃんに外に行く元気があればかくべつだけどね」

「外ならどこへでも出かけるだ。おまえがこの家にくる前までは、毎日ほうぼうを歩き回っていたぞ。おまえがその気なら、おまえの家に行ってもいい。どうせ昼間は亭主がいねえのだろ？」

「たいへんな元気ね。わたしの家は遠いわよ」

「知ってる。X町だろ。ここから一里くれえかな。二里でも三里でも、おれは平気だ。田舎にいるときから歩きなれてるだ」

「初めての人には、ちょっと場所がわからないわよ。バスの停留所から降りても、面倒な道をぐるぐると回るのでね」

「番地がわかっているだから、聞きながら行けばわけはねえ。おれに道を教えてくれる者は、年寄りだと思ってみんな親切だ」

「近所の人にでもおじいちゃんがわたしの家《うち》を聞いたら、たいへんよ。浮名をすぐに立てられるわよ」

「そんなことはねえ。おれはこのとおりのジジイだからな。だれも、おまえとおれが怪しいとは思わねえ。まあ、いっぺん、おれの言うことを聞いてみな。二度とその思いが忘れられなくなって、おまえが夢中になることは請け合いだ」

「助平だ。おじいちゃんも、やっぱりお医者さんだわね」

「医者は助平か」

「そう言うじゃないの？」

「助平かどうかしらねえが、医者は人間の身体をいじりつけているでな。急所を心得ている。おれは外科のほうだからな」

「婦人科ならよかったわ」

「田舎の外科医は、婦人科もやるだ」

話は、もちろん変わりはするが、博作とトミとは、六畳でほとんど毎日のようにこんな会話を交わしていた。


十月のはじめ、吉倉トミは、以前に手伝いに行ったことのある家から、一週間だけでいいから来てもらいたいという申込みをうけた。その家は彼女の「得意先」の一つなので断わることができなかったと望子に了解を求めた。

「一週間だけなのね？」

望子は念をおした。

「はい」

「一週間後には必ず来てくださるのね？」

「はい、参ります」

「一週間でも、あんたがいないとうちは困るのよ。ほんとに当てにしてるわよ」

「はい」

たとえ吉倉トミに盗癖があろうと、お手伝いさんのいないときだから、望子は便利しごくであった。盗まれるのは、こっちにも手落ちがあることだし、その点はトミに乗ぜられないように品物を彼女の眼から隠しておけばいいと思った。

「あんたが一週間も休むと、おじいちゃんが寂しがるわ」

「はい」

トミは、ぼんやりとした表情で笑っていた。

「あんたにはおじいちゃんをまかせ切りにさせられるから、わたしも助かってるわ。年寄りの面倒見には手がかかるからね」

「こちらのご隠居さまは、おとなしいですわ」

「そら、あんたの世話がいいからよ。わたしだったら、そうはゆかないわ。おじいちゃんは変に依怙地《いこじ》を出して、わたしを困らせるんだから。で、あんた、いつからそっちの家に行くの？」

「明日からです」

「あした？　あしたとは早いわね」

「急に先方が言ってこられたのですが、奥さんがお産をなさったとかで、どうしても明日からと言われるのです」

「仕方がないわね。そんなら、一週間後にはきっと来てよ。……あ、トミさん。帰りに、到来ものだけど、ウイスキーが一本あるから旦那《だんな》さんに持っていらっしゃい」

「済みません、いつも」

土産を渡すのは、トミにまた来てもらいたいからだった。たいした品ではないけれど、それでも盗《と》られたうえに品物を添えて渡すようなものだから愉快ではなかったが、背に腹はかえられなかった。

「ご隠居さまに、ちょっと挨拶《あいさつ》してきます」

「そうね。おじいちゃんも、あんたが一週間後にくるのを待ってるわよ」

望子も、六畳の間で博作とトミがまさかそんなきわどい会話をしていようとは思っていなかった。

トミと入れ違いに、看護婦の久富千鶴子が茶の間にそっとやってきた。

「トミさんは、当分休むんですか？」

千鶴子は低い声で訊《き》いた。

「ええ、どうしても一週間はよその家に手伝いに行かなくちゃいけないんですって」

千鶴子のこめかみに浮いた筋を眼にしながら望子は言った。白い皮膚は、その静脈を青く透明に見せていた。

「これきりトミさんはやめるんじゃないでしょうか？」

千鶴子はそれを希望するように言った。

「かたく約束したんだから、やめはしないでしょう。実は、わたしのほうも、あの人が来てくれないと困るのよ。派出家政婦会から呼ぶと高くつくし、それも近ごろは、どこも派出婦がいないそうだから。トミさんに休まれると、おじいちゃんの世話に手をとられるわ」

「おじいちゃまのお世話は、ときどきわたくしがいたしますわ」

「あなたが？」

と、望子は、もう一度千鶴子のこめかみの青い筋を見た。

「だって、あなたは、こっちのほうが忙しいでしょう？」

「つき切りじゃなくて、ひまをみて六畳に伺うぶんにはさしつかえありませんわ。おじいちゃまも、寂しくしてらっしゃいましょうから、トミさんの代わりにお話相手ぐらいいたしますわ」

眼窩《がんか》の落ちくぼんだ眼に小皺《こじわ》を寄せて千鶴子は笑った。白い歯なみがきれいだった。

廊下にスリッパの音がした。

「おい、だれかこっちに来てくれないと、患者さんの整理がつかないじゃないか」

診療室から正夫の声が呼んだ。

「はあい」

望子と千鶴子が声を揃えて答えた。

4

「おじいちゃん。それじゃ、わたし、これで帰るからね。寂しいだろうけど、一週間ほど辛抱してね」

吉倉トミは六畳の間にはいって、寝ている博作に挨拶した。

「おう、いよいよ行くのけえ」

　博作は枕から頭を起こし、名残り惜しそうに彼女の顔を見つめた。老人の瞳《ひとみ》は白けて鳶《とび》色になっているが、泪《なみだ》でうるんでいた。

「そうよ。でも、一週間ぐらいはすぐに経つわよ」

　トミは紫色がかった歯齦《はぐき》をまる出しにし、眼を細めていた。

「一週間でも、おまえの顔を見ねえのは辛《つれ》えな」

「わたしも寂しいけど、仕方がないわ。これも浮世の義理だから」

「そんなに義理を立てなきゃならねえ先かえ？」

「そうよ。いままでその家の奥さんにお世話になったんだから」

「その家の女房が出産したと言ったな。亭主はいくつぐれえだ？」

「あら、いやだ。もうヤキモチを焼いてるよ、この人は。邪推しなくてもいいわよ。その家は家族が多いんだから。親御さんや兄妹《きょうだい》がいっぱいいるから」

「何を商売している家だえ？」

「商売？……そ、そうね、商売している家じゃないわね、旦那さんはサラリーマンよ、どこかの会社の課長さんらしいわ」

「なんという名前かえ？」

「名前？　名前は横井さんというのよ、横井節太郎さん」

「ここから遠いのか？」

「遠いわよ。Sのほうだから」

「Sか。そんな遠いところに、よく出かける気になったな？」

「電車で行けば、うちから一時間ぐらいね。駅で降りて、バスに乗るんだけど」

「バスなんかに乗り換えて、面倒だな」

「東京じゃ、電車とバスは普通よ。それにバスの停留所は三つ目だから、十分ぐらいしかかからないわ」

「バスから降りて、だいぶん歩くのだろう？」

「すぐだわ。ちょっと坂道でしんどいけど、三分ぐらいかしらね」

「サラリーマンの住宅なら、夜は寂しいところだろう。暗い道で帰りが危ねえのじゃねえか。それが心配だな」

「大丈夫よ。それほど暗くはないわ。すぐ近くには消防署もあったりして、いつも人が詰めているから」

「消防署があるのか。……そりゃ、安心だな」

　博作は、ちょっとの間、何か考えるような顔をした。

「おじいちゃんは、まるで、わたしを小娘のように心配してるのね。でも、安心しなさい。おじいちゃんも無理をしないでね。ここの奥さんにわがまま言っちゃだめよ」

「なに、嫁とはあんまり口をきかねえから、わがままの言いようはねえさ」

「その依怙地がいけないのよ。年寄りはだれからでも愛されなくちゃね」

「おれは、おまえに愛されていたらそれでいいだ。ほかの者は要らねえだ」

トミはくつくつと笑った。

「わかったわ。それじゃ、一週間ほど留守を我慢してくれたら、その褒美に、帰ってからもっと愛してあげるわね」

「ほんとか、おまえ?」

「嘘なんか言わないわよ。……さ、それじゃ、行くわよ」

「もう、出て行くのか?」

博作は名残り惜しそうな、怨《うら》むような眼つきをした。

「ここで、こんなことを話していたらきりがないわ」

トミが去ろうとすると、老人は蒲団《ふとん》の下から片手を出した。

「握手ね?」

トミは、年寄りのしなびた手をニヤニヤと見おろしていたが、勢いよく自分の血色のいい、太い、丸い指をからませた。

「はい、握手」
二、三度上下に振ったが、老人は容易にその手を放さなかった。そればかりか、握った手を引っ張るようにした。
「あら、いやだわ、蒲団の中にひきずりこむの?」

トミの芋のような身体は年寄りの力で動くはずもなく、うすら笑いだけがつづいた。

「そんなに元気を出して、どうするの？」

「おれは、おまえに休んでもらいたくねえだ」

「そんなことを言っても仕方がないわよ。一週間ばかり待ってちょうだい。その間に、久富さんがわたしの代わりにときどきのぞきにくるだろうからさ。ねえ、あの人にモーションをかけてみたら、どう？」

「いいや、なんべんも言うとおり、おれはあの女はきらいだ」

「ふうん。もっとも、久富さんは気どっているから、わたしのようにおじいちゃんに気やすくはしないだろうけどさ。でも、ものは試しよ。いっぺん当たってみたらどう？後家さんだから、案外、ちょっとぐらい添い寝してくれるかもしれないわよ」

「なんといっても嫌いなものは嫌いだ」

「ひどくまた久富さんは毛嫌いされたものね」

彼女の表情は満足でなくもないようだった。

「トミ。おれはおまえがいちばん好きだ」

「もうわかったわよ。わたしはもう帰らなくちゃいけないからね、さ、この手をはなしなさい。名残りおしいけど、しばしの別れの最後にぐっと握りしめてあげるから」

トミさん、トミさん、と廊下から望子の呼ぶ声がした。

トミが帰ると、博作はぐったりとなる。晩飯がすむと、満腹のせいもあって、三時間ぐらい眠るが、ひとつはトミがいなくなった気落ちもあるようだった。また、半日の間、トミを相手のしゃべり疲れも出る。あとは、だれもここには来ないから口の動かしようもなかった。望子が寝る前に六畳をのぞきにくるが、そのときは眼がさめていても寝たふりをしていることが多かった。

「おじいちゃんはトミさんが一週間休むと聞いて、気落ちしているんじゃないかしら?」

その晩、六畳の前から足音を忍ばせて居間に戻った望子は、夫の正夫に言った。

「親父は、どうしている?」

正夫は、新聞の碁の欄を見ながら訊《き》いた。

「睡《ねむ》ってるようだわ。もっとも、おじいちゃんは、わたしが行くと狸寝入りをしているからよくわからないけど、今夜はほんとうにぐったりとなさっているようだわ。ちょっと可哀相ね」

「トミさんのような女でも、年寄りにはいいのかな」

「若いからよ。それにトミさんが適当にお守りしているから、おじいちゃんもよろこんでいるのよ」

「お守りはいいけど、ヘンな口をきいてからかってるんじゃないのかな」

「そりゃ、多少は仕方がないわ。久富さんもその点を非難していたけど、おじいちゃん、気が若くなっていいんじゃないかしら」

「うむ」

正夫は新聞の棋譜《きふ》に見入ったまま生返事をしていたが、

「それにしても、年寄りにむかってあんまり下品なことは言ってもらいたくないな。トミさんにほうぼうでつまらんことをしゃべられても困るよ」

と、ぶつぶつ言った。

「それはそうですけど、トミさんにあんまりきびしく注意もできないわ。気を悪くして、おじいちゃんを相手にしなくなっても困るし、やめられても困るわ。トミさんがうちの品物を買物籠《かご》に忍ばせて持ち出しているのはわかってるけど、それすら見て見ぬふりをしてるんですもの」

「そんなに、いろいろ持ち出すのか？」

「たいした品じゃないけど、不愉快なことは不愉快だわ。おもに瓶ものが狙われるわね、ウイスキーとかビールとか。酒好きのご主人に飲ませるらしいの」

「ふうん。ほかに手伝いのいい人はいないのかな」

「いないわね。そういう癖を除くと、トミさんは、うちに慣れてもいるし、よく働くから。あんなに仕事のできる人はいないわ」

「うまく揃わないものだな」

「久富さんがね、トミさんが休んでいる間、おじいちゃんが寂しいだろうから、自分が六畳に行って、話相手になってあげると言ってるんだけど」

「久富には診療のほうの仕事があるよ」

「そのひまを見てですよ」

「久富じゃ、トミさんのようなわけにはゆかないよ。堅い話しかできない女だから」

「それはわかってますけど、見たところトミさんより若いし、ずっときれいだから、おじいちゃんの気に入るかもしれないわ。慣れると、トミさんよりは久富さんのほうがよくなるかもわからないわ」

「さあ、どうかな」

正夫は笑いながら新聞を裏返した。

久富千鶴子は彼女自身が言明したとおり、そのあくる日から、仕事の合間合間に六畳に足を運んだ。昼食も夕食も彼女は老人部屋に持って行った。そして五分間か十分間かはそこにいた。

「どうですか?」

望子が戻ってきた千鶴子に訊くと、

「まだトミさんのようなぐあいには参りませんわ」

と、彼女は微笑して答えた。

「まだ、うちとけてはいただけませんの。なんですか堅くなってらして、あんまりお話にはなりませんわ。わたくしはこちらに長くごやっかいになっていますけど、六畳のほうにはお伺いしてませんから、初めての感じがなさるんでしょうね」

「あなただと、お行儀よくしなきゃと思ってるのでしょうね」

「そんなふうに、おじいちゃまが思ってらしたら困りますわ」

千鶴子は白粉《おしろい》で抑えた小皺《こじわ》を浮かせて笑った。

「わたくし、せいぜいトミさんに倣っておつとめしますわ。冗談も言ったり、お肩も揉《も》んでさしあげたりします」

「久富さん、ご無理をなさらないでね」

「亡くなった主人には両親がなかったので、わたくし、お舅《しゅうと》さんにおつかえしたことがありませんの。それで要領がわかりませんけど、できるだけやってみます」

「年寄りは、わがままですからね。それに、うちのおじいちゃんは、ひねくれたところがあるから、むずかしいですわ」

望子の言葉から、千鶴子は自分の言ったことに少々さしさわりがあったのに気づき、あわてて言い足した。

「こちらのおじいちゃまは、おつれあいの方がいらっしゃらないので、寂しくしてらして、気むずかしいかもわかりませんわね。奥さまもこれまでたいへんだったでしょう?」

「ええ、まあね、いまだに苦労しますよ。人に言ってもわかっていただけませんけど」

二日経った午後二時ごろ、久富千鶴子があわてて望子のところに知らせにきた。

「奥さま、おじいちゃまがどこかにお出かけになりましたわ。さっきまでお部屋にいらしたのに」

「手洗いじゃありませんか」

「いいえ。着てらしたものを脱いでらっしゃいます」

望子は下駄箱《げたばこ》の戸を開けてのぞいた。

「やっぱり外に出てるわ。地下足袋《たび》がないわ」

「あら」

「わたしたちの油断のすきに抜けて出て行ったのね。しようがない人ね」

望子は、ばたばたと六畳の間に行った。押入れを開けて見ていたが、

「やっぱりそうだわ。洋服もないわ。着替えてるのね」

と、太い息を吐いた。

「お洋服？」

「というほどでもないんです。ちゃんとした身なりで出て行ってくれたらいいんだけど、田舎の野良で着ていたような詰襟の古洋服なんです。もう、よれよれになってるんですのよ」

「いつか外で拝見したことがあります。カーキ色の、戦争中の国民服のような……」

「軍服の仕立直しです。おじいちゃんは軍医だったでしょう、そのときの将校服ですわ。でも、もう着古した上に汚れていて、ズボンなんかつぎだらけです。それに、地下足袋ばきでしょう。足が悪いから靴がはけないのです。まるで、年寄りの浮浪者みたいですわ。いくら制《と》めてもきかないんです。トミさんが来てから、しばらく外に出なくなって

いたのに、また、はじまったんだわ」

望子は外のほうを見て、そこに博作のうしろ姿があるかのように睨《にら》んだ。

「どこにいらしたのでしょう？」

「さあ。わたしたちが訊いても、絶対に行先を言わないんですから。依怙地《いこじ》になってるんです。危ないから行先を言ってくださいと言っても、気のむいたほうに行くと返事するだけですの。勝手なところを歩いているんでしょう、きっと」

「あんな歩き方をなさって、車などが危ないですわね」

「年とって、歩き方がのろくなっていますが、田舎にいただけに脚は達者なんです。ただ、心配なのは、通りがかりの駄菓子屋に寄って買い食いすることですわ。安ものの饅《まん》頭《じゆう》とか、わけのわからないお菓子だとか。それを歩きながらムシャムシャ食べているんです」

「年をとると、子供に戻ると言いますから」

「みっともないうえに、そんな安ものを食べていたら、何に中毒《あた》るかわからないわ。もし、そんなことで病気にでもなられたら、わたしの責任になります。ほかの人は、こんな事情を知らないから、わたしの世話が届かないと言って非難するわ」

「ほんとうに、たいへんですわね」

千鶴子は望子に心から同情を見せた。

「困ってしまいますよ。トミさんがいる間は家に落ちついていたから安心してたのに、あの人が休むと、すぐこれなんですもの」

「わたくしのお世話が足りなかったんです」

千鶴子は申し訳なさそうに眼を伏せた。

「いいえ、あなたの責任じゃありませんよ。おじいちゃんがいけないんですよ。夕方にでも帰ってきたら、少しきつく言っておきます。世間にみっともなくてしようがないから」

「奥さま、あんまりお小言をおっしゃらないほうがよろしいと思いますわ。子供に還《かえ》ってらっしゃるんですから。明日から、わたくしがもっとお世話いたします」

「あなたは診療室のほうがお忙しいから、そんなに気を使わなくてもけっこうですよ。主人に叱られますわ」

「合間をみて、おじいちゃまのほうに伺うようにしますわ。……それにしても、おじいちゃまはどこを歩いてらっしゃるんでしょうねえ、心配ですわ」

久富千鶴子は眉間《みけん》の皺を深め、ガラス障子の外を見た。庭の紅い葉鶏頭にはおだやかな、明るい陽が当たっている。

——秋の陽は、S駅前の広場にもおりていた。

よれよれの詰襟服を着た老人がバスの発着所で、若い係員に訊《き》いていた。

「坂道のほうに行くバスはどれに乗ったらいいですかな？」

「坂道のある路線はいくつもあるがね。おじいさん、どこまで行きますか？」

「さあ、町名はよくわからねえがな」

博作は、ズボンのポケットからよごれたタオルを出して、あごの汗を拭《ふ》いた。

「町名もわからないじゃ教えようがありませんな」

「なんでも、三つ目の停留所で降りたところに消防署があるということですがな」

「三つ目の停留所に消防署が？……ああ、わかった。それなら、おじいさん、三番と書いた標識の下で待ってなさい。ほら、いちばん右のところですよ。あぶないから気をつけて歩いて」

係員は博作の背中に手を添えた。

5

バスは坂道を上ってゆく。商店街をはなれると、住宅が多くなり、それも大きな家が多かった。きれいなアパートもある。博作はバスの窓に顔をねじむけて外ばかり見ていた。

「この次が三つ目の停留所ですよ」

バスガールは、乗ったときから博作に親切だった。年寄りだというので、座席まで手をとってくれた。

坂はかなり急だった。邸町《やしきまち》がひろがっている。商店はほとんどなかった。トミがここに見えるような大きな邸に働いているとは思えず、どこかの会社の部長だか課長だと言っていたから、もっと小さな家にちがいない。やがてバスは速度を落とした。子供のように窓に顔をつけている博作のうしろ肩をバスガールはやさしくたたき、ふりむいた博作にやさしい笑顔をむけた。

「三つ目の停留所ですよ。パスが完全にとまってから、気をつけて降りてください」

動揺が停止すると、バスガールは博作の手をとり、ステップから地面まで介添えしてくれた。

嫁の望子の冷淡さにくらべて、世間の親切の厚さがわかった。望子は特別である。あいう女も少ない。縁もゆかりもない他人は年寄りというだけで気をつかってくれる。トミにしてからがそうだった。もっともトミの親切は普通以上だ。望子とトミとをならべると、両極端だから対照がきわ立つ。

「消防署はどこにありますかな?」

ステップに片足かけたバスガールにきくと、あれでございますよ、とにこやかに手をあげて片側を教えてくれた。降りたところとは反対側だった。

(帰りは消防署があるから、暗くなっても大丈夫)

と、トミは言っていた。手伝いに行く家は消防署からはあまり遠くないとも言った。だいたいこのあたりだが、と博作は見渡したが、長い塀がつづき、その上に瀟洒《しょうしゃ》な二階や三階の建物が植込みの梢《こずえ》に隠見する大邸宅ばかりだった。これが秋の陽ざしの中にひっそりと静まっている。

　あかあかと日はつれなくも秋の風――博作は、芭蕉《ばしょう》の句をくちずさんだが、風もなかった。だが、この邸町のどこかにトミがいると思うと心はときめいてくる。自分の顔を見たら、トミはさぞびっくりするだろう。わざわざ遠くから訪ねてきたのだ、こっちの情を知って、どんなにうれしがるかわからない。博作はトミの一段の親切を予想すると、若い時分に女に会いに行った気持ちへ久しぶりに戻るのであった。まったく何十年ぶりかわからなかった。

　博作は白い坂道を登った。町名も番地もわからない当てずっぽうだが、消防署の近くというのが唯一の目標である。実はあのときトミに町名と番地を訊きたかったが、それだと自分が訪ねて行くのを警戒されるのではないかと思ってわざと遠慮していたのだ。

　というのは、いつかトミに自宅の家の町名と番地を訊いたことがある。そのとき、トミは思わずすらすらと答えたあと、気がついたように、

（おじいちゃん、そんなことを訊いて、まさかわたしの家にくるんじゃないだろうね？）

と、急に用心する顔をした。

（なに、行くもんか。おまえの家に年寄りが行っても仕方がねえだろう）

　博作は、とぼけて答えたが、内心ではいつかは行ってみようという気持ちはあった。そのトミの家にはまだ行ってないが、あのときの彼女の警戒する表情が記憶にあったので、今度行く手伝いの家の町名や番地までは訊きかねたのだ。しかし、横井節太郎とい

う名前さえ聞いていれば、消防署の近くという目標で見当はつくと思い、その名前を頭の中にしっかりと植えつけ、トミが部屋から出て行ったあと、大いそぎで手帳を出して鉛筆で書きつけておいた。その古びた手帳には、小遣い帳も兼ねていろいろなことが雑然と書いてあるのだが、わざと他人が見てもわからないような書き方にしてある。手帳はいまも、よれよれの詰襟上衣のポケットに大事に入れてあった。

博作は、きれいな舗装道路の片側を歩いた。坂道だから上るのに辛《つら》い。人通りはほとんどなかった。

この道や行く人なしに秋の暮——人に遇《あ》わない点では、蕭条《しょうじょう》たる秋の田舎道とこの大邸宅街とは変わりない。ものを訊こうにも通行人は見えず、やたらと乗用車が横を走るばかりであった。

博作は、もしかすると、使いに出るトミと途中で遇いはしないかと虫のいい偶然を期待して歩きながらきょろきょろ見回した。坂道は途中でいくつもに分かれているが、そこを眺めても同じような街の姿で、車だけしか眼につかなかった。以前からの邸宅が行儀よくならんでいる間に、ホテルらしい新しい建物がところどころにはさまっている。風景は博作によそよそしかった。

ようやく近所の主婦らしい女に出会った。

「町の名前も番地もわからないじゃ、お捜しになるのに骨ですわね」

主婦は、心当たりがないと答えたあとで言った。

「はあ、そうですかねえ。こういう大きなお邸に住んでいる方だから、有名な人だと思いますがなア」

博作は言った。実際にそう思っていた。

「横井節太郎さん……さあ、存じあげませんねえ」

主婦は首をかしげて考えたあと、交番に行って訊いたらどうかとすすめた。

「交番はどこですかねえ？」

「ここからだと、ちょっとあります。わたしがそこまでお連れしますわ。車が頻繁に通ってお年寄りには道が危ないですから」

「そりゃ、ご親切にどうも」

博作は頭を下げて、その親切に甘えた。


坂上の四つ角にある交番では、年配の巡査と若い巡査とが勤務していた。

「町の名前も番地もわからないようではねえ、おじいさん」

と、若い巡査は困った顔をした。

「横井節太郎さんというんですがね。消防署の近くです」

博作は二度くりかえして言った。年配の巡査は表のほうを向いて立っていた。

「消防署はね、この壁に貼ってある地図のとおりA町三七八番地だが、そこには横井という家は見当たらないようだね」

若い巡査は一度は椅子から立ちあがって地図をのぞいていた。

「そうですかねえ。たしかS駅からバスで三つ目の停留所に消防署があって、その近所だと聞きましたがねえ」

「消防署はこれだろうがねえ。何をする人ですか」

「会社の部長とか課長だとかいうことでしたが。会社の名前はわかりません」

「何もかもわからないじゃ困ったな。待ってくださいよ、いま電話帳で横井節太郎さんというのを見てあげましょう。……まあ、この椅子にかけていてください」

お巡《まわ》りさんも親切だった。

だが、分厚い電話帳を繰っての調査も徒労に終わった。

「おじいさん、横井節太郎さんというのは電話帳にも載ってないですよ。電話のない家かな」

「そんなことはありません。会社の部長か課長ですからな」

「そう、おかしいですな。けど、もう調べようがないのですよ、おじいさん。気の毒ですけどね。こんど町名と番地とをよく聞いてきてください」

それが聞けるくらいだったら言うことはない。が、博作は失望をかくし、ていねいに礼を言って交番を出た。バスの停留所に戻るときも、あたりを未練らしく見たのだが、トミらしい女の姿は道になかった。夢のような偶然は起こらず、坂は下り道で登るときよりははるかに楽だったのに、心はずっと重かった。途中でも、二人ばかり行き遇った人に訊《き》いたが、やはりむだだった。

家に帰ると、ぐったりと疲れた。内玄関で地下足袋《たび》を脱いでいると、あいにくと廊下を通りかかる白衣の久富千鶴子に見つかった。

「あら」

と、久富千鶴子は立ちどまって声をあげた。

「おじいちゃま、どこかにお出かけだったんですか？」

大きな眼をひろげて見つめていた。

「はい、ちょっと、そこまで散歩してきました」

博作は久富千鶴子には遠慮があった。苦手なのである。

「そうですか。大丈夫だったんですか？」

「平気です。田舎で道は歩きつけていますだ」

「でも、東京は車が激しいですから、おひとりでは危ないですわ」

地下足袋を脱ぎ終わると、久富千鶴子は博作の腕を軽くとって、六畳に連れて行ってくれた。同じ親切でも、千鶴子だと気詰まりである。あるいは、トミが千鶴子になじまないので、その影響かもしれなかった。

千鶴子は、そこから小走りに廊下を引っ返した。嫁に知らせに行ったのはもちろんで、果たして入れかわりに望子が顔を出した。

「おじいちゃん、どこに行ってたんですか？」

望子は部屋の入口に突っ立って、服をふだん着にきかえている博作に言った。懸念の声よりも詰問の調子に聞こえる。

「うむ、どこということはねえだ」

博作はわざとそっぽをむいて言った。

「心配するじゃありませんか。黙って出たりなさって」

「心配することはねえだ。このとおりケガもしねえで戻ってくる」

「お出かけになってもいいけど、行先はちゃんと言ってくださいよ」

「もう何べんも言ったとおりだ。この家を出てから気のむいたほうに行くでな。しきいをまたいで外に出るまでは、おれにも行先はわからねえだ」

「いつも、その調子だから困りますよ。おじいちゃんはそれでもいいかもしれないけど、万一のことがあったら、わたしの責任ですからね」

「なに、おれが勝手に歩くだから、お前たちには迷惑はかけない。正夫にもそう言ってある」

「いやね、いつもそんなんだから。……久富さんも心配していましたよ」

「だれも、おれのことは案じねえでもいい」

博作は着ものにきかえ終わると、蒲団《ふとん》の中にもぐりこんだ。留守の間に干したらしく、蒲団は綿がふくれ、布が乾いて気持ちよかった。枕カバーもとりかえてある。久富千鶴子の仕事かもしれないが、トミと違ってなんだか窮屈だった。トミのいない間に、千鶴子のおせっかいがあると思うと気が重い。望子は引っ返していた。

トミに会えなかった落胆が加わって、疲れがいっぺんに出てきた。電車に乗ったり、バスに乗ったり、坂道を上ったり下ったり、知らない土地を歩き回ってくたくたになった。トミのやつ、あの界隈《かいわい》にいるにちがいないが、こんなことだったら、トミがここを休む前に、思い切って横井節太郎の住所と番地を聞いておけばよかったと思った。

残念と失望と疲労とで、すぐに睡《ねむ》りに落ちた。邸町《やしきまち》を歩くトミをどこまでも追っている夢を見た。夢の中のトミは一度も老人をふり返らなかった。


翌日、博作は朝から地下足袋をはいた。午前中は患者が混んで、診療室は忙しい。望子も、久富千鶴子も六畳の間をのぞきにくる暇はなかった。博作はそれを知っていた。

昨夜、夜中に眼がさめて考えたことだが、トミが嘘を言っているのではないか、という疑いだった。

消防署の近くというのに、交番でもわからなかった。親切な近所の主婦も横井節太郎という名を知らなかった。第一、会社の部長とか課長だというのに、電話帳に載っていないはずはない。そんな地位の人が電話をもっていないとは考えられないのだ。それにトミがあの大邸宅がならぶ一軒に手伝いに行っているとは、やはり考えられないのである。そんなコネがあろうとは思えない。場所も遠いのである。

そう思ってみると、トミがあのとき何となく口ごもっていたのに気づく。横井節太郎という名前は、わりと素直に言ったが、職業はと訊いたとき、すぐには返事が出なかった。嘘だから、考えていたのだ。

では、なぜトミはそんな嘘をついたのか。博作は、トミが自分の家に引っこんでいるにちがいないと推察した。一週間ほど休んで亭主の傍にいたいのだろう。理由なしに家で休むとは言いづらいので、あんな嘘をつくったのだろう。

トミは亭主の惚気《のろけ》を言っていた。何とかいう中年の渋い俳優に似ているとニヤニヤしていた。酒のみで、博奕《ばくち》をする怠け者の指物大工だとは言っていたが、口ほどでもなく、内心は亭主に参っているのだ。やくざな亭主ほど女房は亭主想いで、働き者というではないか。

博作は、トミに欺《だま》されたような気がした。もちろんトミの調子のいい言葉にはじめから乗ったわけではないが、冗談ともつかない戯言《ざれごと》を毎日交わしていると、彼女の思わせぶりな身振りもあって、ついつい、冗談だけとは思えなくなっている。お互いに情がうつるとはこのことだと思っていた。トミに休まれてそのことがはっきり心にわかってきた。トミに会いに、S駅からバスに乗って知らない土地に胸をはずませて行ったのも、寂しさに耐えかねたからだった。

それなのに嘘をついて、亭主といっしょに家にいるとは許せないと、博作は昨夜の夜中にそのことに気づいてからは睡れなくなった。よそに手伝いに行くという口実を設けたのも、どうやら望子よりも自分に対する気がねではないか。そうだとしたら、トミはおれの気持ちを知っているのだ。つまりは彼女がそれだけの気持ちをおれに植えつけたのではないか——。

トミの住所はわかっている。ものごとは聞いておくものだ。そうとは知らないでしゃべったトミに博作は少しは溜飲《りゅういん》が下がる思いがした。ふいに彼女《あれ》の家に行ったら、どんなにびっくりするだろう。亭主がいたってかまわない。亭主の前で嫌味の一つも言ってやりたかった。

バスに乗ったが、このバスは女車掌も何もいず、中にはいったときに運転手に金を渡す。おじいさん、何町まで行くのかね、と運転手は横眼で見て横柄な口をきいた。年寄りに対する礼儀も何もない。停留所ではバスをガタンと止めて、ふり返り、おじいさん、おじいさん、ここで降りるんだよと大きな声を張りあげた。博作があわててはいってきたドアのほうに歩きかけると、こっちじゃない、そっちだ、そっちだ、と手を振って真ん中の開いたドアへ追いやるようにした。博作がよろよろして歩くのに、乗客の男も女も知らぬ顔をして眺め、なかには面白そうに見ている者もいた。S駅から出た三番線のバスとは大違い、さすがに向こうは高級な住宅街を走っている路線だけにバスガールもやさしいし、道を歩く主婦も親切だった。こっちのバスは場末を走るだけに、ガラが悪かった。トミはこういう町に住んでいる。

今度は町名も番地もわかっているので、博作も心強かった。乱暴なバスの運転手に指図されて降りたところは、いかにもごみごみした、きたならしい町で、小さな家が道の両側に密集している。その間には風呂《ふろ》屋、八百屋、駄菓子屋、飲食店などがはさまって、道路にも子供がいやに多い。芭蕉の句が口に出た昨日の静かな秋の邸町とは天地の差だった。果物屋を兼ねたたばこ屋で町名と番地をきくとすぐにわかった。

「おじいさん、そこの何という家だね？」

店番の色の黒いおかみさんがきいた。

「吉倉という家ですが。主人は指物大工ですがな」

「ああ、トミさんの家だね」

おかみさんにはすぐにわかった。

「トミさんの家なら、そこの先に魚屋があるからさ、その角をはいって二つめの四つ角の先だよ」

「どうもありがとう」

いよいよトミに会えると思うと、博作は今まで彼女に抱いていた憎らしさがうすくなり、心臓が早鳴りしてきた。

6

魚屋の角をはいった道は、バス通りの、ごみごみした表通りとは違い、静かな小住宅街であった。もともと場末だったのが、近ごろの住宅地の発展で、畑が新しい家に変わっている。それでも家のうしろには欅の林などところどころ残ったりし、雑木もあったりして、都心に近い場所よりはずっと緑が多かった。いまはそれが黄色や紅葉になっている。

このあたりの家は大きくはないが、杉垣の境はひろくとっている。博作は、教えられた二つ目の辻《つじ》から二軒目の家の前に来て、少々とまどいをおぼえた。博作の予想では、トミの家は不潔な裏通りで、屋根の傾いたような、ぼろぼろの哀れさだったのが、いま、眼の前にあるのは、平屋ながらこぢんまりとした建物で、まことに体裁がいい。家もそう古くはなく、かたちばかりだが、小さな門もあって、杉垣の中には菊が咲き乱れていた。この家だと、小会社の課長程度の住宅としても立派に通る。門の標札には、たしかに「吉倉」と出ていた。

トミの亭主は酒好きの、怠惰な指物大工だから収入もそれほどなく、だからこそトミが他家の手伝いに出て手助けしていると博作は思っていたから、この「立派な」家にはまったく虚をつかれたかたちだった。だが、よく考えてみると、亭主が指物大工だから、普通よりは安い値段で家が建つ工夫があったのであろう。また、トミはしっかりものだ。金の工面は彼女がつけたにちがいない。それに彼女はきれい好きときている。拭《ふ》き掃除は手なれている。きっと朝に晩にこの家を磨き立ててきたのであろう。十年ぐらい前に建てた家でも五年前ぐらいの新しさには見える。

要するに、家の建造も、その保存も、家計も、ぐうたらな亭主にかわってトミがいっさいやっているのだ。これまではトミのわびしい経歴といい、いまだに女中仕事をしていることといい、また、六畳で他愛もないことを言ってニヤニヤしている様子といい、博作は彼女をかなり見くだしていたが、この家の外見からその生活を想像するに及んで、かなり彼女を見直さざるを得なくなった。

ということは、とりもなおさず、トミへの愛着が増したことで、もし、予想どおり彼女がみすぼらしい小屋のような家に住んでいたら、興ざめだったかもしれない。愛着や慕情が強くなると、格子戸の玄関を前にしてよけいに心臓が波打ってくるのである。

家は玄関も、両側の縁についたガラス戸も閉め切ってある。ガラス戸には白いカーテンがひかれていた。声も音も聞こえず、留守なのか、それとも奥に人が引っ込んでいるのか、すぐには判断がつかなかった。

しかし、怠け者の亭主が家にいる可能性は強かった。トミは休んでいる。途中で考えついたように、S駅から三つ目のバス停で降りる、あの邸町《やしきまち》に手伝いに行ったのではなく、奥で亭主のサービスに尽くしているにちがいない。この直感のほうはいよいよ強くなった。

博作は、今度は躊《ため》らいもなく、格子戸横のブザーのボタンを押した。年寄りの意識から離れた衝動的なものが、身体の中から起こっていた。

格子戸は内側から錠がかかっていた。ブザーの音は家の中に響いているにちがいないのだが、反応はなかった。家じゅうの戸を閉め切って、内で何をやっているのか。博作はトミの厚い胸と、血色のいい太い膝《ひざ》とが一連の卑猥《ひわい》な絵になって浮かんでくるのだった。彼は、自然と息が荒くなり、どこか中をのぞけるところはないかと、眼を配った。格子戸は隙間がない。濡《ぬ》れ縁のガラス戸もカーテンがきっちりおりているので中は見えなかった。のぞけるところといったら、横か裏に回るほかはない。

ふり返ってみたが、道にはだれもいなかった。博作は右横から回った。横は板壁だけで窓一つなかった。小さな木が植えてあった。彼は裏口にまわった。少し広い庭があって、菊が咲いていた。隣との垣根には柿や無花果《いちじく》の木があって枝を伸ばしているので、その黄色い葉に妨げられて二階からこっちを見られることもなかった。

裏側の濡れ縁は雨戸で、出入口は格子戸一枚だった。どれも閉まっている。博作は雨戸に隙間があるのを見て、縁にはい上がり、鼻がつぶれるくらい顔を戸に押し当てて細い穴から眼をむいたが、暗くてよくわからなかった。で、べつな戸の隙間をさがし、そこからものぞいてみたが、光線がはいってないかげんで、やはり暗かった。そこでもう少しいい条件の隙間はないかと、うろうろした。

やっと見つけたのは、格子戸をはさんだ反対側で、その雨戸二枚の間がややひろく開いている。博作は濡れ縁に片膝のせて匍《は》いつくばい、上体を伸ばして隙間からのぞいた。ここも暗いが、前よりは少し明るく、眼が慣れるにしたがって、もののかたちが知れてきそうである。まん前は障子だが、腰のところがガラスになっているので、ちょうど都合よく内部が見透かせた。なんだか黒いものや白いものが四角な形で見えるが、家の道具だとはわかっても、まだ正体ははっきりしなかった。が、動いているものはなかった。

家の中は相変わらず静まっている。だが、留守とは思えず、そのうち視角に人間がはいってくるような気がし、ここがいちばんのぞき見には都合がいいので、辛抱して待つことにした。

眼が慣れたのか、うすぼんやり見えていた黒や白の四角いものは茶箪笥《ちゃだんす》だとか水屋とか箱のようなものだった。察するところ、この部屋は飯などを食べる茶の間で、台所つづきになっているようである。それなら、いまにトミか、その亭主かがはいってくるかもしれない。トミだけが来たら、そっと声をかけてみようか。その前にこの雨戸をたたいて合図してみようか。その期待だけでも胸がふくらみ、われを忘れてしまった。

そのとき、博作は前に傾いている背中をだれかに敲《たた》かれた。不意だし、とび上がるような思いでふり返ると、背の高い男が、むずかしい顔をして立っていた。ネズミ色に赤い格子縞《じま》のはいったスポーツシャツに、うす茶色のズボンをはいていた。

その男の顔を見るなり、博作はこれがトミの亭主だとすぐにわかった。彼女から聞いていた特徴がそっくり当てはまっている。四十ぐらいの年齢、短く刈り上げた頭、酒焼けしたような赤い顔、そしてその苦味走《みけん》った、整った容貌《ようぼう》——眉《まゆ》は濃く、鼻は隆《たか》く、唇は締まっている。全体が長顔で、眉間の縦皺《たてじわ》も男らしかった。眼つきは冷たかった。その眼がどこかあざけるような色で博作を見つめていた。

博作は、のろのろと縁側から片膝をおろした。動作は、わざと緩慢にした。にぶい動作で、身体の自由が思うようにならない年寄りだということを強調した。この男のあざけるような眼も相手が老人だと思っているためだとみたからだった。

そのうえ、博作は耄碌《もうろく》を装った。年寄りだから、相手に乱暴される気づかいはなかった。頭がぼけていると思わせたら、他人の家をのぞいていても、泥棒呼ばわりをされることはなかろう。それで、なるべくとぼけた表情をし、横着をきめこんで、男には何の挨拶《あいさつ》もせずに、そこを立ち去ろうとした。

「あっ、ちょっと、おじいさん」

と、男は言った。思ったとおり、それほど険しい声ではなかった。

博作は、ゆっくりと見かえった。男の顔には怪訝《けげん》な色と、いくらかの苦笑とがまじっていた。

「この家は、わたしの家だがな、なにか用があったのかね？」

歯切れのいい言葉の調子だし、声にも壮年の活力があった。

博作はわざと答えなかった。相手の言う意味がわからないようにその顔を見上げ、また歩み出そうとした。

「おじいさん、おじいさん」

と、トミの亭主は呼びとめた。

「あんた、耳が遠いのかね？」

彼は博作のそば寄ってきて、少し大きな声を出した。

「ここに何か用事で来たのかえ。留守の家をのぞいたりしていたがさ」

博作は黙って首を振った。ぼんやりと相手の顔を見たままだった。

「用事じゃないのか。用事のない者がどうして空巣のように家の中をのぞくんだえ？」

トミの亭主はじろじろと博作の風采《ふうさい》を見回して、少し声を荒らげた。博作の横着な態度が腹に据えかねてきたようだった。

博作は相手の見幕にちょっと狼狽《ろうばい》した。空巣のようだといわれたのもショックだった。このまま横着をきめこんでいると、近所の人まで集めかねなかった。

博作は覚悟をきめた。同時に、こっちの素性を知ったら、この亭主もびっくりするにちがいない。女房が世話になっている先の隠居だとわかったら、恐縮するにちがいない。さるお方とは露知らず、無礼の段々、ひらにご容赦、と飛び退《さが》って地に手を突く芝居の一場面さえ浮かんできた。

「わしは、志井田という者です」

博作は、威厳のある声で答え、口もとにも余裕のある微笑を浮かべた。

「志井田？」

亭主はきき返した。名前に心当たりがあって、それを確かめている顔つきだった。

「そうです。志井田医院の父親ですわい」

えっ、さりとは存ぜず、無礼の数々、と飛びさがり、まず、まず、と頭を垂れて奥へ招じるかと思いのほか、亭主はややおどろいたものの、態度がそれほど改まるわけでも

なく、

「ほほう」

と、そこに突っ立ったまま、博作を頭の上から足の下まで眺め回した。

「わたしは、トミの亭主です」

さすがに言葉だけはていねいになったが、胡散《うさん》臭げな眼の表情は変わらなかった。しかも、家内がお世話になります、とか、初めまして、とかいうような挨拶はなかった。

博作は、この亭主が自分を真物《ほんもの》かどうか疑っているのではないかと思ったくらいだった。

「それじゃ、家内に用事があって来たんですか?」

亭主は、いきなり訊《き》いた。

「トミさんには、いつもご面倒をかけていますだ」

博作は相手の無礼を正面から咎《とが》めることなく、皮肉を利かせて、わざと礼を述べたのだが、亭主の眼の色は動じなかった。

「家内に何か用でもあって来なすったのかね?」

咎めるような言い方だった。もっとも家の中ののぞき見を発見されたのだから警戒されているのは無理もないが、本名を明かしたのだから、もう少しこっちに敬意を払って然《しか》るべきだった。

「うむ……トミさんに、少し訊きたいことがあって来ました」

「家内は留守ですよ。今晩でないと帰ってこないけどね。用事は何ですか?」

「用事はね……」

博作は遠くの家の二階に出ている干し物を見て思いついた。

「トミさんに、わしの毛織りのシャツを片づけてもらったけど、それがどこにしまってあるのかよくわからんのです。だいぶん朝晩が寒くなったので、そのシャツを着たいのだけど、どこをさがしても見つからんのですよ。それで、トミさんに訊《たず》ねようと思って来ましたよ。……けど、トミさんがいないじゃ仕方がないですな」

「シャツの在処《ありか》をわざわざ聞きに来たんですか？」

トミの亭主は、ちょっと呆《あき》れた顔になった。

「そう。今朝あたり冷えるからな」

「そんなことは、息子さんの嫁さんでわからないのかね？」

「わしのものは、トミさんがいっさい始末してくれてますからな。嫁でもわかりませんわい。……まあ、いいです。トミさんがいないじゃ訊きようがありませんな。たいそうお邪魔をしました」

博作は表のほうへ歩き出した。トミの亭主は今度は呼びとめなかった。顔に冷笑が浮かんでいた。

トミは家にいなかった。予想も直感もはずれて、博作は半ば失望し、半ば救われた気になった。トミに会えなかったのはがっかりだった。仕事嫌いの亭主がいるかもしれないとは思ったものの、あれがトミと代わっていたらよかった。面白いことになったかもしれない。だが、夫婦揃って家の中にいて、その妄想どおりの場面を見なかったのも、やはり気持ちを軽やかにした。

それにしても、トミの亭主は、こっちで考えていた以上の男前だった。あんなにいい顔をした男とは思わなかった。何とかという俳優のことは知らないが、トミが自慢するだけのことはあった。ひきしまった、男らしい顔である。上背はあるし、均整のとれた体躯《たいく》だ。赤い格子縞のスポーツシャツなどを着こなしているところなど、なかなかのおしゃれで、その苦味走った顔などは、商売女に好かれそうであった。

トミが亭主の怠けるのに任せて、よその家に女中仕事に回っている理由も、本人を見てますますはっきりした。トミは亭主に惚《ほ》れて、自分から苦労を買って出ているのだ。あの男なら、無理もない。無理もないが、ばかな女である。——

あんまり亭主を甘やかしていたら、いまに亭主に捨てられる。ひと目見たところでは、あの亭主はどうして道楽者のようだ。大工のくせに、あんなしゃれた格好でぶらぶらして酒ばかり飲んでいるようでは、女房をいつとりかえるかわかったものではない。商売女にモテるのだったら、そのほうの志願者もいっぱいあろうというものだ。

だいたい、トミのような、ずんぐりした身体の、普通《なみ》以下の器量の女にあのような男がくっついているのがふしぎで、どう見たってつり合いがとれない。不自然である。いまはトミが働いているので我慢しているのだろうが、目下、次の女房になる女を選択しているのかもしれない。いや、きっとそうだ。

それにしても、トミをこっちに引きつけるには、あの亭主は強敵だと博作は思った。まるきり太刀打ちできないとは博作も思ってはいない。その支えになるのは、六畳での卜ミの親切というよりも好意であった。博作の望み次第では、その好意を投げ出して身体で現わしそうな身ぶりであった。そういうときのトミには年寄りに対する特別な意識はない。つまり、年寄りという間隙《かんげき》は意識からうすれ、女が男に対する気持ちであった。

思うに、トミはあの亭主に冷たく扱われているにちがいない。自分はぶらぶらと遊び、女房には女中仕事をさせて平気でいることでも亭主の冷酷さがわかろうというものだ。トミが年寄りでも好意を持ってくれるのは、こっちの誠意や愛情をくみとっているからである。女がほしいのは何よりも男の愛情である。

トミの亭主を「強敵」と思った時点から博作は彼と同等な立場に立った。男と男の対決である。年齢の差など問題ではなかった。

そういえば、トミの亭主の態度の奇怪さに博作は思い当たった。普通なら、女房が手伝いに行っている先の老人にはもっと敬意をもつはずである。たとえ、留守の家をのぞき見されていたとしても、用事があるからやって来たので、ブザーの応答がないから人がいるかどうかのぞいていただけだ。名前を名乗ったからには、ちゃんとした挨拶《あいさつ》があっていいし、ていねいな態度にあらたまらなければならない。そういうことはいっさいなく、亭主はこっちを睨《にら》んでいた。

思うに、あれはトミが家に帰ってから、おれのことをいろいろ言っているので、亭主が反感を持っているのではないか、と博作は思った。トミがどんなふうに報告しているかわからないが、まさかありのままを言っているわけでもなかろう。だが、それにしても言葉の端々から何かを感じとっているのではあるまいか。でなかったら、初対面だというのに、あんな、どこか敵意のある態度はとれないはずだ。あの亭主は嫉妬《しっと》を持っている。愛情のない女房ではあっても、よその男と仲よくしているとなれば、その気持ちはまた別である。博作はここでもトミの亭主と対等の位置に立つ自分を意識した。

こうなったら、すぐにでもトミに会いたかった。亭主の話では、トミは夜帰ると言っていたから、S町からバスで行った邸町《やしきまち》で働いていることは間違いなかった。やはりトミの言葉には嘘がなかったのだ。もっとも、彼女の働き先までは亭主には訊けなかった。

博作は、このまま家に帰る気がせず、今度こそ、あの邸町をシラミつぶしに捜して、横井節太郎という家を見つけよう、見つけ出さずにおくものか、と思い、煙草屋の前に立ってバスを待った。

7

博作は、バスを電車に乗り換えてS駅に行った。今度の三番線バスの女車掌は前回ほどには親切でなかったが、それでも彼は経験でまごつきはしなかった。窓からの風景は昨日のつづきである。

たったいま迷いこんできたトミの家のごみごみした近所がよけいにうす汚なく思い出され、このきれいな邸町を見ては眼が洗われるようだった。ついでにトミの亭主の姿も瞼《まぶた》から押し流すようにした。

三つ目の停留所で降りて、坂道を上った。相変わらず車ばかり多くて人影が少ない。が、さっきの女や子供でごちゃごちゃしていた風呂《ふろ》屋の通りからみれば、清潔そのものだった。この辺でトミが働いているとすると、彼女の環境まで違ってみえ、まるで亭主と別居しているようにさえ思われた。

あんな、ぐうたらな亭主といっしょにいるトミの気持ちがわからない。男前なので惚れているのだろうが、そんなものが亭主の値打になるものか。こっちの観察では、いまにあの男は若い女に誘われてトミから逃げ出すだろう。子供のことなんぞは知っちゃいない。女房を働かせてぶらぶらしている亭主とはそうしたものだ。そのうちトミは置き去りにされる。そうとは知らず、せっせと他人の家で働いているトミは可哀相だ。

嫁の望子がこぼしているのを聞いたことがあるが、家の中からときどき酒の瓶がなくなるのはトミのしわざではないかと言っていた。それはいくらトミがひいきでも否定できない。博作も、いつだったか、彼女が買物籠《かご》にウイスキー瓶をしのばせているところをちらりと眼にしたことがあった。あれも亭主の機嫌をとるために飲ませるつもりだろうが、どこまで亭主を甘やかすのか。ひどい目に遇《あ》わされるとは知らず、まったく哀れなものである。トミに会ったら、亭主の正体をよく言ってやろう。こっちの洞察力には間違いはない。トミの迷いを醒《さ》ましてやるのだ。……

交番の前に出た。今日は年配の巡査がひとりで腰をかけていた。昨日の若いほうは外をひと回りしているのかもしれない。博作は年配の巡査になんとなくたのもしさを感じ、頭を下げて入口に近づいた。

「ああ、昨日のおじいさんですね」

巡査は彼を見おぼえていた。

「横井節太郎さんね。町名も番地もわからないじゃ困るが、まあ調べてあげましょう。そこにかけてください」

四角い顔の巡査は台帳のような厚い帳簿を本立てから抜きとってページを繰った。ちらりと見た表紙には「巡回連絡簿」と書いてある。ははあ、これが戦前の戸別調査簿に代わるものだなと博作は心でうなずいた。戸別調査は権力の介入だとか、人権を侵す憲法違反だとかいう非難が新聞に出ていたのを思い出す。

それは五十音順で索引がついているらしく、巡査は前のほうを見て、なかほどのページをぱらりと開いた。

「ああ、おじいさん、ありましたよ」

巡査がそこを押えて言った。

「え、ありましたか？」

「紙に書いてあげましょう」

巡査はあり合わせの紙きれに鉛筆を走らせた。

「これを持ってらっしゃい。R町の一三七番地、横井節太郎さんです」

「どうも済みません」

「R町の一三七番地というのはね、その先に消防署があるから、その手前の角を右にはいって、四つ辻《つじ》を三つ越す、その右側ですよ」

巡査は壁の大地図と番地とを照合しながら言った。

「どうもご親切に」

昨日の若い巡査にはこの親切がなかった。町名と番地がわからんじゃ仕方がないと一《いっ》蹴《しゅう》した。やはり年配の者でないとこういう思いやりはない。トミの亭主も若い巡査と同じで心は冷たいのだ。第一、女房が世話になっているさきの年寄りが訪ねてきたというのに、あの無礼な態度は何だろう。

「車が危ないから気をつけて行きなさい」

巡査の声がうしろからとんだので、博作は横むきになって頭を下げた。

トミの働いている家はわかった。こうなったら、あの冷酷な男と対決である。トミには遠慮なしに亭主の正体を言ってやろう。トミの心を根こそぎに揺するのだ。こっちの真心、誠意、熱情がトミに通じないはずはない。トミの心は動く。必ず動く。動かさずにはおかない。

亭主が怒って文句を言いにきたら、喧嘩《けんか》したっていい。トミを救うためだ。倅《せがれ》と嫁がみっともないとかなんとか小言を言うかもしれないが、そんなことはかまわない。

博作は消防署の手前の角を右に曲がった。まさしく消防署が目印になっている。この道路の両側も立派な家が多く、大きくて閑静な住居だった。どういうわけかホテルのような建物がわりと多かった。

一つ目の角を通り抜け、二つ目の辻を渡った。三つ目の辻も近い。トミのいる家が間近に迫っている。

博作の胸はまたもやあやしく騒ぎ出した。トミの顔がもうすぐ見られる。トミが、この不意の訪れに眼をまるくし、まあ、おじいちゃん、と叫んだきり、声をのんで棒立ちになる様子が眼に見えるようである。そうして次には、うれしさのあまり顔をくしゃくしゃにするにちがいない。よその家では話ができないから、そのへんをいっしょに歩いて話を聞こうということになるだろう。トミとつれだってそぞろ歩きをし、話を交わすとはなんとたのしいことか。六畳の部屋で話をしているのとは違い、これは秋晴れの空の下だった。

胸がどきどきする。年寄りに心臓の激動は悪いと思い、なるべくゆっくり歩き、トミに会うまではほかのあらぬことを考えて気を落ちつかせるようにした。

しぜんと心に浮かぶのは浄瑠璃《じょうるり》の文句で、ふしぎと戦記ものは出ずに、……ノウそれで互いの身もおさまり、世間の噂もひとりやむ、こうしているとまた浮名、アイアイ、おまえの見納めにまいちど顔をよう見せてくださんせ、と抱き起こして顔つくづく……と、うろおぼえの桂川連理柵《かつらがわれんりのしがらみ》、お半《はん》、長右衛門《ちようえもん》のひと節が口にうかぶのだった。心中する長右衛門は四十男で、お半は十五の娘、年の違いを博作はわが身にひきあてた。

横井節太郎の家はそれほど大きな家ではないが、それでも建坪は四十坪ばかりある和洋両式の二階家で、かたのごとくに門構えがある。会社の部長級にしてはずいぶん立派だった。塀の角は車庫になっている。

博作は、閉まっている玄関を横眼で見て門の前を二、三度往復した。玄関から訪ねるわけにもゆかないので、角の車庫と隣の家との間にせまい路地があり、そこをはいると、勝手口がありそうだった。人はそのへんにだれもいなかった。この家の筋向かいに、小さいが、しゃれたホテルがあったが、その窓もみんな閉まっていた。

路地をはいって塀の端近いところに通用門がある。そこは戸が開いていた。いつまでもためらっていてはきりがないので、博作は小門をくぐった。勝手口の格子戸は眼の前にある。出入りの御用聞きは平気でこの格子戸を開けるだろうが、さすがに博作はすぐには戸に手が出せなかった。やはりトミの家をのぞき見したときとは気持ちが違う。それにあのときは、ふいにうしろからトミの亭主に声をかけられて飛び上がったものだが、あの醜態から弱気になっていた。

戸を開けたものかどうか迷っていると、横のほうから足音がしてきたので、博作は臆《おく》病《びょう》になってそこを逃げ出そうとした。ここの家族だったら、体裁が悪い。トミさんに用事があって来ました、と言えばいいのだが、なんだか咽喉《のど》にひっかかりそうだった。

小門を出ようとすると、足音はうしろでとまり、

「あら」

と、言った。そのひと声がトミとわかったから、博作がふり返ると、やっぱりトミで、両手に洗濯物の干したのをいっぱい抱えていた。

「ああら、おじいちゃんじゃないの？」

眼をまるくして棒立ちのトミは、博作が予想したとおりの姿だった。

博作は足を踏みとどまったものの、思わずニヤリと笑った。感動のあまりに思うような表情ができなかった。ううむ、という声も口の中だった。

「どうしたの、おじいちゃん、こんなとこまで来てさ？」

トミは笑顔もみせず、咎《とが》めるような眼つきで叱るように言った。

博作は、いささか勝手が違ったが、トミがこの訪問に意表を衝《つ》かれ、度を失っていると解釈し、

「うむ、そこまで用達しにきたでな。おまえがこの家に来ているのを思い出して、どうしてるだかと思ってちょいと寄ってみただ。……なかなか立派な家じゃないか」

と、弱い微笑《わらい》を含んだ眼でことさらしく軒を見上げた。トミの顔つきを見ては、おまえに会いたくてわざわざやってきたとは言えなかった。

「困るわねえ、仕事先の家になんぞ来たりして……」

トミは顔をしかめて博作の姿を見た。彼女には見慣れた風采《ふうさい》だが、この格好で来られて迷惑だという色が眼にあらわに現われていた。博作にもそれはわかったから、気がひけて顔が赤くなった。

「済まねえ。それじゃ、おれはこれで帰るだ」

と、口は、心と違ったことを言った。一方的に押しかけてきたのは、やっぱりこっちが悪い。トミにはこの家の者への手前もあろう。が、そうはいっても今までの仲からいって、トミがすぐに放すとは思えなかった。

「そう。……じゃ、ちょっと待ってね。危ないから、バスの停留所まで送って行くわ」

トミはひと口に言うと、抱えた洗濯物を始末するため格子戸を開けて急いではいって行った。

博作はひと足先に小門を出たが、トミを待っている間、元気が回復してきた。やはりトミには情がある。バス停まで送るというのは、歩きながらゆっくり話をするつもりなのだ。なるほど、よその家では中に入れることもできないし、軒下でひそひそと立話もできない。ここに働きに来ているトミの立場もあろう。なんだかつっけんどんな態度に見えたのは、家族に見られはしないかという気がねからに違いない。ここから離れたら、トミと自由に話が交わされる。博作は再び胸がときめいてきた。

うしろで格子戸が閉まる音がし、足音が近づいてきた。博作の横にならんだトミは、エプロンもはずし、顔に大急ぎでつくったらしい化粧があった。博作は幸福な気持ちになった。

路地から表通りに出れば人目があるので、今のうちにと博作はトミの手を握った。

「だめよ。こんなところで」

トミはその手を振りほどいたが、その前に握り返すか返さないような軽い反応はあったようだった。

「だれに見られるかわからないから、ヘンなことをしないで」


表通りに出た。

博作はトミと肩をならべながら、念願どおり彼女とそぞろ歩きができたのがうれしかった。予想はしていたが、こんなにうまくゆくとは思わなかった。さっき、不意打ちでみせていたトミのおどろきも、それからくる不機嫌そうな表情もいまは消えて、その顔にはいつものなごやかな、そして、いたずらっぽい、曖昧《あいまい》な笑いさえ浮かんでいた。

博作は早くトミの亭主に会ったことを話そう、その人物の非難をしようと思いながらも、さすがにまだ口から出しかねた。もう少し歩いて、話のきっかけをつくろうと思い、あたりの邸《やしき》を見回しながら、

「この辺は、いい家ばかりあるんだな」

と、言った。ほかの話をしていても、トミとなら、けっこう愉《たの》しかった。

「そうね。金持ちばかりね」

トミは相槌《あいづち》を打ったが、

「おじいちゃんが寄った知合いの家というのはどこなの？」

と、訊《き》いた。

「ううむ。もっと先だ」

「先って、どの辺？」

「道順は、はっきり覚えていねえ。とにかくあっちのほうだ」

博作はいいかげんに指をさした。

「あっちのほう？　あそこにはホテルがあるわよ」

トミは博作の嘘を見抜いたように笑った。

「そんなところじゃねえ」

「そうだわね、おじいちゃんにはホテルは用事がないのね」

「ホテルは年寄りを泊めないのか？」

「ふ、ふふ。そんなホテルじゃないわよ。あそこはね、恋愛の場所よ。好きな者どうしが行くところよ」

「……そうか」

博作は合点がいった。昔は出合茶屋というのがあったが、近ごろはあんなホテルが専門にそういうことになっているのか。

「こんな邸町にどうしてあんなホテルを建てるだな？」

「そら、仕方がないわ、土地が自分のものなら、何を建てても仕方がないんじゃないの。この辺は閑静な高級住宅地だから、ああいうホテルがはやるのよ。とても儲《もう》かるらしいわ」

「風儀が悪くなると言って近所から文句がこないのか？」

「だいぶんやかましかったそうだけど、いまは泣寝入りらしいわ」

「子供の教育には悪いな」

「アベックが出たりはいったりするのが見えるからね。……わたしだって、面白いものを見るわよ」

トミは何かを思い出したように、博作の顔をちらりと見ると下をむき、くっくっと笑った。

「おまえまで、そんなものを面白がっちゃいけねえ」

「あら、いけないの？」

「悪い風儀に染まるでな。おれの若いときは、耳に淫声《いんせい》を聞かず、眼に淫風を見ず、と教えられたものだ」

博作はトミの気持ちが心配になって言った。そういう場所に行くのは、どうせ若い男女である。若さということでは自分は除《の》け者である。ことさらに道徳を持ち出してトミを牽制《けんせい》したのは、若い者に彼女が惹《ひ》かれないようにしたいからだ。若い男に対する反感は博作の嫉妬《しっと》から出ている。

トミの気持ちがそんなふうに落ちつきがないのなら、早く亭主のことを教えてやらなければいけないと博作は思った。それに、今夜トミが家に帰れば、亭主は昼間自分が訪ねて行ったことを話すだろう。そのことも打ちあけておかないと、あとでトミに文句を言われる。

「トミよ。おれはこっちにくる前に、おまえの家に行っただ」

四つ角を二つ越し、消防署が近くなったころ、博作は口を切った。

「え、わたしの家に？」

「うむ。おまえの亭主がいたから、ちょいと挨拶《あいさつ》をしておいたよ」

トミは、またも驚きを示し、一瞬足をとめて、呆《あき》れ顔で博作をまじまじと見つめた。

「なにね、べつだんのことは言ってねえ。おれの着るものがわからねえから、片づけてくれたおまえに聞くために来たと言っておいただ。おまえも帰ったら、亭主にそう口裏を合わせてくれ」

博作は、さすがに口ごもって弁解した。家の中をのぞき見したことまでは、まだ言えなかった。

「呆れたわね。どうして、わたしの家になんか来たのよ？」

トミの語気は鋭かった。

「どうしてと言ったって……つまり、その、おれはおまえに会いたくなったからだ。ちょいとでもいいから、おまえの顔を見て、ひとことでもふたことでも話したかったからだ」

「それで、うちの亭主は何か言っていた？」

「なに、べつに何も言わねえ。いま言ったように挨拶だけだったよ」

おまえの亭主は、男前はいいようだが、あれは、ぐうたらだ、と博作が言おうとしたとき、トミの顔が険しいものに変わった。

「いやねえ、おじいちゃん、わたしの家に来たり、こっちに来たりして、わたしのあとを追い回しちゃア……」

8

トミが帰ってくるまでの一週間は博作に長かった。

彼は、その働き先に訪ねたトミに叱られてからは、二度とそこへ行く気力はなかった。本当は何度でもトミの顔を見に行きたい。少しでも話を交わしたい、少々遠いけれど、脚はまだ達者である。いや、トミにその気さえあれば、胸をはずませていつでも飛び出して行ける。

だが、トミのあのときの不機嫌さを考えるとそのふくらんだ気持ちも萎《な》えてくる。それを押して再び訪ねて行ったら、今度こそはトミに徹底的に嫌われそうである。

むろん、あの不機嫌はトミの本心ではない。彼女は働き先に気兼ねしているのだ。その家族や近所の手前に遠慮している。たとえ年寄りであろうと、二人の話しぶりや素振りで、ただの仲でないと勘ぐられる。噂が立ちそうである。トミはそれをおそれていたのだ。

浄瑠璃《じょうるり》の文句ではないが《こうしているとまた浮名》で、つらい出合いをはなれるのが《世間の噂もひとりやむ》要点ではないか。本来なら、年寄りのこっちがそのように配慮しなければならないのに、トミがさきに気をつかったのだ。

そう思うと、博作は年がいもないと恥ずかしくなる。ただ、こうした考えでもわかるように、彼はトミに嫌われたとか、いやがられたとは決して考えてなく、それどころか、トミが働き先への遠慮から心にもなく迷惑顔を見せ、わざとつれない言葉を吐いたと思っている。それだけに彼女にも抑えた感情があったであろう。

トミの一見冷たい態度や言葉は博作の記憶からすべて洗い流され、残るのはいい印象ばかりだった。あの家に訪ねて行ったとき、その不意におどろいたトミが次に見せた輝きの表情、路地で手を握ったときの彼女の反応、肩をならべてのそぞろ歩き、さては坂道のバス停までおくってきて、バスが動き出してからもいつまでもそこに立ちつくしていた彼女の姿。——みんな別れがたい恋人の風情であった。

あんな可哀相な女はない、と博作は六畳にうとうとと睡《ねむ》りながらトミのことを想っている。亭主がぐうたらなばかりに、あちこちの家で女中働きをしなければならない。いっそ亭主がいなかったら、生活力の旺盛《おうせい》な彼女のことだ、もっと自分の道を見つけてまいな暮らしができるだろう。あれではまるで亭主の奴隷ではないか。

しかもトミはその亭主に気兼ねしている。博作が、彼女の家で亭主に遇《あ》ったことを言うと、トミは顔色を変えて、

（亭主は何か言っていた？）

と心配そうに訊《き》いていた。なんでもなかった、と言って安心させようとしたが、トミは心落ちつかず、

（いやねえ、おじいちゃん、わたしの家に来たり、こっちに来たりして、わたしのあとを追い回しちゃァ）

と、顔をしかめていた。

ちょっと聞くと悪態のようだが、あれも亭主に何か邪推されはしないかという懸念のあまりだった。彼女に自分への気持ちがなかったら、そんなにびくびくすることはない、亭主に遇おうと誰と話そうと平気なはずだ、ひっきょうトミの心にやましいものがあるからである、そのやましさとは彼女が抱いている自分への愛情だ――と、博作は合点合点をする。

いけないのは、トミが亭主の怠惰さ、暴慢さに真に目ざめていないからで、まだまだあの男のほどのよさに欺《だま》されている。これは早く自覚させねばならない。彼女を奴隷の立場から救うにはそれしかないと思った。

博作は昼も夜も、蒲団《ふとん》の中で眼を開けたり閉じたりして、そんなことを考えつづけている。人の足音が聞こえると、面倒くさいから睡ったふりをする。

「おじいちゃんは急に外に出なくなりましたね。どうしていますか?」

望子が看護婦の久富千鶴子に訊いた。

「そうですね。わたくしがお伺いすると、いつもお睡《よ》ってらっしゃいますわ」

千鶴子は微笑して言う。

「あれは狸寝入りですよ。わたしがのぞくときもそうだから」

望子は眼をすぼめて苦笑する。

「二日ぐらい前までは、わたしたちにかくれて、よく外に出歩いていたのに、急に引っ込んでしまったわねえ。それに、なんだかぐったりとなってるようね」

「くたびれてらっしゃるんですよ、きっと。二日間は、ほとんど一日じゅう外を歩いてらっしたから」

「あんな格好であちこち歩かれるより、家の中にいたほうがよっぽど安心だけど、それにしてもなんだか気落ちしてるみたいね」

「お食事を運んでも、あんまりお召上がりになってません。半分以上、お残しになってますわ。奥さま、トミさんのときはどうだったんでしょう?」

「そうね。トミさんのときは、よく食べていたようだけど」

「やっぱりおじいちゃまはトミさんでないといけませんのね。わたくし、せいぜいサービスしてさしあげてるんですけど」

「済みませんねえ、わがまま者だから」

「いいえ、そんなこと。それよりも、ちょっと心配ですわね、あんなふうにお元気がないと……」

「もう年ですからね。元気そうには見えるけど、脚がいうことをきかなくなってるのよ。だから、二日間も歩き回ってへたばってるんだわ」

「どこに行ってらしたのかしら？」

「おじいちゃんの行先なんか、わたしたちにはまるきり見当もつかないわ」

「わたくしは、トミさんのように調子よくはゆきませんが、せいぜいおじいちゃまをお慰めしてみますわ」

　久富千鶴子は努力を誓った。


　博作は日の経つのを指折り数えている。トミの休みは一週間、そのうち今日で四日経ったからあと三日を残す。四日目の朝にはトミがここに顔を出すのだ。

　そうした間に久富千鶴子がたびたび部屋にはいってきて世話を焼くのは閉口だった。その親切なことはわかるが、トミのように情はない。言葉はていねいで、よく気がつくけれど、たとえば旅館の女中に奉仕されているようで、親しさがなかった。いや、千鶴子のほうはできるだけ親しさをみせようとしているのだが、彼はどうにもそれになじめなかった。千鶴子の親切は、どこまでも息子夫婦への手前である。看護婦として倅《せがれ》の正夫の世話になっているから、その義理で尽くそうとしている。だから、どうしても他人行儀で、トミのように一対一という気持ちの通いがない。千鶴子との間には絶えず正夫や望子への義務といったものが影のように介在している。

「おじいちゃま。わたくしだからといって、どうかご遠慮なさらずに」

千鶴子は、痩《や》せた顔にできるだけ華やかな笑いをひろげて言う。

「なにか面白いお話でも伺わせてください」

彼女は博作の前に、きちんとすわって言った。

「そうですな、面白い話といっても……」

「シベリア戦争のお話でも」

「うむ。あの話も格別面白くもありませんでなア」

千鶴子と向かい合っていると、ふしぎと話の意欲が起こってこなかった。

「あちらは、とてもお寒いんでしょう？」

「寒いことは寒いですな」

「零下何十度ぐらいに下がりますの？」

「夜だと五十度ぐらいですかな」

「零下五十度！　わたくしなんかにはとても想像がつきませんわ。わたくしは寒がりですから、そんなところにいるとすぐ凍死してしまいますわ」

千鶴子はおおげさな身ぶりをした。

博作は彼女の身体つきをそっと眺め、この女は痩せているから血圧が低いに違いない、冷え症だと床の中で暖まるのに時間がかかるだろうと思った。

これがトミとなら、平気できわどい話が交わせるのだが、千鶴子とでは冗談もいえなかった。それで自然と話のほうもすぼんでしまう。

「おじいちゃま。……わたくしの見つくろいでこしらえたお料理ですけど、お口に合いますかどうか」

千鶴子は昼食と夕食とを運んできた。

膳《ぜん》の上の料理は、なるほどご馳走《ちそう》である。彼女が望子に頼んで自分で材料をえらび、料理したものらしい。その誠意はわかるけれど、これもとんと宿屋の食膳のようで、食欲は起こらなかった。

「申し訳ないが、これくらいしか食べられません。どうにも腹が減らなくて」

と、博作は食べ残しの皿の上に頭を下げた。千鶴子に眼の前にすわっていられたら、いくら給仕のためとはいっても、気が詰まってしかたがない。

「お食事がいただけないのはいけませんねえ。このごろ、運動をなさらないためかしら？」

千鶴子は大きな眼に心配そうな表情を見せた。

「さあ、それだけでもないでしょうな。年をとっているので、外を歩くのもくたびれるから」

「少しずつ、毎日お散歩をなさったほうがよろしいと思いますわ。あんまりいちどきに歩かれると、若い人でも疲れますから」

近所を歩き回るだけだったら出ないほうがいい。無意味な話だった。目的があるから遠くまで行くのである。

「おじいちゃま。ご退屈でしょうから、雑誌でも読んでさしあげましょうか」

診療室の合間をみては千鶴子はちょいちょい顔を出した。たびたびここに来られるのも、正夫の了解を受けているらしい。しぶしぶ承諾を与えている倅の顔が見えるようだった。

本を読んでもらっても、千鶴子のことだから高級な小説のような気がして断わると、

「お肩をお揉《も》みしましょうか」

と言い出す。

彼女に肩を揉まれたら、気づまりで、かえって凝ってしまう。それも辞退した。どうやら千鶴子はトミと同じように、いや、それ以上に世話をしたいらしかった。

千鶴子などにはこっちの心がわからない。出しゃばっての世話焼きは有難迷惑であった。

だが、この女は死んだ亭主にもこのように親切だったのだろうと、博作もふと思うことがある。奉仕の精神が積極的のようである。しかし、万事がこんなふうに理知的で、

堅苦しいふうだったら、亭主もかえって息苦しかったのではあるまいか。

「久富さん、あんたはご主人が亡くなってから、どのくらいになりますかな？」

博作は、ふと訊いた。なにも訊くつもりはなかったが、そんなことを思っているものだから、つい口に出た。

「はあ。五年ほどになります」

千鶴子は、ちょっと虚を衝《つ》かれたように、どぎまぎして答えた。顔もうす赤くなったようである。

「五年ねえ。ふうむ……」

「あら、どうしてですの、おじいちゃま？」

「いや、どうして再婚なさらないのかと思いましてねえ」

行きがかり上、そう言った。

「わたくしなんか、そんな気持ちはありませんわ。子供もおりますし……」

千鶴子は身体を少し捻じらせて答えた。

「ふうむ。でも、もったいないですな、そんないい器量をして……」

「あら、いやですわ、おじいちゃま。コブつきのわたくしなんか、だれがもらってくれるものですか」

「そんなことはありますまい。これまでも縁談《はなし》は何度もあったでしょうな？」

「いいえ。もう結婚はこりごり。いまの生活のほうがよっぽど気が楽ですわ。わたくし、こちらにいつまでもお世話になりたいくらいですの」

千鶴子は忍び笑いをしながら、遁《に》げるようにそこを起《た》って行った。

博作は眼を洗われた思いだった。だいたい白衣の看護婦姿は若いときから見慣れているし、何とも感じなかったが、いまの千鶴子の後ろ姿には何ともいえぬ色気が見えた。

——千鶴子には、男がいるのではないか。博作はひとりでニヤリと笑った。


その翌日、明日からトミがくるという日、千鶴子のかわりに望子が食膳を運んできた。食事だけでなく、部屋の掃除もばたばたとやった。

「ああ、どうしてこんなに取り散らかすの、おじいちゃん」

と、その辺を片づけ、

「きたないわねえ」

と、遠慮会釈なく障子にハタキを鳴らし、畳を拭《ふ》き掃除する。望子がはいってそんなことをする間、博作は居り場のないくらいで、読みさしの新聞を片手に持って片隅に立っていなければならない。わざと不機嫌に黙っているが、内心では望子に遠慮して、小さくなっていた。望子の声には険がある。

これがトミだと情味があり、千鶴子だと丁寧であった。

「看護婦は今日はこっちにこられないのか?」

博作は望子に訊《き》いた。

「久富さんは今日はお休みよ。子供さんが熱を出したんですって」

望子は別な方に眼をむけたまま、忙しそうに答えた。

千鶴子が今日来たら、少しくだけた話ができると思っていた博作は、当てがはずれたような気がした。

昨日、彼女の存外に色っぽい点を発見したので、少々愉《たの》しみにしていたところだった。いままでは、堅い女だと思いこんでいた。話しぶりがそうだし、痩せた身体の線が硬いのである。それに白衣姿が色消しになっていた。だが、それはこっちの思い過ごしで、実はそれほどでもなかった。

やはり未亡人である。それだけでなく、彼女には男がいる。硬いと思っていた身体の線に隠れた嬌態《しな》がある。それが再婚の話で、ふいと浮き出た感じであった。五年間もまるきりの独身だったら、あんな色気がこぼれ出るはずはない。

それなら、柔らかい話もわかるはずだ。今までそれが出なかったのは、女の未亡人意識で、ことさらに生真面目さを見せようとしていたからではあるまいか。未亡人特有の警戒心である。

昨日の再婚問題の話をきっかけに、今日から千鶴子を少しずつほぐしてみようと思っていた博作は失望した。もう少し早く、これに気がつけばよかった。トミのいない間、その代わりの愉しみが持てた。もちろん、愉しみの性質は違うけれど、十分に間はもてる。トミのあけすけな話しぶりとは違った、優雅な艶話《つやばなし》も悪くはない。

だが、千鶴子に休まれたのでは、トミもいないし、今日は最悪の日だと博作は思った。望子だけが出入りするのではありがたくない。博作は、こうなったら明日を愉しみにするほかはないので、早くから蒲団《ふとん》を引っかぶって寝た。

そのせいもあってだが、博作は夜中に何度も眼がさめ、眼がさめるとなかなか寝つかれなかった。夜が明けたらトミがここにくるかと思うと、ひとりでに昂《たか》ぶってくる。枕元の煙草を喫《の》んだり、新聞をくり返して読んだりしたが、なかなか落ちつかなかった。

それでも戸の隙間が白みかけるころになって眼がだるくなり、ぐっすりと睡《ねむ》ってしまった。

「おじいちゃん、おじいちゃん」

という声が遠くから聞こえ、それがしだいに近づいてきた。博作が眼を開けると、すぐ真上にトミの顔がのぞいていた。

「おお」

博作は叫んだが、痰《たん》がからみ、

「おまえか……」

と、かすれた声を出した。

雨戸は開け放たれ、部屋の中は障子越しに明るい陽が満ちていた。その光のなかにトミの血色のいい丸い顔が、眼をほそめ、低い鼻に皺《しわ》を寄せ、例の淡紅色の歯齦《はぐき》をまる出しにして笑っていた。

「ずいぶんよく睡ってたのね。もう十時半よ」

トミは蒸しタオルで博作の顔をごしごしと拭《ぬぐ》った。

「お、熱い」

博作は思わずトミの手をつかんだが、弾力のあるその腕がいつまでもはなせなかった。眼の裏側に泪《なみだ》が湧いてきた。

9

「わたしのいない間、だれがおじいちゃんの世話を焼いたの？」

いつものように太い膝頭《ひざがしら》を畳の上にむき出してトミは訊いた。

「うむ。看護婦だ」

博作は、急にはずまない声で答えた。

「ああ、久富さんねえ……」

トミは、からかうような笑いで、

「久富さんなら、よかったじゃないの、ていねいで、親切で、それに、きれいだから、おじいちゃんもうれしかったでしょ？」

「何がうれしいもんか。あんな女の世話でうれしかったら、なにも、おまえのとこなんかに行きはしねえだ」

「そう？」

トミが上の空で返事したのは、途中で何か別のことが心に浮かんだみたいだった。

「久富さんの姿が見えないわね？」

「あの看護婦は休みらしい。昨日も休んだよ」

「昨日から？」

トミの表情が少し変わった。博作はそんなことは気づかず、

「昨日は看護婦が休みなので、嫁がここに来たが、嫁とはいつまで経っても性が合わねえだ」

と、トミに愬《うった》えるように愚痴った。

トミは、それにもすぐには反応を示さず、

「久富さんは、どうして昨日から休んだのかしら？」

と、そっちのほうを気にしていた。

「そんなこと知るもんか。伜《せがれ》や嫁に聞いたらわかるだろう？」

「先生は？」

「伜は看護婦に二日間休まれて大忙しでいるだろうよ。望子もそっちの手伝いで、ここには寄りつかん。昨日は義理に顔を出したが、診療室が忙しいので、こっちの世話は日ごろの乱暴さに輪をかけていた」

「久富さんは明日も休むのかしら？」

「どうだかね、おれにはわからん。なぜ、あの看護婦のことばかり訊くだ？」

「ううん、なんでもないわ」

ここでトミは曖昧《あいまい》な笑いを浮かべ、

「……おじいちゃんがせっかく久富さんの世話をうけてるのに、また、わたしが代わったんじゃ、がっかりじゃないかと思ってね」

「いつまでも、ひねくれたことを言うんじゃねえ。おれはあの女のバカていねいさには虫ずが走る。あれはな、かたちばかりの親切で、おまえみたいに心がこもっていねえ」

「かたちばかりかしら。後家さんの親切よ。その世話には親身があると思うわ」

親身があるのは未亡人の親切だから、というふうに博作は聞いた。このときは、トミの言葉がほんとうはわかっていず、それよりも、久富千鶴子に思わぬ色気を発見したことが心の隅にあって、それがトミの言う「未亡人の親切」の意味に結びついた。これはトミに対してやましいことである。トミにさとられては困る。

「おれは、あんな女なんぞクソ面白くもねえ。顔を見ねえほうが、よっぽどさっぱりする」

と、力をこめて言った。

「そう。久富さんでは、おじいちゃんにあんまりきれいすぎるのかねえ」

トミはニヤニヤしている。

「ばかを言うな」

「わたしぐらいが、ちょうどいいのね」

「ちょうどいいどころじゃねえ。おれは、おまえがいないと生きがいがないことがよくわかっただ。それだからこそ、恥を忍んでおまえの家を訪ねて行ったのだ。……それはそうと、おまえの亭主はおれのことを何と言っていた？」

雨戸からのぞき見していたところをトミの亭主にうしろから肩をたたかれたのは、何といっても不用意で、醜態でもあった。

「ううん、べつに何ということもなかったわよ。ヘンな年寄りが空巣を狙っていると思ったら、それが志井田医院のおやじさんだったと言っただけよ」

空巣と見間違えられたのはやむを得ないが、それが亭主の口からはっきりトミに向かって吐かれたとは屈辱だった。

「でも安心なさいよ。おじいちゃんは下着のしまい場所がわからなくて、わたしに訊《き》きに来たんだろうと言って、口裏を合わせておいたから」

トミはうすら笑いをつづけて言った。

博作はそう聞いて、少し安心した。ここでトミの亭主とは面倒を起こさないほうがいい。自分が正面から問題に出るには、まだ早すぎた。いずれは向こうの亭主と対決するようになるだろうが、それはトミの気持ちをもっとしっかりと握ったうえのことである。

――今は、やはりよその女房の亭主は気味が悪かった。

「トミよ。おまえの亭主はなるほど男前だな。おれは初めて見たけど」

博作はくわえた煙草にマッチをすって、

「あれじゃ、おまえが亭主を大事にするはずだ」

と、ぶうと煙を吐いた。

「あら、おじいちゃん、ひがんでるのね。大事になんかしないわよ」

トミは歯齦《はぐき》をまる出しにした。

「嘘つけ。大事にしてるから、おれが会いに行っても、おまえは亭主に気がねして、おれを邪慳《じゃけん》に扱うのだ」

「まだ言ってるのね。あれは、亭主や、働き先の人に誤解をうけないためよ。ヘンな噂を立てられても困るじゃないの」

「噂ぐらい、かまわねえよ」

「あら、いまのところ、わたしが困るわ。亭主に離縁されたらどうするの？」

「離縁か」

博作はひと息深く吸った。

「……いっそ、離縁になったほうがいいずら」

「あら。そいじゃ、おじいちゃんが、わたしを引き取ってくれるの？」

博作はトミの冗談顔をみつめた。言おうか、言うまいか。いや、言うにしても軽口にしようかと一瞬思ったが、軽口にすると言葉が空《くう》に消えてしまいそうなので、思い切って吐いた。

「うむ。おまえがその気になったら、おれが引き取ってもいい」

胸の高鳴りが、あとからきた。

「へええ、ほんとう？」

トミは細い眼をまるくしてみせたが、もとより冗談にまぎらわそうとしている。が、こっちの真剣味を見たか、それでも瞳《ひとみ》にはうろたえる色があった。

博作もなんだかあとにひけぬ気持ちとなった。また、これが機会だと思うと、表情もひとりでに硬張《こわば》った。

「おまえの亭主は様子はいいかもしれねえが、ありゃ道楽者だな」

「そうよ。道楽者よ。仕事は怠けるし、競輪は好きだし、酒は飲むしさ。それは前におじいちゃんに話したじゃないの？」

トミは、話をはぐらかそうとした。今度は遁《に》がしてはならない。

「今まではおまえの話だけだからな。おれにはよくわからなかった。今度、本人に会って納得がいったよ」

「そう？」

「そうさ。あれはだめだ。おまえがいくら尽くしたところで、立ち直れる人間じゃねえ。見込みのねえ男だ。早いとこ、諦《あきら》めるのが身のためだぜ」

「ずいぶん、はっきり言うのね」

トミの口辺には、また微笑が戻った。

「おまえが可哀相だから、はっきり教えてやるのだ。……いいか。おまえの亭主は、おまえのことなど、これっぽちも想っていねえ。おまえに働かせて、ぶらぶら遊んでは酒を飲み、博奕《ばくち》をやっている。ああいう男はな、いまに、おまえを置き去りにして、女と逃げる。もう、その女は出来ているかもしれねえだ」

「そりゃ、たいへん」

「これ、本気になって聞くんだ。ほら、おまえの顔色を見ると、どうやら、心当たりがありそうだな。どうだ、図星だろう？」

「…………」

トミの表情では反応がはっきりしないが、手応《てごた》えはありそうだった。とぼけてはいるが、内心ではショックを受けたと博作はみた。

「ここでおまえが女のことを持ち出して亭主と口争いをしてもはじまらねえ。ヤキモチをする段は過ぎている。もっと根本から考えなきゃな。おまえは亭主のために身を粉にして働いたうえ、貯めた金をぶん奪《ど》られ、古雑巾《ぞうきん》のように捨てられるだけだ。そうなってからは万事おしまいだ。後悔先に立たず、いまのうちに手を打つことだな」

「手を打つって、どうしたらいいの？」

「さっきからなんべんも言っている。こっちから亭主に離縁を言い渡すのだ」

「わたしには子供が二人いるわよ」

「男の子は亭主、女の子はおまえが引きとる。子供一人ぐらいは邪魔にはなるまい」

「そうして、おじいちゃんのとこに転げこむの？」

「おまえがいやでなかったら、おれがなんとかしてやる」

「親切ね。でも、そんなことをしたら、こちらの先生と奥さまが、おじいちゃんを追い出すわよ」

「そんなこと平気だ。もともと、おれは倅《せがれ》夫婦とは気が合わねえ。いつかはこの家を出たいと思っていたところだ」

「行くところがあるの？」

「長野の田舎に戻るのだ。まだ、あすこには少しばかりおれの山林が残っている。それにな、もう一度、おれは村で医院を開業するのだ」

「へえ、おじいちゃんがお医者さんをはじめるの？」

「そう眼をまるくすることはねえ。今までやってきたのだ。こうみえても、おれは田舎で信用のある医者だった。もう一度、開業したら、前に付いていた患家がぞろぞろ戻ってくる。なあに、年はとっても、腕のほうはまだ鈍《なま》ってはいねえ。倅よりはずっと確かだ。大きな声では言えねえが、倅はヤブだよ」

「でも、ここは繁盛してるじゃないの？」

「病院に医者が不足しているおかげで、開業医が流行《はや》っているだけだ。それにこの辺に家が建てこんできたためだ。倅の腕が特別にいいわけじゃねえ」

「そうかしらね」

「そうだとも。田舎で開業医をすれば暮らしも楽だ。おまえなんか遊んでいられる。空気はいいし、眼には青葉ばかりだ」

「あら、冬だってあるじゃないの。冬は雪が深いのじゃないの？」

「冬もいいものだ。外は寒いが、家の中は東京の建物よりも、よっぽど暖かい。囲炉裏の傍で榾火《ほたび》に当たりながら茶を飲むのも悪くはねえぜ」

「つまり、わたしと、おじいちゃんとは茶飲み友だちというわけね？」

「ばかをいえ。そんな枯れた仲じゃねえ。おまえはまだ若い。そんな、おまえ、茶飲み友だちだなんて、可哀相というものだ」

「おじいちゃんに、その元気があるの？　若い女房にかかったら、生命《いのち》を縮めるわよ」

「おまえを女房にしたら、生命を少々縮めても本望だ」

「そいじゃ、わたしはどうなるの？　あとに残されて途方に暮れるわ」

「金はある」

博作は強く言った。

「金さえあれば、おまえだって気丈夫だろ。おれが医者をして五、六年も働けば金はうんと残るぞ。田舎だから、生活費はやすいしな。野菜なんかタダ同様だ。患家からうるさいほど持ってくる。こんな極楽はねえぞ」

博作は夢見るように言った。

「話半分にしても極楽に近いわね」

トミは咽喉《のど》から声を出して笑った。

「おまえは、まだ、おれを信用しないな。おれの気持ちがわからねえのか？」

「おじいちゃんに実があるのはよくわかるわ」

トミは、さすがに、ちょっとしんみりとした調子で答えた。

「いや、そんなふうに疑うのは、まだ本当のことがわかっていねえからだ。トミよ。おれは金を持っているだ。田舎からこっちに出てくるとき、土地を売った金をみんな息子に出したわけじゃねえ。一文なしになってみろ、おれも心細いからの。残しておいてよかったよ。息子夫婦がおれにこんなに冷たいのじゃ、みんな吐き出すこともなかったのだ」

「おじいちゃん、そんなにヘソクリを持ってるの？」

「あるとも。息子夫婦には絶対内証だぜ。長野の銀行に定期預金が五百三十万円ある」

「そんなに？」

「現金でも持ってるぞ。小遣銭なしでは不自由だからの。きたない格好をして歩いているから、皆はおれをバカにしてるかしれねえが、金はあるだ。……そうだ、おまえに少し、小遣いをやろう」

博作は起きかかった。

「いいわよ、おじいちゃん。そんなことをしなくても。わたし、要らないわよ」

トミが制《と》めるのもきかず、博作は起きて押入れの襖《ふすま》を開け、三つ積んだトランクのいちばん下のを引っ張り出した。古びたトランクは両方に革紐《かわひも》がかかって尾錠でとめた大型のものだ。ところどころ剝《は》げていた。

「わあ、ずいぶん時代ものね？」

「これはな、将校衛生行李《こうり》といって、軍医が野戦なんかに持って行くものだ。おれにはなつかしい品だ」

その将校衛生行李を博作は開けた。中には古い背広がはいっているが、それをめくると、下には医療器具がいっぱい詰まっていた。行李の内側にもポケットがいろいろ付いているが、それにも、トミなどにはよくわからない注射器ケースなどの小道具が押しこんであった。

「まあ」

トミはさすがに息をのんで、博作の肩越しに将校衛生行李の内容物を見つめていた。

「わかったか、トミ」

博作は誇らしげにトミを見返った。

「これだけあれば、明日からでも医者は開業できるぞ」

「用意していたの？」

「いつでも用意ができているのが武士のたしなみだ」

「おじいちゃんも、なかなかやるわねえ」

トミが実際に感嘆した。

「なにもおどろくことはねえ。おれはな、若いときから独立独歩で来た人間だ。戦場にあっては、おのれだけが頼りだからな。倅夫婦なんか、はじめから頼りにしてねえよ」

博作は得意そうに言った。

「感心だわ」

「近ごろの医療器具ときたら、やたらと体裁ばかりでな。医者が患者の前で箔《はく》をつけるのにはいいかもしれねえが、おれは嫌いだな。やっぱり使いなれた道具が、おれには最高だよ。この行李の中は倅にも望子にも絶対に見せていねえ。こっちに運ぶとき、えらく重いので倅が何だと訊《き》くから、おれは、なにガラクタだと答えておいたが、倅には何がはいっているか見当がついたらしい。けど、田舎医者のおやじの道具だというので、バカにして中を見ようともしねえ。……それでいいのだ。倅はこの中に、おれの銀行預金通帳や現金がはいっていることまでは察してはいねえ。トミよ。おまえだけにこの秘密を明かしたのだ。他人にしゃべるじゃねえぞ」

「だれにも言やしないよ、おじいちゃん」

「おまえを信用してるでな。息子夫婦よりも、おまえをな。おれはおまえを他人とは思ってねえだ。……ちょっと待て」

博作は、医療器具をごそごそと音たててかき回すようにしていたが、底のほうに近いところから、木綿製の大型紙入れをとり出した。その胴はかなりふくらんでいる。彼は、なかから一万円札を二枚抜きとった。

「トミ。これをとっておけ」

博作が札の手を伸ばすのを、トミはあわてたように遮った。

「いいわよ、おじいちゃん。そんなもの、要らないわよ」

「早くしまっておけ。望子でもここに来たらどうするだ？」

「でも……」

「男が、いったん出した金が引っ込められるか。おれのほうは心配いらねえ。金はこのとおり持っているでな」

博作は無理にトミに札二枚を握らせ、行李の蓋《ふた》を閉じて両端の革紐を締め、押入れの奥に押しこんだ。その上に普通のトランクをもとどおり重ねたが、これは今まで傍観していたトミが手伝った。

博作はにわかにトミの腕をぐっとつかんだ。

「トミ。亭主と別れてくれ」

彼はその腕に顔を押しつけた。

「トミ。おれの余生はおまえなしでは済まされなくなった。金はこのとおりある。医者の開業もこのとおり用意してある。おまえに不自由はさせねえ。子供ぐらい、おれが面倒をみてやる。おれが死んだら、おれの財産はみんなおまえのものだ。おれは働いて、できるだけ金を貯めるよ。……トミ。亭主と別れて、おれのそばに来てくれよ」

博作の声は、半分泣いていた。

## 10

夕方七時すぎ、トミが帰ったあと、博作はまた将校行李を引っ張り出して、ひとりで中をまさぐっていた。

この行李はシベリア出兵（注）のとき、ハルビンやハバロフスクに携えて行ったものだ。当時は見習軍医で、いろいろとまごつきもしたが、今から考えるとなつかしい。この行李もそのとき新品として交付されたもので、どんなに古くなろうと捨てかねている。青春の遺品《かたみ》である。これを眺めると雪の広野が浮かび、さわれば、ペーチカにぬくもった革の肌ざわりが蘇《よみがえ》ってくる。中身の医療器具はその後何度も詰めかえはしたが、容器は大事に保存し、こうして未《いま》だに役に立てている。これを使っていると、自分自身まで役に立っているように思われてくる。

行李の中には医療器具と、内証の貯金のほか、底のほうに一冊の謄写版の書類綴《つづ》りがはいっていた。シベリア派遣軍の報告書で、当時将校相当官以上に配布されたものだ。

実は、このほかに当時の従軍日記が二冊あったのだが、惜しいことに失ってしまった。あれを読むとそのころの生活がよくわかるのだが、残念なことをした。

だが、この報告書の綴りでもそのころを思い出す手がかりにはなる。今日の昼トミにこの行李を開けて隠し金から二万円を与えたが、この内部にこもったカビ臭い匂いがいつものことながら何とも言えずなつかしく、その一冊を抜き出した。

トミが一週間ぶりに来ただけに、帰ったあとの空疎な心がやりきれなかった。この穴のあいたような気持ちをいくぶんでもまぎらわしたくなって、暗い電灯の下で謄写版刷りのページを繰った。これを読み返すのも久しぶりだった。現在の、身体に食い入るような寂寥《せきりょう》を忘れるには、凍土で過ごした若いころを呼び戻すのが何よりだった。

「大正十年四月五日午前二時三十分頃、ボクラニーチナヤ停車場司令部勤務歩兵軍曹江藤喜一ハ在留邦人一名ト道連トナリボクラニーチナヤ露西亜《ロシア》街ヲ通行ノ際同所ニ在リシ支那《しな》歩哨《ほしょう》ノ誰何《すいか》ニ対シ日本人ナル旨ヲ答ヘ距離遠ク通ゼザルヲ以《もっ》テ日本軍人ナルコトヲ示サンガ為歩哨ニ接近セントシタル際、不意ニ三、四発射撃ヲ受ケ内一弾ハ頭部ヲ貫通シ死亡セリ。死体ハ引取ノ上所属停車場司令部ニ引渡シ引続キ証拠蒐集《しゅうしゅう》其《その》他取調中

本件ハ爾後《じご》日支ノ交渉トナリ、我軍ニ於《おい》テハ中央部ノ意図ニ従ヒ野戦交通部哈爾賓《ハルビン》支部長長尾大佐、交通部長芝生少将ノ命ニ依リ現地ニ出張シ詳細ナ調査ヲナシ、哈爾賓ニ於テ護路軍総司令部ニ対シ交渉ヲ開始シタルガ、護路軍代表者同参謀長張煥相《ちょうかんしょう》ハ自家擁護ニ努メ誠意ヲ欠《か》キシヲ以テ遂《つい》ニ東三省巡閲使張作霖《ちょうさくりん》ヲ動カスノ要アルヲ認メ、問題ハ一時奉天《ほうてん》ニ移ルノ姿トナリシガ、前後十数回交渉ノ後、張煥相ヲシテ我要件諸条件ニ服セシムルニ至リ、大正十年六月一日張参謀長ハ自ラ哈爾賓交通支部長ノ許《もと》ヲ訪ヒ、正式ニ遺憾ノ意ヲ表シ、且ツ弔慰金一万円ヲ提出シ、茲《ここ》ニ事件ノ解決ヲ見ルニ至レリ」

博作はこの事件を他の軍医から聞いているが、この報告のとおりではなかったという。

江藤という軍曹が、公用外出で酔って腰の短剣（ゴボウ剣）を抜いて支那歩哨に襲いかかった。連れがとめたが酒乱の軍曹はやめず、危険を感じた支那歩哨が射撃したのだという。一発で命中したが、軍医は死体検証の際、弾丸を一発しか受けていなかったことにはしてくれるなとボクラニーチナヤ憲兵分隊長から要請されたということだった。帝国軍人が支那兵のただの一発で落命したのでは軍の名誉に関係するからだろう。

「在黒河特務機関ニ連絡ノ任務ヲ有スル関東軍《かんとう》司令部附陸軍工兵少佐村井次郎、同歩兵大尉後藤勉ノ一行ハ、大正十年十二月斉々哈爾《チチハル》・黒河街道上、訥河《とつが》県弧店南方ニ於テ馬賊ノ襲撃ヲ受ケ殆《ほとん》ド全滅ノ厄ニ遭ヒタリ

一行ハ随行員南満鉄道株式会社社員岩崎小虎以下邦人四名傭支那人一名ニシテ、之《これ》ガ護衛トシテ北満洲《きたまんしゅう》派遣隊ヨリ歩兵第十八聯隊《れんたい》軍曹藤川晶、上等兵尾崎旦次外上等兵三、一等卒四、上等看護卒一ヲ附セラレ合計十七名ハ十二月十日午前十時斉々哈爾支那軍衛ヨリ途中馬賊跋扈《ばっこ》ノ注意アリシモ意トセズ、支那護衛兵ヲ附セラレルコトナクシテ八台ノ大車ニ分乗、公然斉々哈爾ヲ出発、同夜塔哈爾站ニ、翌十一日甯々站ニ宿泊、十二日拉哈站ヲ目標トシ前進中、二十里台北方ニ於テ弧店附近ニ馬賊集合シアル旨、旅人ノ情報ニ接シ警戒ヲ加ヘツツ帝国国旗ヲ車頭ニ掲ゲッツ続行セシガ……」

読んでいるうちに博作は、いつも息が詰まる。浄瑠璃《じょうるり》芝居は筋がわかっていても、いつも途中で泣くのと同じだ。それにこの事件は少尉相当官に任官したばかりの軍医博作が直接に関係しているから、忘れようにも忘れられない。

馬賊の重囲に陥った一行は衆寡敵せず、村井少佐、後藤大尉、歩兵上等兵二、上等看護卒一、歩兵一等卒四名は即死、藤川軍曹ほか兵二名は負傷した。

「在哈爾賓特務機関長ハ十二月十三日午後遭難第一報ニ接スルヤ各関係方面ニ報告通報スルト共ニ北満洲派遣隊司令官及北満憲兵隊ト会同シ、善後処置ニ関シ打合セ、特務機関ヨリ四王天工兵大佐外騎兵中尉一、傭人一
北満洲派遣隊ヨリ司令部副官一、歩兵第十八聯隊中佐一、大尉一、軍医一、下士兵、看護長以下二十余名ヲ派遣スルコトニ決シ、一行ハ十二月十四日夜、斉々哈爾省城ニ着セリ。尚《なお》、之ニハ哈爾賓及ブラゴエシチエンスクノ特務機関ヨリノ応援アリ」

文中の「軍医」と「看護長」とに赤鉛筆で丸が記《つ》けてある。

この「軍医」が、博作自身だった。彼は「看護長以下二十余名」の看護卒を指揮したものである。この文字に彼の青春が誇らしげに躍っている。

（注　シベリア出兵＝大正七年、日本は英米仏と結んでソ連の革命政権を崩壊すべく、東部からこれを圧迫、バイカル湖以東に一万二千人の軍隊を送ったが、連合国側の思惑で足なみがそろわず、また極寒とゲリラになやまされ、最後にアメリカの干渉をうけ、失敗のうちに十一年撤兵した。）

もとよりそのころは結婚していなかった。正夫も望子もまだこの世に存在していなかった。トミもいぬ。あれから約五十年経って、今日、この老残の苦悩と色情にもがこう

とは思わなかった。
博作は、電灯の下で、片方のツルが除《と》れかかった老眼鏡を抑えながらページを繰った。
家の中は静かである。望子の足音も聞こえなかった。
「大正十年三月。昨年八月以来逃亡中ノ南満洲独立守備隊第三大隊兵卒一、海林附近ニテ鉄道自殺ヲ遂ゲ、海林憲兵分遣所長検視ノ結果北満各地流浪後、負債ニ窮シ自殺シタル逃亡兵ナルコト判明セリ
同十一月。哈爾賓歩兵第十八聯隊兵卒一、一面坡守備隊ニテ銃剣ヲ以テ自殺未遂、原因勤務ニ関スル誤解ヨリ精神錯乱
大正十一年二月。哈爾賓歩兵第十八聯隊兵卒一、厭世《えんせい》ノ結果歩兵銃ニテ自殺
同年五月。横道河子《ホアンタオホツ》守備隊下士一ハ同地酌婦ト情死未遂、交代離別ヲ悲観シ、昇汞水《しょうこうすい》ヲ服用シタルモノニシテ海林憲兵分遣所長検視……」
これまで何度も読んだ字だ。だが、最後の一章が奇妙に現在の実感に滲《し》みてくる。別れが辛《つら》くて、兵が酌婦と情死未遂、昇汞水を服用したという。これで死んでしまえば心中ものの美しい浄瑠璃の世界だ。
《――ゆうべ明日《あした》の憂き勤め、花いっ時の眺めとは、知れども迷う数々の、文に染めても誠はうすく、思う方へと駿河《するが》なる、富士《ふじ》も麓《ふもと》の恋の山、われ踏み分けて我迷う、夢の中戸の夢枕……》
チョボ語りの甘美なリズムがこの押入れの色褪《あ》せた襖《ふすま》の隅から聞こえてくるようで、

博作の胸はひとりでに揺れた。北満、シベリアの雪原と寒風は消え、桜と富士の、春風駘蕩《たいとう》とした夕霧伊左衛門《ゆうぎりいざえもん》の舞台が代わって現われ、そこにトミと道行きする自分が浮かんだ。――

だいたい昇汞水など飲んで死のうというのは心得違いで、ああいう代物で致死量まで飲むのはよっぽどのことだ。もっとも、あのころはそういう粗末な毒物しかなかった。現在は、もっといいのがある。その気になれば、この診療室と隣合っている薬局の棚にも、何かならんでいるはずだ。

博作はここまで考えたときに、どきりとした。そんなことを思うつもりはなかったのに、ひとりでに思索がそこに到達したのである。

これまで、この古い記録は何十ぺんとなく読み返してきたのだが、ついぞ毒物がどうのこうのという点までは至らなかった。売春婦と別れるのが辛さに昇汞水など飲んで、哀れにも愚かな兵隊だと考えていただけだった。いまのような考えになったことは一度もない。

博作は古い記録を閉じ、ぼろぼろの将校行李《こうり》の底に挿し込み、蓋《ふた》をして押入れの中に元どおりおさめた。

煙草を二本ばかり喫った。何だか胸苦しい。母屋のほうに耳を傾けたが、しんと静まり返っている。孫の憲一の声もしなければ、望子の苛々《いらいら》したような声も聞こえない。これがよほど長いようだった。もしかすると、留守かもしれない。倅《せがれ》夫婦は、よく黙って夜外出する。料理店とか、音楽会とかに出かけたりする。そういうとき、こっちには少しも断わりがない。土産ものも買ってこない。寝ている年寄りを留守番扱いにしている。今夜もどうやらそのようだ。博作は枕元の置時計を見た。旧式の目ざましで、田舎から持ってきたものだった。八時五分である。

彼は二十分ばかりじっとしていたが、声も音もしないので、起《た》ち上がり、廊下に出た。手洗にはいって、耳を澄ませたが、やはり何も聞こえない。

手洗を出て廊下を右に行こうか、左にとろうかと、ちょっと迷った。左に行けば倅夫婦の居間や客間の前を通って診療室に行く。やはり静かなので、彼は左の廊下をそろそろと歩いた。歩く前にわざと咳払《せきばら》いしたが、反応はなかった。

留守だ。部屋はどこもかしこも暗い。灯は、暗いのが廊下だけついていた。

博作は診療室にはいった。思い切って壁のスイッチを押すと、あらゆる金属性の器械が光り輝いた。

彼はそこに佇《たたず》んだ。ふいに誰かがはいってくるような不安があって、すぐには次の行動に出られなかった。

診療室にはいってみるのも久しぶりだった。また新しい器械がふえている。正夫のすわる椅子も、総革張りの豪華なものにとりかえられてあった。望子の知恵だろう。

(ばかな奴だ。道具ばかり揃えやがって、腕のほうはさっぱりだろう)

博作はそこにいない息子に悪態をつき、また摺《す》り足で薬局にはいった。右側に受付の窓口、左側と奥とが薬棚になっている。彼はここの電灯もつけた。薬瓶が一斉に光を放った。

博作は、何段もの棚にならんでいる薬の瓶を見て行った。名前を知らない新薬がある。薬屋のやつ、一週間に二度か三度来ては何か押しつけてゆく。

博作は、薬品棚の一方にあるガラス・ケースに近づいた。中には茶色の瓶が多い。劇薬がほとんどだった。瓶のラベルを一つ一つ読んでゆく。

(ただ、見るだけだ。近ごろ、どんな薬があるのかとな)

博作は口の中で呟《つぶや》いた。

彼は、ガラス戸に手をかけた。滑るように戸が動いた。

(ただ、見るだけだ。近ごろは、どんな薬が揃えられているのかとな)

博作は、茶褐色の瓶を手に握ってから、もう一度低くひとりごとを言った。


あくる朝、トミが顔を出した。

「おじいちゃん、おはよう」

トミはにこにこして挨拶《あいさつ》した。

「おう、来たか」

「昨日は、どうも」

トミは小さい声で礼を言った。二万円のことである。

「あれで、助かったわ」

「そうか。よかったな。これからも、また、やるからな。困ったときは遠慮なく言うがいい」

「あら、そんな心配をしなくてもいいのよ。もう要らないわ」

「金というものは、いくらあっても邪魔にはならん。心丈夫になる」

「だって、おじいちゃんのヘソクリをもらったんじゃ悪いもの」

「おれのヘソクリじゃない。おまえを引き取ったときの用意だ。二人の共同の貯金だと思え」

「ほんとう？　だって……」

トミは軽口で受けようとしたが、博作の眼に昨日から真剣なものが残っているのを見ると、冗談だけではかわしかねたか、すぐにあとの言葉が出ないようだった。

「いいか。おれが言ったことを昨夜よく考えたか？」

「ええ、考えたわ」

トミはあいまいな笑いで答えた。

「亭主と早く別れろ。あんな男についていたら、おまえは一生不仕合わせだ。早いとこ決心をつけろよ」

「そうね……」

「おれのほうは、おまえの決心次第ですぐにでも田舎で開業の準備をする。そのため、一度、信州に帰って土地の有力者と相談してくるだ。こっちの用意は大丈夫」

トミさん、トミさん、と廊下から望子の呼ぶ声がした。

「じゃ、おじいちゃん、奥さんの仕事を済ませてからこっちに来るわね」

「うむ。待っている」

「そうしてね。……あのね、今朝は、久富さん、来てるわよ」

トミはうす笑いし、急いで出て行った。

――久富千鶴子は劇薬棚の異変に気づくだろうか。

ひとりになった博作は新聞をひき寄せたが、読むでもなく考える。

あの看護婦が気づくはずはない。まさかと思っているだろう。倅の正夫にもわかるまい。あの薬瓶から少しぐらい量が減っていたところで、気がつくわけはない。はじめから検査のつもりで見るなら別である。何でもない平常の気持ちなら、心がそこに向かわないだろう。

茶褐色の瓶のラベルには赤で化学名が記されてある。《AMOBARBITALUM NATRICUM》これなら知っている。日本薬局方の規定の極量（使用する限界量）は一回が〇・五グラム、一日一グラムだ。これを水に二十倍にうすめて、ある治療に用いる。

博作の将校行李の中には、これが薬包紙に十五グラムばかり包んだものが入れてある。

昨夜、倅夫婦が帰ったのが十一時ごろだった。母屋のほうで騒々しい声がしていた。望子は、例によってこっちにのぞきにも来ない。この調子では、おれがこの六畳で死んでいても、一晩中夫婦にはわからない。不孝者だ。

だが、今はそれがかえって幸いしている。昨夜、倅夫婦が帰ってくるまで、ゆっくりこっちの作業ができた。瓶から白い粉末をとり出し、これを薬包紙に包んで、六畳に持ち帰った。薬局や診療室の電灯はもとどおり消した。手落ちはないはずだ。

その証拠に、今朝になっても倅も望子も騒がぬ。いや、二日間休んだ看護婦の久富千鶴子が今朝出てきたというが、もし、彼女が劇薬瓶の異変に気がついたなら、いちばんに倅に報告するだろうから、診療室にはただならぬ空気が起こっているはずである。が、その様子はない。第一、望子が落ちついているわけはなく、その騒ぎ声が聞こえてくるはずだった。

だれも、まだ昨夜のことを知らない。

この白い粉末を持っているだけでずいぶん心強くなったと博作は思った。いよいよとなれば自分が飲む。――

## 11

その日から、看護婦の久富千鶴子に変化が見えてきた。

もっとも、それはすぐに目立つものでなかったから、博作もはじめは気づかなかった。

二日間休んだ久富千鶴子は、トミが母屋の掃除や洗濯ものをしている間に六畳に顔を出した。礼儀正しい彼女だが、この朝は休みをとったあとだという気持ちがあってか、入口近い畳に白衣のまききちんとすわって手をつき、

「おじいちゃま。ご機嫌はいかがでいらっしゃいますか？」

と、挨拶した。

「ああ、このとおり元気ですわい」

博作は眼鏡をはずし、新聞を手から放した。

「結構ですわ。お顔色もずいぶんよろしいようですわ」

千鶴子は微笑みながら言ったが、彼女のほうこそ、どことなく元気がないようだった。

「あんたはお休みのようだったが、どこかに遊びに行きましたか？」

「いいえ、どこにも。お家にずっといました。少し疲れたので、勝手させていただきましたの」

「そういえば、顔色があんまりよくないようですの？」

「そうですか」

千鶴子は自分の頬を撫《な》でた。それでなくともすぼんでいる頬がよけいに引っ込んでいるように見えた。

この女も子供を抱えて働いている。夫に死なれたあと、若いときおぼえた看護婦の仕事に、この年齢で戻ったのは容易ではあるまいと博作は思った。ここにはほかに看護婦がいない。看護婦不足が慢性化し、個人の小さな医院に看護婦がいないのが一般的にな

ってきた。どこの医者もそれで困っている。千鶴子のような経験者をアルバイトで得たのはまだいいほうである。だが、それだけに千鶴子は何もかも一人でやらねばならず、後輩の若い看護婦を使うといった労働力の省略がきかない。

その多忙さに加えて、彼女は几帳面《きちょうめん》な、礼儀正しい女である。ああまで堅くならなくてもよさそうなものだが、性格というのか、いつまで経っても崩れがない。こっちも窮屈だが、当人も息苦しいにちがいない。

それは多分に彼女の未亡人意識からも来ているようである。興味的な男の眼をはじき返すために必要な、礼儀正しい堅苦しさ。男にバカにされたくないという気の強さ。絶えざる男への警戒心。家に帰って自分をとり返したときは、くたくたになるだろう。そこに家の仕事と子供の世話である。疲れるのは無理もない。

そんなに堅くすることもないと思う。この家に通ってきて相当になるが、いっこうに崩れがなかった。よほど芯《しん》のしっかりした女と思われる。それというのが、夫の死後、独身を通しているからで、亭主のある女とはちがう。少なくともトミとくらべたら大きな相違である。世間では、有夫の女がどんな冗談口をいっても何となく信用するが、未亡人にはどんなにつつしんでいても猜疑《さいぎ》をもっている。その猜疑を避けるのに千鶴子は神経をすり減らしているように見える。

博作は、眼の前にきちんとすわっている千鶴子が、自家の密室にこもったら、どのような姿態で、解放感を味わっているのだろうかと想像した。半分は彼女の性格としても、この堅苦しさがいつまでもつづくはずはない。さぞ、手足をのびのびとひろげて横たわっているのではあるまいか。

二日間、休養のために家の中にいたというが、それこそ男の眼の届かぬところで、思う存分に自由な格好を愉《たの》しんだことだろう。博作は、この女の自堕落な姿を空想した。実は、この前から、いささか千鶴子に色気を発見したことである。

それにしても、二日間の気楽な休みをとったあくる日というのに、千鶴子の顔色がよくないのは少しふしぎだった。休みの前より顔が蒼《あお》い。これが亭主がいるのだったら、愉しみが過ぎたとも言えるが、彼女にそんな情事は想像できなかった。

「わたくしが勝手に二日間も休んだので、先生や奥さまにご迷惑をかけましたわ。先生はずいぶんお忙しかったと思います」

千鶴子は、博作にも謝るように言った。

「そりゃ仕方がない。毎日ひとりでやっている医者も多いだでな。あんたも、くたびれたときは遠慮せずに休みなさい。自分の身体が大事ですよ」

「はい、ありがとう存じます。……それに、わたくしはおじいちゃまのことが気にかかっていたのですが、幸い、トミさんが昨日から出てこられたそうで、何よりでしたわ」

千鶴子は眼もとを笑わせた。その微笑に、特別の意味があるように思われたので、博作も照れた。

「一昨日《おととい》は、おれがひとりでしたがな」

「あら、そうでしたね。済みません」

千鶴子は頭を下げて、

「でも、もう大丈夫ですわ。トミさんがこれからずっとお世話なさるんですもの。上手だし、なれてらっしゃいますから、おじいちゃまもご安心ですわ」

「あんたも、ときどきはここに来てください」

「ありがとうございます。でも、わたくしなんかより、トミさんのほうがずっとお世話が行き届きますわ。わたくしは気が利かなくてだめですけど、おじいちゃまが黙ってご辛抱してくださったんですわ」

「そんなことはない」

「いえ、そうですわ。トミさんは、本当にいい方ですわ。裏表がなくて、心からおじいちゃまに尽くされておられますわ」

千鶴子はトミをほめあげた。

「まあそう言わずに、あんたもときにはここに顔を見せてください」

「はい。診療室のほうで手が空《す》きましたら。……では、失礼します」

昼、トミが食事を持ってきたので、博作が千鶴子の話をすると、

「へえ、久富さんはそんなにわたしのことをほめてくれたかね」

と、トミは悪い気はしないらしくニヤニヤ笑っていた。もっとも例によってそれほど

感情を表に出しているわけではなく、ほとんど刺激を受けないかのようだった。

「わたしがいない間、久富さんのお世話もよかったんじゃないの、おじいちゃん。あんたは、ていねいすぎていやだとか何とか昨日言ってたけど……」

「うん。面白くねえな」

「未亡人の親切よ。行き届かないわけはないでしょ？」

「何が未亡人の親切だ。……あのな、あの女はその未亡人意識でいるから、コチコチに堅くなってると思うだ。男に隙を見せないようにしてるだ」

「おじいちゃんにも？」

「おれだって男だ」

「は、は、は。ごめんなさい。済みません」

「何を笑うだ？」

「だって、久富さんは、おじいちゃんの前でまで堅くなっていなくてもいいと思うのに。話したら、こんなに面白い人かとわかって気楽になれるのにね」

「あの女はどんな男の前でも気楽にはできない性質《たち》だ」

「人は見かけによらないということもあるわ。心当たりに当たってみたら、どう？」

「そうおれを試すな。あの女にはなんの気持ちも起こらねえ。あのバカていねいさには虫ずが走ると言ったろ？」

「でも、久富さんは前より美しくなったと思わない？」

「うむ……」

「そりゃ、前からきれいな人だけど、ここ三か月ぐらいから、ずっと魅力が出てきたわよ。おじいちゃんの言うように、カチカチの身体つきでもないわ」

「うむ、そうかなア」

博作は疑わしげな返事をしたが、心では、千鶴子に色気を見つけたのは、あながち自分だけの眼ではないとわかった。女のトミでも、そう感じているのである。

久富千鶴子は亭主と死別して五年以上になる。女ざかりに夫を失って、そのまま肉体の光沢が褪《あ》せ凋《しぼ》んでゆくのは仕方がない。とくに彼女の身体つきは脂肪の少ない、瘦《や》せ型だから、よけいに凋落《ちょうらく》がすすむようである。すると、いまの色気は、その身体の内部が最後に見せた抵抗であろうか。

「おまえ、あの女にほめられて、いやにあっちの肩をもつでねえか」

まさか、おれもあの女に色気を感じているとは言えないから、博作は言葉を変えた。トミから誤解をうけるのがおそろしい。

「べつにそのつもりで言ってるのじゃないわ。さ、おじいちゃん、早くご飯をしまいなさいよ」

「うむ、うむ」

「女の話になると、すぐ手を休めるんだから」

「そうじゃねえ。ほかの女の話なんぞ聞きたくもねえし、したくもねえ。なア、トミ。

おれはおまえだけしか心にねえ。……昨日の話、真剣に考えたか？」

「考えたわよ」

「そんな顔つきじゃ、あんまり本気じゃねえな。おれがこんな思いをしてるのに」

「でも、それ、たいへんなことよ。じゃ、そうしましょう、なんてすぐに言えないわ。わたしもよく考えなきゃね」

「あんまり考えすぎて気が変わるなよ。おれのほうは着々と準備が進んでいるだ」

トミは二万円を受け取った。あれで博作もずいぶん自信ができた。トミはこの話を聞いたうえでその金を財布の中に収めたのだ。それが彼女の意思表示とまでは言えないにしても、少なくとも、この話を頭から拒絶しているのではない。が、安心はできなかった。準備をすすめ、田舎での開業を用意し、まわりの条件を抜きさしならぬ状態にしてしまえば、トミも決心をつけるだろう。それまでは、気持ちが傾く方向へ絶えず説得をつづけることだった。

「それにしても、おじいちゃんは、ずいぶんお金を持ってるのねえ」

「おどろいたろう。これは息子夫婦も知らねえ。おまえだけに秘密を打ちあけたのだ。一心同体だと思ってるからな。これだけあれば、開業の準備は大丈夫だ」

「もう一心同体なの？」

「そうだ。秘密を打ちあけたしな。おまえには何でも言う」

「ねえ、おじいちゃん、いっそ久富さんを連れて行ったら？　あちらはご亭主がいないから簡単よ」

「ばかをいえ。また、そんなことを言う」

「わたしよりずっときれいだし、まだ若いじゃないの。それに、看護婦さんだしさ、開業してもすぐに役立つじゃないの？」

「つまらねえことをいつまでも言うんじゃねえ」

と、博作は叱ったが、なるほど看護婦という利点はあるな、と思った。しかし、心で激しく首を振った。もともと、この計画はトミといっしょになりたいから考えついたのである。気心も知れないほかの女だったら、そんな考えは起こらない。なにもしないで、この六畳で飼い殺しにされていたほうがいい。将校行李《こうり》の隠し金は、養老院に寄付するように遺言を書いておく。望子の小遣銭にされてはたまらない。


久富千鶴子は、ほとんど六畳の間にはのぞきにこなかった。診療室のほうが忙しいのか、それともこっちにはトミがきたのでお役ご免と考えて、せいせいしているのかわからなかった。おそらく両方にちがいない。

トミは、それから毎日通ってくる。

「久富さんから、これをもらったわ」

トミが函《はこ》包みを持って来て博作に見せた。

「ふうん、何だな、それは？」

「チョコレートらしいわ。ウイスキー入りだって。子供にやってくれって言うの」

かなり大きな函のようだった。

「高いだろう。よく、そんなのをくれたね？」

「よそからのもらいものだって」

「いくらもらいものだって、自分とこにも子供がいるだろうにな」

「剰《あま》っているのかもしれないわね」

「おまえとあの看護婦とは仲がいいんだな」

「わたしは前と変わらないけど、久富さんが急によくしてくれるようになったのよ」

「どういうわけだろう？」

「さあ、どういうわけか」

トミは不得要領な笑いを顔に漂わせて、

「わたしのいない間に、おじいちゃんを世話して、たいへんなことがわかり、それでわたしの苦労を慰めるつもりかもしれないわ」

「おれは、あの看護婦に、それほど厄介にはなっていねえ。なるべくこっちには来てもらいたくねえようにしていただ」

「どうだかね。おじいちゃんも女が好きだから、色眼ぐらい使ったんじゃないの？」

「ばかも休み休みに言え。あんな女は大嫌えだ。色眼を使うくらいなら、遠いところを苦労しておまえの働き先まで会いに行きはしねえ。おまえ、何度言ったら、おれのこの気持ちがわかるんだ。あんまり年寄りの気持ちをじらすでねえ」

「そうね。ほんとにおじいちゃんは情があるわね」

「それがわかってるなら、早く、あの決心をつけろ」

——久富千鶴子がトミに好意を示していることは、望子の話でもわかった。

それは望子から直接に聞いたのではないが、夕方、博作が手洗に行こうとして廊下を歩いているとき、向こうのほうでする望子と正夫の話が耳にはいったからである。

「……久富さんは、近ごろトミさんをずいぶんほめるようになったわね」

「そうか」

「前には、女中根性のしみこんでいる人だとか、手癖が悪いから用心なさい、などと言ってたけど、このごろはそんなことはひと言も言わないで、近ごろ珍しくよく働く人だとか、一家の生計を背負ってえらい、とか言うようになったわ。あの人、ときどき、自分の家から何か持って来ては、トミさんにこっそりあげているようよ」

それで、トミの反応はどうだ、と正夫が訊《き》いたらしく、その声は聞こえなかったが、

「トミさんの反応なんか、わたしには相変わらずよくわかりませんよ。あの人はニヤニヤしているだけで、何を考えてるのかはっきりしないわ」

という望子の返事は聞こえた。

久富千鶴子のトミに対するこの変化は望子の眼にも映っているらしい。

しかし、博作は、そんなことはどうでもよかった。何とかしてトミを口説き落とした

い。そうして信州の田舎で開業医をはじめたら、望子はどんなに仰天するだろう。その狼狽《ろうばい》ぶりを思うと、早くそれを実現して溜飲《りゅういん》を下げたかった。どんなに正夫と望子とが頭を下げようと、哀願しようと、絶対に中止しない。そのときこそ、世間体ばかり気にしている息子夫婦に、痛快な仕返しができる……。

「なあ、トミよ」

ある日の夕方、六畳で帰り支度をしているトミに博作は言った。

「まだ、あの返事はくれねえのかえ？」

「そうね。もう少し……」

トミはうすら笑いを浮かべて博作を見返った。

「もう少し、もう少しと言って、いつまでおれを待たせるだ？」

「そうはいっても、おじいちゃん。わたしには、ぐうたら男でも亭主がいるからね。そう気やすく決心はできないよ」

「亭主がいちゃ、おれの言うことは聞けねえのか？」

博作はぐっと顔をもたげた。

「いやねえ、おじいちゃん。そんな、こわい眼でわたしを睨《にら》んで」

「おまえは、いいかげんなことを言って、おれの気持ちをここまで引っ張ってきただけか？」

「そうじゃないわ、おじいちゃん、誤解しないでよ。いつも言ってるじゃないの、わたしにはあんな男でも亭主という者がいるから、気軽には動けないって。よくよく思案しないといけないのよ。だからね、もう少し返事を待って」

待っていても、その回答が博作に吉報となるとは限らなかった。

その夜ふけに、博作は将校行李を開けて薬袋をとり出した。さらにその中のうすい紙に包みこまれた白い粉を見た。うす暗い電灯の光の中で、それはとっておきの白砂糖のようにみえた。

この薬さえあれば心丈夫である、いざというとき、自分を始末できる。――が、迷っているのは、この白い薬がそれだけの目的でないことだった。

## 12

あくる日、トミがまた休んだ。

毎朝八時ごろ彼女は六畳に顔を出して、おじいちゃん、おはよう、とニヤニヤして挨《あい》拶《さつ》するのだが、その朝十時近くになっても姿を現わさなかった。

母屋の仕事を先にしていることも、たまにはあるので、今朝もそうかと思って、耳を澄ませたが、トミの声は聞こえなかった。

トミは来ないのか、と嫁の望子に訊きに行くわけにもゆかず、博作は蒲団《ふとん》にもぐったまま、落ちつかない気持ちで昨日の新聞をくり返し読んでいた。蒲団から出た肩が冷える。今晩あたりから炬燵《こたつ》か湯タンポを入れさせよう。トミが来たら、その用意を命じるつもりだった。

十時半ごろになって、久富千鶴子が障子を開けた。

「おはようございます」

白衣の千鶴子はいつも礼儀正しい。

「おはよう」

博作も思わず寝相を直したくなる。

「ご機嫌はいかがですか」

「このとおりですわい。悪くもならず、よくもならず……」

「どうぞ、お元気になってください。おじいちゃま。今日はあいにくとトミさんがお休みですが」

「やっぱりそうですか。この前、一週間も休んだのに、よく休みますな？」

「今日一日《いちんち》だけだそうです。奥さまがそうおっしゃいました」

トミは望子に連絡したとみえる。

「トミさんがお休みでは、おじいちゃまもお話相手がなくてがっかりでしょう？」

千鶴子は、くぼんだ眼に、からかうような微笑を軽く見せた。

「いや、そうでもありませんよ。あの女は、おしゃべりだから、ときどき煩《うるさ》くなることがあるでな」

看護婦に冷やかされていると思うと、心にもないことを言った。話好きは自分のほうかもしれないなと思った。

「トミさんは世間がひろいから、いろいろと面白い話をなさるでしょう?」

「他愛のない話でね。退屈しのぎにはいいですよ」

一応、体裁ぶった。

「わたくしには、そういう面白い話ができなくて済みません」

「いや、あんたは、いまのままでいい」

トミと同じ程度の話では、あんたのお体裁とは合わなくなると言おうとしたが、それは口に出さなかった。

「トミさんには、わたくしの評判は悪いでしょうね?」

女は、女の批評が気になるらしい。

「いやいや。あんたの評判はいいですよ」

「そうですか」

千鶴子は笑って首をかしげている。そんなはずはないと言いたげだが、これは逆の返事を期待しているからで、一種の気どりである。

「ほんとうだ。評判はいい。だいたい、トミはね、人の陰口をきかないほうです。悪口は言いませんな。その点は、感心だ」

「ほんとに感心ですわね」

千鶴子は賛成したが、どことなく安心したようだった。もっとも、安心したとわかったのはあとのことである。

「トミさんは、いい方ですわ。気立てもいいし、あんなによく働かれる人も珍しいですわね。気さくで、さっぱりしてて、正直な人。陰日向《かげひなた》がありませんわ」

――正直という点ではどうだろうか。トミは、この家のウイスキーやビールなどを買物籠《かご》にかくして持ち出している。たいしたことではないが、正直者とは言いかねる。この看護婦はそれを知らないのだろうか。

いやいや、そんなはずはない。望子がそのことを話さないわけはないのだ。すると、千鶴子はトミの癖を知っていて、そんな上手を言うのであろう。この前から、千鶴子はトミをしきりとほめ上げている。

「それでは、わたくしは、あとでまた参りますから」

千鶴子は白衣の膝《ひざ》を起こしかけた。

「あんたも、向こうが忙しいだろうから、そう気を使わんでください」

「はい、はい」

「あ、ちょっと。……トミは今日はなんで休んだのですかな？」

「奥さまから伺いましたけど、トミさんのご主人のお加減が悪いんですって」

「病気か」

「というほどでもないそうです。詳しくは存じませんが、とにかく、明日はお見えになるそうですよ」

今日一日のご辛抱、というように千鶴子は笑って出て行った。

トミは亭主の病気で休んだのだ。たいしたことはないらしいが、家で亭主の看病をしているると思うと博作も腹立たしくなった。あの亭主がいる限り、トミは別れそうにもない。どんなに亭主のだらしなさ、行末の不安を説明してやっても、トミは表面《うわべ》ではうなずくが、心からわかっているのではない。いっそ、亭主の病気が重くなって死ねばいい。そうしたら、トミも決心をつけるだろう。

博作は、トミの亭主の死をひそかに考えていないではなかった。薬局の棚から取ってきた白い粉は、老衰の果ての惨めさから脱《のが》れる用意として、自分自身のためのものではあるが、同時に、トミの亭主にふりむけることもできるのだ。持っている劇薬は両刃《もろは》の剣だった。内に用いて敗北、外に用いて新生活。――


トミが休みなら、この部屋の掃除に望子か看護婦の千鶴子がくるに違いないと思い、博作は起きて外出の支度にかかった。望子がくれば例によって皮肉たっぷりに、容赦のない、荒っぽい掃除にかかるし、千鶴子だと、ていねいすぎて当惑する。年寄りの部屋は何かとよごれている。トミならなれていて、こっちも遠慮がなく、気が楽だ。

博作は、外に出る前に、みっともない物はないかと部屋の中を見回した。すると押入れの襖《ふすま》のところに白い粉がこぼれているのが眼についた。

彼は襖を開けた。ミゾにも白い粉がついていた。昨夜、将校行李《こうり》から出して袋を開けて見たときに少しこぼれたらしい。昨夜は暗い電灯の下なのでわからなかった。これは、たいへんだ、望子にしても看護婦にしても見つけられたらえらいことになる、と思い、急いで、あり合わせの紙でぬぐい取った。本当は濡《ぬ》れ雑巾《ぞうきん》で拭《ふ》くのがいちばんいいが、台所に雑巾など取りに行っていたら、望子に怪しまれそうである。

げんに、紙で白い粉を十分に拭きとらないうちに、廊下にこっちにくる足音が聞こえた。博作はあわてて腰を伸ばした。這《は》いつくばってものを拭いているところを見とがめられると面倒になる。すっかり拭《ぬぐ》い切れずに、畳の目の間に白い粉末がはいりこんで残ったが、帰ってからゆっくり始末することにした。留守にだれか掃除にはいって来ても、こんな小さなものまでは気づかないだろう。

廊下に出たが、だれもいなかった。さっきの足音は六畳に向かって来たのではなかった。しかし、引っ返してアレを拭いていると、まただれかが来そうなので、そのままにした。あの部屋の掃除が済めば、だれもやってこないし、安全である。

下駄箱《げたばこ》から地下足袋《たび》を出してはいていると、

「おじいちゃん、出かけるの？」

と、うしろから望子の声がした。悪いところを見られたと思ってふり向くと、望子のうしろには久富千鶴子まで立っていた。

「ああ、ちょっと、そこいらまでな」

片足をはき終わって、片足にかかった。

「そこって、どこなの？」

望子が、いつものとおり咎《とが》めるような声を出した。

どこに行こうと、おれの勝手だ、気の向いたほうだ、と答えたいところだが、今は千鶴子がいっしょにいるので、さすがにその手前を遠慮し、

「うむ。この先をひと回り散歩してくる」

と、いつになく素直に答えた。

「あんまり遠くまで行っちゃだめよ」

「わかってるだ」

「おじいちゃま。車が危ないから気をつけて歩いてください。早く帰ってください」

千鶴子がやさしく言葉を添えた。

「はい、そうします」

地下足袋をはき終わると、博作はうしろも見ずに家を出た。あとで、望子が、あれだから困るわ、と顔をしかめて千鶴子に言っているにちがいない。

どう思おうと勝手だと、博作はむかっ腹で歩いた。べつに目的地はない。今日は、トミが亭主といっしょにいることがわかっているから、その家に行くわけにもゆかなかった。

近所をひと回りした。いい家が新しく建っている。この辺はどんどん家がふえている。

たいていの家が車庫をもっていた。どの家庭も幸福そうである。さざなみ一つ立ってないようである。しかし、あれで内輪はけっこう波乱があるにちがいない。平和は見せかけだ。志井田医院も繁盛して結構ずくめのように人目には映っているだろう。

トミを亭主から離れさせなければならない。それには亭主を何とか始末しなければならぬ。あの男が生存している間、トミは動かない。トミが傍にこない限り自分の余生に幸福はない。――

歩きながら考えて、自分の気持ちに、ぎょっとなった。おれは、あの白い薬を何に使おうと計画しているのか。

家々の垣根や庭には菊が咲いていた。冷たい空気のなかに滲《し》み徹《とお》るような白さである。……いや、おれは殺人を計画しているのではない。ただ、想像しているだけだ。空想である。空想を楽しんでいるだけだ。博作はそう胸に釈明した。

気分が少し楽になった。実行計画と空想とはずいぶん違うのだ。

《――さあ、殺したくはなけれども、よんどころなく女のため、知らぬこなたを殺すのは、小の虫と大の虫、見かえられぬはこっちの手詰め。ふびんなれども女房ほしさ。……》

浄瑠璃《じょうるり》の文句をいいかげんに口ずさむと、緊迫した気持ちもゆるんできた。

一時間ぐらいの散歩で戻ってきたのは、行先がないためでもあったが、畳にこぼれた白い粉末が気にかかるからでもあった。地下足袋を脱いで廊下に上がったときは誰もいなかった。

博作は六畳にはいった。すぐに押入れの前の畳を見に行ったが、畳の目にはいりこんだ白い粉は消えていた。

あれ、と思った。

たしかに畳の目の間に、わずかにしても白い粉が残っていたのだ。紙では拭い切れなかったから、それを間違いなくおぼえている。ところが、まったく吸い取ったように白いものがなくなっている。

博作はあわてて襖を開けた。襖のミゾにも粉が見当たらない。たしか、この隅にも少し残っていたはずだ。

博作は部屋を見回した。もちろん掃除はできている。寝乱れたままの蒲団《ふとん》は、きちんと敷き直されていた。枕のカバーもかえられてある。新聞は持ち去られ、灰皿はきれいになっていた。

彼は、耳を澄ました。廊下からは物音も足音も伝ってこない。倅《せがれ》も、嫁も、看護婦も診療室が忙しいのだ。この時間は患者の混むさかりだ。

博作は、将校行李を引っ張り出した。蓋《ふた》を開けて、中のポケットに手を突っ込んだ。なかった。白い粉末を包んだ薬袋がない。

将校行李をもとどおり、押入れの位置にしまった博作は、そこにへたばったまま煙草を喫いつづけた。

《――はて、面妖《めんよう》な……》

そんな浄瑠璃でしゃれるどころではなかった。あの毒薬がなくなっている。人間ひとりを殺すだけの薬が行李の中から失われている。

どうして行李の中にその劇薬があるとわかったのだろう。推定される経路は一つしかない。留守に掃除にはいった者が、押入れの前にこぼれている白い粉を見つけ、将校行李にその実体がかくされていると察して捜し出したことだ。

留守に、この部屋に掃除にはいった者は、だれだろうか。望子か、千鶴子か。この二人しかいない。二人とも、彼が外出するとき、いっしょにうしろに立っていたから、どっちも六畳にはいった可能性がある。むろん、いっしょではない。掃除は一人ずつだ。どっちが掃除にはいって、あの薬の所在《ありか》に気づき、将校行李を開けたのだろうか。持ち去ったのは、劇薬だから危険をとりのぞいたためと思われる。

博作は、だれが掃除にはいって来たのだ、とは望子にも千鶴子にも訊《き》けなかった。薬局から薬を盗んできた悪事の手前、気がひける。うっかり言うと、逆襲されそうだった。

博作はすっかり憂鬱《ゆううつ》になった。悪事は暴かれたのである。あとは叱責《しっせき》を待つだけだった。ことが重大なだけに、軽い小言だけで済みそうにない。文句を言いにくるのは息子だろうか。息子の前に、望子が非難を浴びせにくるだろう。

博作は、あの所業が千鶴子だとは思われなくなってきた。たとえ掃除の際にこぼれた粉末を見つけたとしても、あの礼儀正しい看護婦が無断で将校行李まで開けるような真似はすまい。そんな大胆なことはできない。必ず望子に報告したろう。望子が開けたにちがいない。そうして行李の中から薬袋を発見し、顔色を変えて持ち去ったのであろう。もし、望子が掃除にきて見つけたのだったら、看護婦は何も知らない。望子が血相を変え、まあ、おじいちゃんはこんなモノを盗んでるわ、と看護婦や正夫の前で言っているのが、博作には眼に見えるようであった。

博作は覚悟を決めて、文句がくるのを蒲団に寝たまま待っていた。答えようがないから、あくまでとぼけて通すつもりだった。老人の耄碌《もうろく》ぶりを徹底的に発揮することだ。

おらあ知らねえよ。知らないって、おじいちゃん、あんたの行李の中から薬が出てきたわよ。知らねえな、おれは見たこともねえ。でも、薬局の瓶の量が減ってるわ、あの中からとってきて隠したんでしょ。そんなことはしねえったら。しないたって、ちゃんとおじいちゃんの行李の中から出てきたんだからね。なんと言っても、おれは知らねえよ、知らねえものは知らねえ……。

知らぬ存ぜぬで押し通し、煩《うるさ》くなったら、黙って睡《ねむ》ったふりをすることだ。望子は、おじいちゃんには呆《あき》れた、とか、図々《ずうずう》しいとか言うだろう。正夫は、父親のことだから、もういいじゃないか、おやじもこれからは、こんな悪戯《わるさ》はしないよ、とか何とか言って、いきり立つ望子をなだめて、ことを済ますだろう。正夫も面倒は好まないほうだ。

ところが、その日は、望子も千鶴子も六畳にときどき顔を出したが、薬の件は一口も言わなかった。二人とも、あのことはまったく知っていない表情だった。知らぬふりをしているのか、ほんとにわかってないのか、何とも判じかねた。正夫も何にも言ってこぬ。うす気味の悪いことだった。

博作は、その晩は早寝をし、朝、まだ暗い四時ごろに起きて、診療室の隣の薬局にはいった。夜だと息子夫婦が遅くまで起きていて危険だが、未明の時間だと、熟睡しているから、少しぐらい音を立てても眼をさまされる気づかいはない。

博作は電灯をつけた。劇薬の瓶がならんでいるガラス棚に近づいた。

茶褐色の瓶の一つをのぞいた。

《AMOBARBITALUM NATRICUM》。ラベルに間違いはない。が、白い粉の分量を見て、あっと声を出すところだった。

瓶の量がふえている。いや、元どおりになっていると言ったほうが正確だろう。

博作は、この瓶から十五グラム取ったのだから、減っただけ、量が低くなったのを見ている。十五グラムも少なくなれば目立つから、倅や看護婦がすぐに気づかねばいいがと心配したくらいだ。

ところが、瓶の白い粉の高さが前のとおりに戻っている。あきらかに誰かが十五グラムぶんを補充しているのである。

あの将校行李《こうり》の中の粉末が、この瓶に入れられていた。——

## 13

一日休んだトミは、翌日から出てきて、三日間働いた。三日間というのは、それ以上に彼女が生存しなかったからである。——

「どうした、昨日は亭主の具合が悪かったそうだな？」

休んだ翌《あく》る朝に、トミが六畳へ来たときだ。博作は唇をつき出して言った。

「ええ。ちょっと」

珍しくトミは元気のない顔で答え、例のうすら笑いも、その朝は寂しそうだった。

「おまえ、そんなに亭主の病気が心配か？」

博作は腹が立ってきて、

「心配だから昨日は休んで一日《いちんち》じゅう介抱したんだろう？」

いたれり尽くせりの看病をしたに違えねえ、口では何のかんのとこっちの調子に合わせているが、おまえの本心はそれで読めた、中途半端な返事にひきずり回されたおれが悪かった、そんな肚黒《はらぐろ》い女とは思わなかった、と胸の嫉妬《しっと》をねちねちした厭味《いやみ》で出しかかると、トミは、

「おじいちゃん、そんなのじゃないのよ」

と、殊勝にうつむいて言った。

「そんなのじゃないと言うと、どんなのだ？」

「亭主はね、病気じゃなかったの」

「ふうん、じゃ、なんだ？」

「だれにも言わない？」

「うむ」

「おじいちゃんにだけ打ちあけるわ。実はね、亭主と喧嘩《けんか》したの。それで、気がくさくさしたから休んだのよ」

「亭主と喧嘩？」

博作の眼が急に輝いた。

「そうよ。あんまり癪《しゃく》にさわるから」

「原因《もと》は何だえ？」

「おじいちゃんがいつも言ってたことが図星だったの。……亭主に女がいるのがわかったのよ」

「ほほう」

トミが低い声になって語るには、自分のいない間、相互銀行に積立預金していた五十万円ばかりを亭主が解約してみんな費《つか》っていた。飲み屋の女に渡して、アパートを借りさせ、トミが働きに出た留守に、昼間から女の部屋に入り浸っている。近所の人がこっそり教えてくれたのでわかったのだという。

酒や博奕《ばくち》などは仕方がないと諦《あきら》めていたが、深間の女をつくるとはもってのほかだ。自分は仕事もせずに女房を働かせ、その女房の汗水たらして貯めた金を女に渡すとは許しておけない。それで昨日は朝から大喧嘩になった。痛いところを衝《つ》かれた亭主は逆上し、殴る、蹴《け》るの乱暴をした。

「ほれ、このとおり」

と、トミはブラウスの短い袖《そで》をまくって二の腕を見せた。そこには、蒼痣《あおあざ》がいくつかできていた。

「こっちにもよ」

眼の前にすわっているトミは、エプロンと黒いスカートの端とをいっしょにめくって膝《ひざ》の上を露出した。むっちりと弾力のある、充実したまるい腿《もも》には、蒼い斑点《はんてん》が三か所ばかり浮かんでいた。

博作は鼻で荒い息をした。さすがにトミはすぐに裾《すそ》をおろしたが、血色のいい太腿と蒼痣とはいつまでも彼の眼に残っていた。

「ひどい男だ」

と、彼は唾《つば》を呑《の》みこんだ。ひどい男だが、こんなにも自由にトミの身体を虐《さいな》むことができるかと思うと、羨《うらや》ましくもなった。

「そんな亭主は見込みがねえ。おれが言ったとおりだろう。早くふんぎりをつけて別れてしまいな」

「ほんとにおじいちゃんの言ったとおりだわ。いままでは子供が可哀相だから辛抱してたんだけど、もう、本気に考えなきゃいけないわ」

「そうだとも。そう思うのだったら、早く別れたほうがいい。子供はおまえが引きとって育てたほうが仕合わせだ。子供の二人ぐらいは何とかなる」

何とかなるというのは、自分が何とか育ててやるという意味だった。

トミさん、トミさん、と廊下で望子が大きな声で呼んだ。トミは起《た》ち上がり、

「おじいちゃん、この話、奥さんや久富さんには言わないでよ。恥ずかしいから」

と口どめした。

「うむ。だれがあんなやつに言うものか。おれだけが胸にしまっておく」

トミが昨日休んだのは、亭主の看病という夫婦円満のためではなく、まったく逆のことだった。博作の嫉妬は消え、気分がほのぼのと明るくなってきた。だんだんこっちの希望どおりになってくる。いくら女に口をすっぱくして言ってもだめだ、やはり本人が自覚しなければその気にならない。亭主よ、せいぜい放蕩《ほうとう》をしろ、女房を虐待せよ、勝手なことをせよ、と博作は心で頼んだ。

こういう事態になるのだったら、なにも薬局からあの白い劇薬を盗んでくる必要はなかった。死に急ぎすることはない。ましてや、同じ劇薬でトミの亭主を殺すこともない。危ないところであった。もう少しで、おそろしい罪を犯すところだった。人間、眼の先のことをみて性急に判断するものではない。

それにしても——将校行李の中の劇薬は薬局のもとの瓶に戻されていたが、だれがそれをしたのだろうか。十五グラム減った量が、前のとおりになっている。押入れの襖《ふすま》のところで少しはこぼしたが、棚の瓶をのぞいてみる限り、白い量はもとどおりの高さになっていた。

望子のしわざだろうか、それとも薬品の保管の責任をもっている久富千鶴子の行為だろうか。二人とも何も言わない。心憎いやり方である。わざと黙っていて、おじいちゃんの危険なイタズラはみんなわかっているんですよ、二度とこういうことをしたら承知しませんよ、と暗におどかしているようである。

——ふん、しゃれたことをするわい。

トミに希望が持てたので、博作の胸も晴れ、敵ながら天晴《あっぱ》れと苦笑する余裕も生じてきた。

奥さんにも久富さんにも亭主の不埒《ふらち》なことは黙っていてくれと口どめしておきながら、トミのほうで二人にしゃべったらしい。トミが夕方に帰ったあと、望子が六畳をのぞきにきて、

「トミさんは旦那《だんな》さんと夫婦喧嘩をしているらしいけど、おじいちゃん、よけいなことを言っちゃだめよ」

と注意した。

「おれが何でそんなおせっかいをトミにしなきゃならないんだ?」

「それならいいけど、おじいちゃんはおしゃべりだから」

「おれは何にも言わねえ」

「知らん顔しておくのよ。夫婦喧嘩は何とかと言うじゃないの。おじいちゃんがトミさんの愚痴に乗って旦那さんの悪口を言っていると、あとで今度はトミさんに嫌がられるわよ」

「そんなことはわかっている。第一、おれはトミの話なんぞに興味はない」

博作は言い切ったが、秘密にしてくれと頼んでおきながら、その望子に自分からしゃべってしまうトミに失望した。それは久富千鶴子の場合も同様で、

「おじいちゃま。トミさんからご主人の話を伺いましたわ」

と、彼女もはいってきて、こっそりと言う。

「へえ、あんたにも言いましたか?」

「トミさんはあんな正直な人ですから、ご自分の腹の中にはしまっておけないのでしょうね。お気の毒ですわ。ご主人もひどい人だと思います」

千鶴子は、くぼんだ眼に同情の色を湛《たた》えて言った。

博作は、たったいま、望子から言われているので黙っていると、

「おじいちゃまも、トミさんのお話相手になって慰めておあげになってください。トミさん、少しでも気がまぎれたらいいと思いますわ」

と、千鶴子はすすめた。

「そうだけど、こればかりは犬も食わぬ話ですからな。調子に乗って言っていたら、あとでトミにひどい目に遇《あ》いますしな」

千鶴子と望子とは仲がよい。仲がいいというよりも雇われ人の千鶴子が望子に調子を合わせているので、二人の間はツウツウだった。うっかりしたことを言えば、おじいちゃまがこう言ってらっしゃいましたと千鶴子が望子に告げかねない。あとで望子が叱りにくる。

この二人、六畳の間にくると、押入れの襖の前をじろじろと横眼で見るように博作には思われた。もっとも、これは気のせいかもしれなかった。

博作はトミが勝手に口封じを破っているのにむっとしたが、その翌日、またその翌日と、トミの元気のない姿を見るにつけ、彼女のショックのひどさがわかり、人に打ちあけずにはおられない気持ちが理解できた。日ごろが賑《にぎ》やかなトミだけに、冗談口もきかないとなると、その打撃の深刻さが想像できる。

そのぶん自分の思いどおりの方向になったとはいえるが、いくら何でも相手の傷心につけこんですぐにこっちの都合どおりの話を決めるわけにもゆかず、トミに言う言葉も一応は慰める調子になった。

「トミよ、今朝もまた亭主と喧嘩してきたのか？」

夫婦喧嘩で休んだあと三日目、博作はやさしく言った。

「そうよ。亭主は昨夜も女のところに泊まって朝帰りしてくるんだもの。わたしへの面《つら》当てよ。腹が立って腹が立って。いっそ殺してやりたくなったわ」

トミの顔はやせて、まんまるいのが少し細くなっていた。

「殺すなんてバカな気を起こすんじゃねえ」

「でも、女のアパートにおおっぴらに泊まりに行くんだものね。ひとをバカにするにもほどがあるわ。近所の人にもみんなわかるんだから。せめて、わたしのわからないところで女と遇っているんだったら、まだ気が休まるけど。……ねえ、おじいちゃん、わたしがこの前に手伝いに行っていた家の近所にアベック用のホテルがあったわね？」

「うん、うん」

高級な邸町に建っていた瀟洒《しようしや》な小ホテルを博作もおぼえている。トミが働いていた家の筋向かいにもあった。クリーム色の建物の壁が秋の陽をもの静かに吸っていた。庭には菊があった。

「ああいう家にはいって逢引《あいびき》してるのだったら、まだ体裁がいいけど、うちの亭主じゃ、その甲斐性《かいしよう》はないしね」

これはおどろいた、トミの意識はそうなのかと博作は彼女の顔を見た。そこには、そういうホテルに行ける人種を羨望《せんぼう》しているような、そして亭主をあわれんでいるような、なんとも正体不明の微笑が浮かんでいた。おそらくトミはあの家に働いていて、立派なホテルにはいってゆける同伴を目撃し、少なからず羨ましさを感じていたに違いない。不道徳とか無軌道とかの批判を超越した、感覚的な羨望である。それは若いときから女中で働き、貧乏に痛めつけられたトミの境遇から来ている。その不幸な環境が彼女を歪《ゆが》んだ意識にさせている。

博作はトミを自分の手もとにひきとったら、彼女に少しでも余裕のある生活をさせ、その歪んだ考え方と、低い常識とを普通のものに直してやろうと思った。人の気持ちはすべて境遇からである。それでトミが良くなり、自分もトミの世話で仕合わせになれば、これ以上言うことはないと思った。

このうえは、一日も早くトミがぐうたらな亭主と別れる決心をつけることであった。

その翌日、トミは朝から姿を見せなかった。博作は昨夜か今朝、トミがまたもや夫婦喧嘩《げんか》をして休んだのかと思い、半分は心が躍り、半分は寂しい思いをしていると、昼近くに望子が顔色を変えてはいってきた。

「おじいちゃん。トミさんが死んだんだって！」

え、博作はきょとんとした。死んだという言葉がすぐには意識に響かなかった。

「トミさんよ、おじいちゃん。うちに手伝いに来ているトミさんよ。今朝、ご亭主と死んでいたのがわかったんだってよ」

はじめてその声が脳髄に滲《し》みこんだとき、博作はとび上がった。

「ほ、ほんとうか？」

と、これも興奮して立っている望子を睨《にら》みつけた。

「ほんとうよ。昨夜のうちに夫婦心中したんだって。二人の子供が泣いているので近所の人がトミさんの家を見に行ったら、夫婦とも死体になっていたんだって」

博作は、亭主を殺してやると口走っていたトミの言葉をちらりと浮かべた。

「どんな方法で心中したんだ?」

「睡眠薬らしいわ。枕元に葡萄《ぶどう》酒の瓶が一本ころがっていたってよ。その葡萄酒はどうやらうちから持って行ったものらしいわ。警察から電話がかかって、もうすぐ刑事が事情を訊《き》きにくると言ってたわ」

望子はそう言って博作の顔に眼を据え、

「ね、おじいちゃん。日ごろからトミさんにいろんなことを言ってたんじゃないの?」

と詰問した。

「いいや、おれは何も言ってねえ」

博作は眼を逸《そ》らした。

「おじいちゃんが、変なことを言ってたから、トミさんがそんなことになったと思われちゃ困るわ。パパの名前にかかわるわよ」

望子の声は鋭かった。

「おれは何にも言ってねえったら」

「そんならいいけど。警察の人に訊かれても、よけいなことをしゃべっちゃだめよ」

「うん、うん」

面倒くさいから黙っていると、望子はあわただしげに向こうに走り去った。警察がくるというので、どぎまぎしていた。

嫁がいなくなると、博作は畳にうずくまった。腰から力が抜け、関節の組立てがばらばらになったようだった。頭の中が空洞になって、その空洞に身体が逆に脚のほうから巻きこまれて、ふわふわと泳いでいるような気がする。あまりに異常な局面に遇うと、考えもまとまらず、まったく関係のないことが浮かんだり消えたりする。

《――からんだ悪縁……切っても切れない……ままにならぬがうき世といえど、あんまりしがない身の上だのう……》

浄瑠璃《じょうるり》文句は、トミのことになるのか、自分に当てはまるのかよくわからなかった。やっぱり夫婦だ、トミはやくざな亭主と別れられずに、心中してしまった。おそらく無理心中にちがいない。無理心中しなければならないほど、トミは亭主に惚《ほ》れていた。切っても切れない悪縁に、トミはとうとう身を滅ぼしてしまった。

将校行李《こうり》に隠しておいた金も、開業のための医療器具も役に立たなくなった。しがない身の上とはこっちのことだ。博作は夢も希望もくずれ、この六畳の間で埋没するぼろきれのような余生を想って嗚《お》咽《えつ》した。

廊下に静かな足音が近づいた。博作は、看護婦の久富千鶴子だなと思って、あわてて泪《なみだ》をタオルで拭《ふ》いた。タオルは洟《はな》や口のよごれをふくのに常時使っているのでネズミ色になっていた。

久富千鶴子は、こんな際でも入口のところに行儀よくすわって、

「おじいちゃま、おはようございます」

と、落ちついて挨拶《あいさつ》した。

博作は横をむいたまま黙ってうなずいた。顔を見られるのが厭《いや》だったし、いま何か言うと変な声になりそうだった。

「おじいちゃま。お聞きになりまして？　トミさんがたいへんなことになりましたわ、ご夫婦で心中なさったんですって」

博作はうなずいた。

「わたくし、もう、びっくりしましたわ。昨日の夕方まで元気にしてらして、何か冗談まで言ってらした人が、そんなことになるなんて、信じられませんわ。そういえば、この二、三日、トミさんはどことなくいつもの元気がなかったようには思いますけど、それもこうなってから思い当たることですわ」

博作はこらえた泪が鼻から流れてきたので、タオルをとって洟をかんだ。

久富千鶴子はそれを見ると、はっとしたようにうつむいた。彼女は博作の衝撃をあらためて知ったようだった。

「久富さん」

博作は鼻のつまった声できいた。

「トミは亭主と睡眠薬で心中したそうですな、葡萄酒に入れて……。その睡眠薬は何で

すか？」

「警察からの知らせでは」

と、久富千鶴子は秘密めいた声で答えた。

「アモバルビタール・ナトリウムのようだと言ってますわ」

「なに？」

博作がはじめて顔を彼女にむけた。眼が赤くなっていた。

## 14

警察では、吉倉トミ夫婦の死を最初から睡眠薬による心中と判断していた。

夫婦は、四畳半に敷いた蒲団《ふとん》の上に離れて転がっていた。仰向いた吉倉健太郎は、口から溢《あふ》れ出た吐瀉物《としゃぶつ》が頰の横から枕に垂れていたが、鼻の孔《あな》にもはいっていた。うつ伏せのトミは吐瀉物の中に顔を突っ込んでいた。

次の六畳の間に飯台が出たままになっていて、上に白葡萄酒の瓶一本とコップ二つとが置いてあった。瓶も、コップも空になっている。フランス製の高級品で、この葡萄酒は甘味が少ない。ラベルはまだ新しかった。

警察医がざっと検視している間、刑事たちは近所の聞込みに回った。発見は隣家の者だが、トミの起きた様子がなく、子供二人がいつまでも泣いているので、家の中にはいってわかったという。

吉倉トミはほうぼうの家から頼まれて、家政婦として働いている。最近はX町の志井田医院に通っている。亭主の健太郎は指物大工だが、怠け者で、酒が好きなうえに、小博奕《ばくち》を打つ。仕事にも出ずに、毎日遊んで、女房の働きで食っている。酒代も博奕代《こ》も小遣いも女房からせびりとっていた。

トミは不平を言いながらも、泣寝入りの格好で諦《あきら》めていたが、ちかごろ、健太郎に情婦ができた。飲み屋の女で、彼はトミの貯金通帳から虎の子の五十万円をおろして女に与え、自分もそのアパートに出入りするようになった。

さすがにトミは激怒した。この四、五日夫婦喧嘩が絶えない。健太郎は女のアパートに泊まって朝帰りするようになった。トミと健太郎は二日前の晩に大喧嘩をし、トミは亭主に殴られて悲鳴を上げていた。――

近所の話は、どの刑事の聞込みでも一致していた。トミは前途の絶望と、夫への憎しみから葡萄酒に睡眠薬を入れ、酒好きの夫に飲ませ、自分も呷《あお》って無理心中したにちがいないと警察では推定した。

睡眠薬は、薬店で多く売らない。量に制限がある。しかし、別々の薬店を回って買い集めると致死量ぶんは入手できる。トミは、その買溜《かいだ》めに二、三日要したと思われた。

押入れの中には、ウィスキーやブランデー、葡萄酒の空瓶が十本ぐらいはいっていた。和製もあるが外国製が多い。この家には不似合の品だったが、隣家の人の話では、これはトミが仕事先の家からもらってきていたということだった。

「近ごろはお手伝いさんがいませんからね、トミさんのような人は、先方には便利で貴重な存在ですよ。だから、亭主が酒好きと聞いてトミさんにそういう品をあげていたのでしょう。トミさんは買物籠《かご》にウイスキーやビール瓶を入れてよく持って帰っていましたよ。わたしのところにも、たまにビールなどをくれたことがあります。子供が世話になると言いましてね」

刑事は念のために志井田医院に電話した。出たのは医者の妻だったが、トミが夫婦心中したというのでびっくりしていた。

「わたしのほうから葡萄酒をトミさんにあげたことはありません。たまに、ビールとかウイスキーとかはご主人へのお土産がわりにあげたことはありますが」

妻は刑事の質問に答え、トミはいまから十日ぐらい前に別の家で一週間ほど働いていたから、その家でもらってきたのではないだろうかと電話で言った。

刑事は、教えられたS町の横井節太郎宅に行った。睡眠薬を混入した葡萄酒の入手先がわからないので、一応突きとめに向かったのである。

「わたしのほうからあげた葡萄酒ではありませんね」

ある会社の資材部長をしている横井の妻は、刑事が白布で包んできた葡萄酒の空瓶を見て、

「トミさんにあげたのではありませんが、トミさんが黙って持って行ったのかもしれま

せん」

　と、複雑な顔で言った。

「黙って持って行く？」

「そう言ってはなんですが、トミさんは家の品をこっそり持ち出して帰る、妙な癖があったのです」

「ははあ、つまり、盗癖があった？」

「出来心というんじゃなくて、手癖が悪かったんですね。わたしの家には、ほうぼうから頂き物が置いてありますが、トミさんはおもに洋酒類を買物籠に忍ばせて持ち帰るんです。わたしは見て見ぬふりをしていましたけど」

「この葡萄《ぶどう》酒はお宅には置いてなかったのですね？」

「いえ、あったかもしれないのです。こういう葡萄酒やウイスキーは押入れの中にたくさんしまってありますから。ラベルまではいちいち覚えておりません」

　大会社の資材部長だけに、会社の出入り商人からの付け届けが相当な数に上るようだった。もらった品目をいちいちこまかに記憶していないというのである。

　刑事たちは、次に志井田医院に回った。患者の待合室を抜けて座敷に通された。電話で話した医者の妻は、三十四、五歳ぐらいのはきはきした女だった。

「わたしのほうでは、患者さんからいろいろいただいていますが、トミさんの主人が酒好きだというので、ビールとかウイスキーとかをときどき上げています。でも、葡萄酒はあげたことはございません」

「しかし、横井さんの話では、吉倉トミは手癖が悪くて、自分の亭主に飲ませる洋酒を買物籠に入れて持って帰っていたというんですがね」

刑事が言うと、

「あら、あちらもそうでしたか。実は、わたしのほうでも」

と、望子は買物籠で持ち出されている被害を明かした。

「でも、この種類の葡萄酒は盗《と》られておりません」

刑事は、クレゾールの臭いが漂ってくる診療室のほうにそこから眼をむけた。

「こちらは医院とご自宅といっしょですが、吉倉トミは医院のほうの手伝いをしていましたか?」

「医院のほうは通勤の看護婦がおりますので、トミさんには母屋と隠居部屋の世話を頼んでおりました」

望子は、茶をすすめながら答えた。

「ははあ、ご隠居さんがいらっしゃるんですか?」

「はい。主人の父です」

「おいくつぐらい?」

「七十九歳です。まだ元気なんですが、トミさんにはその食事の世話と、部屋の掃除とを頼んでいました」

「なるほど」

　刑事は茶を一口すすった。

「で、吉倉トミは診療室の掃除はしないのですね？」

「はい。そっちは、わたしと看護婦とがいっしょに朝と夕方にやっておりました」

「こちらには、医療用に睡眠薬も置いてあるでしょうね？」

「それはもちろんございます」

「その睡眠薬をトミに渡したことはありませんか？」

「ございません」

「トミが薬品を置いてあるところにはいって、それを盗ったということはないですか、例の盗癖で」

「それはございません。薬品については主人が厳重に管理しておりますから。その出し入れは看護婦の久富千鶴子さんが当たっています。第一、トミさんには、どこに睡眠薬が置いてあるのかわからないと思います」

「睡眠薬には、どういうものが置いてありますか？」

「少々、お待ちください。いま主人を呼んで参ります」

　妻は、診療中の夫を呼びに行った。

　志井田正夫が白い上っ張りのままではいってきた。四十近い、開業医として働きざかりの年齢で、小肥《こぶと》りの体格だった。

「わたしのほうにあるのは、カルモチン、ブロバリンなどブロムワレリル尿素の錠剤と、アモバルビタールの粉末剤があります。錠剤のほうは市場にいちばん多く出回っていて、薬店で容易に入手できますが、アモバルビタールのほうは医療用の劇薬扱いになっていて薬店でも証明書なしには売らないし、わたしのほうも厳重に管理してあります。もし、なんでしたら、薬局をごらんになりますか？」

「そうですね。では、参考のために、ちょっと」

刑事二人は立ち上がって医者のあとに従った。

診療室では患者が上半身を裸にして机の傍の椅子にすわっていたし、横で腰かけて待っている患者もいた。流行《はや》っている医院である。丈の高い、瘠《や》せた看護婦が煮沸器の横に立っていて、刑事に目礼した。

「久富君、ちょっと」

と、医者は看護婦を呼び、隣の薬局に刑事を連れこんだ。

薬品棚には大小の瓶が何層にも並んでいる。ガラス張りの戸棚が横にあって、その中にも茶色とか白い瓶がならんでいた。この中は劇薬ばかりだという。

「これがアモバルビタールです」

医者がその中の一つをさした。瓶のラベルには《AMOBARBITALUM NATRICUM》と書いてある。

「久富君、その瓶を出して」

「はい」

看護婦がガラス戸を開けた。

「鍵《かぎ》はかけてないのですか？」

刑事の一人が訊《き》いた。

「診療が終わると鍵をかけますが、診療中はすぐに出し入れができるように開けておきます。その間は、わたくしどもがここにおりますから」

と、眼の大きな看護婦は答えた。彼女の瘠せた指にその瓶は握られた。

「あまり減っていませんね？」

刑事は瓶を外側からのぞいた。白い粉は瓶の口近くまで、ほとんどいっぱいに詰まっていた。

「ええ、最近はこの薬を投与する患者がないので、減りませんな。……久富君、これを薬屋が持ってきたのは、いつだったかな？」

「はい」

看護婦はその場で机の引出しから帳面を出した。「劇薬仕入簿」と大学ノートの表紙に書いてある。

「八月の末でございます」

看護婦は、刑事とならんでいる医者に見せた。刑事は、そのとおりに記載された美しい字を見た。仕入先は薬品問屋である。

「今日が十一月の下旬だから、三か月の間、少しも使用されてないのですか？」

刑事は、粉がいっぱい詰まっている瓶を見て言った。

「いや、それでも三、四人はいましたかね」医者は答えた。「しかし、これは粉末で服用するのではなく、水に二十倍にうすめて飲むのですから、ごくわずかの量でいいのです。一回に二グラムずつ取り出して溶液にします。だから、三、四人ぐらいでは、たいしたことはないのです」

「かりに、この粉末のままで飲むと、致死量はどのくらいですか？」

「そうですね。……十二、三グラムから十五グラムぐらい飲まないと死ねないでしょうな」

刑事は、吉倉夫婦だと二人ぶんで三十グラムは必要だったなと計算した。

「三十グラムだと、どのくらい減りますか？」

「この瓶は四十グラム入りです。これから三十グラム取ると、瓶の底のほうにしか残りません」

医者はちょっと笑った。

「どうもありがとうございました」

丈の高い看護婦も微笑して、瓶をガラス棚に戻した。

刑事が帰りに廊下を戻ると、向こうの端に、老人が棒のように立って、こっちをじっと見ていた。光線のかげんで、黒い影になっていた。

「あの方が、ご隠居さんですか？」

刑事は小声で医者にきいた。

「そうです。父です」

老人は、まだ、そこから無遠慮に睨《にら》んでいた。

「どうも、年をとって、少し頭がぼけているものですから」

医者は刑事に詫《わ》びるように小さな声で言った。

「おじいちゃん、あっちに行ってよ」

玄関で靴をはくとき、刑事は医者の妻のいら立たしげな声を聞いた。


警察では、警察医の進言もあって、吉倉トミ夫婦の死体を行政解剖することになり、その施設に運んだ。他殺体だと文句なしに司法解剖にするが、事故死の場合、原因がはっきりしていれば、行政解剖にするつもりでも実際には解剖しないことがある。

「これは睡眠薬の心中ですね」

施設の監察医は二つの死体の顔を見てすぐ言った。

「そうです。亭主に女ができて、夫婦喧嘩《げんか》したあげくです。女房が葡萄《ぶどう》酒に睡眠薬を入れて飲ませたのです」

警官は説明した。

「葡萄酒に入れたのなら効き目は早いね。おや、鼻孔にも吐瀉物《としゃぶつ》がはいっていますね」

「男は仰向きになっていたが、昏睡《こんすい》のままで顔にかかった吐瀉物を吸っています。女は吐瀉物の中に顔を突っ込んで、うつ伏せになっていました」

「睡眠薬のはいった吐瀉物が気管にはいったとすると死亡はもっと早い。十時間ぐらいかな」

「前の晩に飲んで、朝八時ごろに死体で発見されたのです」

「そうでしょう」

監察医は、二つの顔を交互に見た。

「顔が妙にギラギラしている。身体が汗ばんでいますね。それに、ほら、白眼のところがむくんでいるでしょう？」

「はあ、そういう感じですね」

警官はいっしょに二つの死体の眼をのぞいてうなずいた。

「これは睡眠薬を飲んだ特徴ですよ」

「ははあ。そうですか」

「身体《なか》を開けなくても死因は歴然としている。どうです、それでも解剖しますか？」

「はっきりしていれば、このままでいいでしょう。遺族といっても子供二人ですが、親《しん》戚《せき》の人に遺体は引き渡しましょう。いま、お忙しいのでしょう？」

「忙しいことは忙しいが。……しかし、状況に不審な点があれば解剖してもいいですよ。ちょっと遅れますがね。二日前からヤケに仏を持ち込まれているんでね」

「べつに不審はありません。心中の原因も状況もはっきりしているんです。じゃ、このまま持ち帰りましょう。……先生、参考のためにお伺いしますが、二人ぶんの睡眠薬の致死量はどのくらいですか?」

「睡眠薬にもいろいろあって、ブロムワレリル尿素類ではブロバリン、カルモチン。エチルヘキサビタールではアドルム。アモバルビタール類ではイソミタール、スミタール、アミバール。バルビタール系ではベロナールなどがある。製薬会社によって名前が違うわけですが、こういったのが一般の市場に出回っていて、自殺もこういう薬を飲んでいる例がいちばん多いですな。致死量もだいたい同じで、十二グラムから十五、六グラムというとこじゃないですかね」

「そうすると、夫婦で約三十グラムですか。錠剤だと一錠に……」

「〇・一グラムかな。だから三百錠集めなければならないですね。三百錠というとたいへんなようだが、一函《はこ》二十錠入りのを十五個買えばいいんだからね。この奥さんがその気になって各薬店を十五軒回ればいい。二日間ぐらいで楽に回れますよ。三十錠入りの函だと十軒で済む。いいかげんな住所名前とメクラ判で簡単に薬屋から買えますからね」

「どうもありがとうございました」

　警官は、犯罪ではないので、無理心中としても犯人もいっしょに死んでいるので、捜査の対象にならないと判断し、そのまま死体を持ち帰ることになった。

「こうなると、亭主もうっかり浮気はできませんね」

と、監察医が笑った。

「いや、仏を前にして何ですが、この亭主のほうは特別だったようですな。女房を通いのお手伝いさんにして各家庭で働かせ、自分は指物大工という腕を持ちながらぶらぶらと遊んでいたうえに、酒と博奕《ばくち》が好きで、外に女をつくった。女房の貯金五十万円を勝手に出して女に使い、そのアパートに入り浸っていたんですからな。女房も、自分の年齢を考えて、子供はあるが、かっとなって亭主といっしょに死ぬ気になったのでしょう」

警官は説明した。

「それじゃ、しようがない」

監察医は煙草をふかした。

15

トミ夫婦が死んで（トミが企てた無理心中だが）一か月ばかり経つと、博作の気持ちもようやく落ちついてきた。当座は興奮し、落胆し、夜は寂しくて睡《ね》れないくらいだったが、それもしだいに慣れてきて、トミがこの家に現われない前の状態に心が戻った。考えてみると、あの騒ぎは、博作から離れたところで起こり、彼の前を素通りして過ぎ去った。小さな旋風は、刑事たちがこの家にやってきて、息子夫婦から事情を聴いたときだけであった。嫁の望子は、警察が調べにくる前にはだいぶん狼狽《ろうばい》していて、おじいちゃん、刑事に何か訊《き》かれても何も知らないと言うのよ、おじいちゃんはおしゃべりだから、トミさんのことで変な話をしたら困るわ、とひたすら巻添えを恐れるように口止めしたが、警官を迎えると落ちつき払っていた。彼女が恐れたように刑事たちが博作の前にやってくるようなことはなかった。ただ、彼が廊下に立って診療室の様子をそれとなく眺めているとき、刑事たちがそこから出てきて彼のほうをちらりと見て、あれは誰かと横の望子に訊いていた。刑事は彼を問題にもしていなかった。

警察がやってきたのは、トミが無理心中に使った睡眠薬と、それを投入した葡萄酒の出所が調査の目的だったにちがいない。なるほど、アモバルビタールは町の薬店では普通の者が容易に入手できないから、トミがいたこの医者の家が眼をつけられるのは当然である。

二人ぶんの生命を奪ったとすれば、三十グラム以上は必要だと思われるのに、四十グラム入りの瓶には白い粉が《元どおりに》詰まっていた。《元どおりに》というのは、博作だけが知っていることである。

葡萄酒も望子がトミに与えたものではなかったらしい。もっとも、トミが例の癖で黙って持ち帰ったなら別である。患家からもらった洋酒やビールが押入れにいっぱいしまってあるので、トミに持ち帰られても、それが自分の家のものかどうか判別がつかないようである。もしかすると、その葡萄酒はトミが一週間ほど働いた先からもらってきたのかもしれない。博作は、大きな会社の部長だか課長だかのその家を見ているが、あの家庭なら、この家と同様に洋酒や葡萄酒やビールのもらい物が多くて、トミの悪癖が行なわれていたかもしれない。

いずれにしても、睡眠薬も葡萄酒も出所不明ということで、この無理心中事件はケリがついたようである。死人に口なしで、二つの出所はトミからは永遠に聞けなくなった。警察では「トミがかねてから所持していた睡眠薬と葡萄酒により」という調書を作ったにちがいない。

博作の六畳には、平穏で、退屈な毎日が再び戻ってきた。もはや、彼の心をはずませるものはなく、刺激を与える現象もない。時計の針に眼を遣《や》って何ものかを期待することもなかった。昼間はうとうと居眠りし、夜は眼が冴《さ》える。寒いので外にも出られず、電気炬燵《ごたつ》のはいった蒲団《ふとん》の中にちぢこまるばかりだった。

トミを亭主といっしょに死に追いやったのは、おれのせいだろうかと博作は思案したりする。あんなふうにトミの気持ちを引いてみなかったら、彼女も亭主に対して睡りからさめることはなかったかもしれない。今までどおりに、惚《ほ》れた亭主の道楽は当然のこととして、どのような不埒な行為をも容認していたにちがいない。はじめから亭主の奴隷で甘んじてきた女だった。その行先がどうなるかということも考えない女だった。それを覚醒《かくせい》させたのは自分ではないかと博作は思う。何しろ亭主を真剣になって批判し、こきおろし、トミの将来の絶望を教えてやったから、彼女もその麻痺《まひ》から醒《さ》めたのだろう。そこに亭主が女のために自分の金を費《つか》ったから激怒となったのだ。もし、トミに教育してやらなかったら、彼女は未《いま》だに亭主の仕打ちに甘んじていたかもしれないのだ。トミは、博作には従わずに、亭主を殺して自分も死んだ。博作にがっくりと来たのはそのことだった。気持ちは四、五十代のときと少しも変わらないのに、救おうとして手をさし伸べた女からも背かれるほど年齢をとったのだ。金はある、医者という技術はある。妻にして遺産を保障しようというのに女は乗ってこなかった。世間から見て、下等で、無教養で、醜悪な容貌《ようぼう》のトミからすら相手にされなかった。彼女を目覚めさせはしたが、結果は思ってもみなかった方向に走った。

それにしても、長い間亭主に無気力だったトミが、よくもまあ、あんな思い切ったことをしたものだと思う。亭主を無理に死の道連れにした激情が、あの盲目的忍従に慣らされた身体のどこにひそんでいたのだろうか。まったく人間の気持ちはわからない。突然変異的な現象で、予想もつかないことだった。トミの心なら十分に知り抜いているこの自分がである。

――トミの代わりには、派出家政婦会から来た五十すぎの女がはいった。髪の毛がうすく、色が黒く、背は高いが、働くのに疲れ切った様子をしている。六畳に掃除に来たり、食事を運んでくるが、すぐに畳の上にべったりとすわって溜息《ためいき》を吐き、肩が痛いとか腰が痛いとか言う。博作の眼の前もはばからず、鎖骨のとび出した肩をむき出して膏《こう》薬《やく》を貼ったりする。

望子は相変わらず、毎日一、二回ちょっと六畳に顔を出すだけだった。看護婦の久富千鶴子は、どういうものか、さっぱり寄りつかなくなった。診療室も忙しくなっているようである。

二月が終わって三月にはいった。長い冬が終わろうとしている。暖かそうな陽が縁側の障子から射しこむ朝、しばらくぶりに久富千鶴子が六畳の間を訪れてきた。

彼女は白衣ではなく、いくらか渋い好みのなかにも派手な感じのする柄と色合いの和服を着ていた。いつも看護婦服か地味な仕立ての洋服ばかりの彼女を見慣れている博作は、千鶴子の華やかな中年奥様らしい格好に眼をみはった。

「おじいちゃま。長い間お世話さまになりました」

千鶴子は、行儀よくすわって、畳の上にきちんと両手を突いた。その髪も昨日美容院に行ったばかりのようにすがすがしく、横にふくらんだヘヤースタイルは、彼女の痩《や》せた顔をカバーして上手に均衡がとれていた。

「実は、今回勝手ですが、お暇をいただくことになりました。長い間、ほんとにいろいろとありがとう存じました。そのご挨拶《あいさつ》に参りました」

千鶴子は微笑みながら切口上で言った。

「ほう。辞めるんですか?」

博作は、突然なので、歯のない口をあんぐりと開けて、見違えるように若返った看護婦を見つめた。倅《せがれ》の正夫からも望子からも何も聞いていなかったのだ。もっとも、看護婦の進退など、おじいちゃんには関係ないことと決めているからであろう。

「はい、子供も大きくなりまして。上の子が女で、中学校へはいるようになりましたから、どうしてもわたくしが家にずっといるようにしませんと。……二か月ぐらい前から先生や奥さまにお暇をいただくようにお願いしておきました」

看護婦の千鶴子は、子持ちの未亡人の立場に還《かえ》って言った。

「ほう、そうですか。そういう事情なら仕方ありませんな。いや、こちらこそお世話になりました」

博作は頭を下げた。

「いいえ、ちっともお役に立ちませんで。もっとお世話申し上げたかったのですが、行き届きませんで、ごめんなさい。おじいちゃま。いつまでもお元気に、長生きしてください」

「いや、もう長く生きようとは思いませんわい」

「あら、そんなことをおっしゃるものじゃありませんわ。長生きしていただかなければ。……トミさんがあんなことになって、おじいちゃまもがっかりなさったでしょうけど、また、佳《い》い方がおじいちゃまの前に現われますわよ」

千鶴子の控え目な顔の中で、眼だけが瞬間にいたずらっぽい表情を見せた。

「いや、いや……」

博作は照れた。

「あんまりお役にも立たないのに、奥さまから、いろいろちょうだいものをしてありがとう存じました。ほんとに、ご親切によくしていただきました」

千鶴子は最後に改まったお辞儀をして膝《ひざ》を起こし、上品に襖《ふすま》の向こうに消えた。

ああ、これであの看護婦もここから去った。もう、二度と見ることも遇《あ》うこともないと思うと、博作は自分の余生がか細くなって感じられた。トミといい千鶴子といい、一人ずつの別離が生の枯枝から葉を落としてゆくようである。

博作はすわり直して煙草を喫いながら、千鶴子の残した幻影をしばらくはうっとりと追っていた。あんなふうに和服を着ていればよけいに色気が増して見える。味気ない白衣のときでさえ、ふと見いだした色気だったが、その身体《いき》が粋な色彩の着物と錆朱《さびしゅ》の帯の取合わせに包まれて中年女のはなやかな魅力を発散していた。

――未亡人だからな。これからいいことがあるのだろう。

久富さんは未亡人だから素敵じゃないのと、冗談半分にけしかけていた、トミの言葉を思い出す。

博作は、昼すぎまではそこにぼんやりとすわっていたが、あまり天気がいいので、気分を変えに外を歩いてみることにした。

風はまだ冷たかったが、陽は明るく輝き、おだやかな温《ぬく》もりを持っていた。博作は遠くまで足を伸ばした。去年の秋以来久しぶりで、郊外を歩いていると気分が紛れてきた。よその家の垣根には梅が雪をつけたように満開だった。

博作は、道路ばたの駄菓子屋にはいって中に腰かけ、草餅《くさもち》をつまんだ。買い食いは彼の趣味である。いつもだと歩きながら食べるのだが、駄菓子屋の婆さんが気を利かし茶を出したので、落ちつくことになった。

すぐ前の往還に車が走っているが、近くの交差点に信号があって、赤になると流れが渋滞する。その停まっている車の列を眺めていた博作は、草餅を頬張ったまま立ち上がった。手にアンコのはみ出たのが半分残っている。

白い中型車の運転席には倅の正夫がいた。その隣には久富千鶴子が乗っていた。眼の迷いではない。彼女の和服姿は今朝見たばかりだ。色も柄も忘れはしない。そのとおりの着物が助手席にすわって正夫と親しそうに語り合っていた。信号待ちで車をとめているから、ここからはゆっくりと観察できる。正夫と千鶴子とは顔を寄せ合うようにして、ここからは見えないが、まるで手でも握っているように話しては笑っている。

はてな、正夫は今ごろは往診に忙しいはずだが、と博作は思い、眼を凝らしたがまさに見誤りではなかった。われに帰ったのは、車が前から走り去って、もとどおり腰をおろしたときだった。しかし、夢見るような状態はまだつづいていた。

正夫は辞めた看護婦を送りに行っていたのだろうか。長い間手伝ってもらったお礼心のつもりにしては、二人の様子はあまりにも親しすぎる。あれではまるで出来合った男女の仲だ。——そうだ、両人《ふたり》は出来ている！

望子も知らない間に二人は特別な仲になっていた。医者と看護婦との間は珍しい例ではない。どの病院でも、同じようなケースがいっぱいある。ただ、個人経営の医者の場合は、家族が同居しているので、看護婦との恋愛はむずかしい。しかし、秘密に、上手にやればできないことはない。

行儀がいいだけで、女として生彩のなかった久富千鶴子が、半年前に急に色気が出てきたのを博作は思い出した。はじめて彼女のその特徴に気づいたというよりも、あのときに色気が滲《にじ》み出たのである。それは独身の女が男を得た結果だった。長い間、未亡人でいた女は、男の栄養を熟した体内に獲得したことで、にわかに生理的な発展を起こしたのだ。その痩せて枯れようとした肉体は、内部に質的な変化をとげ、それが女としての芳潤な、みずみずしい生気となって外見に顕《あら》われたのである。

博作は、また、正夫が夜になると友人のところに碁を打ちに行くといって、車でしばしば出かけていたのを思い出した。以前はそうだったかもしれない。が、看護婦と出来てからは囲碁の時間は逢引《あいびき》に代わったにちがいない。

では、いったいどこで両人は逢《あ》っていたのか。久富千鶴子は子持ちである。アパートには大きな子供が二人もいる。彼女の部屋ではない。よその家だ。とすると、さし当たり旅館だが。……

「そうか！」

歩いていた博作は、思わず声を出して立ちどまった。

――S町の仕事先の家から一週間ぶりに戻ってきたトミに、久富千鶴子はいやに低姿勢だった。前は、さんざんトミの陰口をきいていた女が、ぴたりと悪口をやめただけでなく、トミさんは働き者で偉いと賞賛していた。あれはトミがS町の横井家に行っていた一週間の留守を境にしての変化だった。あたかも弱味を握られた女が態度を豹変《ひょうへん》させたのと似ていた。久富千鶴子は、トミに痛いところをつかまれ、その口止めのためにトミをほめあげ、ときにはトミに贈物をするようになったのではあるまいか。

いつぞや、トミは陰口は利かない女だ、人の悪口は言わない、その点は感心だと千鶴子に言ったことがある。そのとき、ほんとに感心ですわね、と千鶴子はすぐに賛成したが、その表情には何か安堵《あんど》に似たものが見えていた。あれが安心の徴《しるし》だったとは今になってわかった。彼女は、トミが告げ口しないと知ったのだ。

千鶴子がトミのご機嫌取りにいろんなものをやっていたのは、そのころトミが、これを久富さんからもらった、と言ってチョコレートの函《はこ》を見せたことでもわかる。そのときトミは、

（わたしは前と変わらないけど、久富さんが急によくしてくれるようになったのよ）

と、うすら笑いを顔に浮かべていたのを思い出すのだ。

トミは横井節太郎の家に働いている間に正夫と千鶴子とがいっしょにいる現場を見たのだ。単に、いっしょにいただけではあまり問題にならない。決定的なのは両人が弁解のできない場所に出入りしていたのを目撃し、先方でもそのときトミに気づいたことだ

ろう。横井家の閑静なぐるりにはしゃれた連込みホテルや旅館がいっぱいあった。

（アベックが出たりはいったりして、わたしも面白いものを見たわよ）

と、その旅館の前を歩きながら、トミは何かを思い出したようにこっちの顔をちらりと見てくっくっと笑ったが、その意味がいま博作にははじめてわかった。

トミは横井家の使いに出たとき、旅館にはいるか出てくるかした正夫と千鶴子にばったりと出遇ったのではあるまいか。それは双方で顔の避けようのない事態だったろう。

久富千鶴子にとって、これは耐えがたい屈辱ではなかったろうか。あのとおり澄ました女は、どうやら異常なヒステリー性格だったようである。独身で世間体だけを気にし、自己の欲望を抑えてきた女には礼儀正しい振舞いの底に残忍なくらいのヒステリー症がえてしてひそんでいるものだと、精神医学の本で博作は読んだことがある。彼女は体面を異常なくらいに尊重し、誇り高く、他に対して差別観念が激しい。トミに恥部を握られたのは高慢な久富千鶴子にとって我慢のならないことだったろう。単に、恋人の妻にこの事実が知られるという恐れだけでなくだ。

そういえば一週間ぶりにトミが出てくるその前日、久富千鶴子は突然休んだ。二日間顔をみせなかった。あれは、トミに不都合なところを目撃されたから、バツが悪くて出てこられなかったのだろう。二日ほど休んだ間に覚悟をきめ、心の落ちつきを取りもどして出てきたのだろう。それがトミに対する掌《たなごころ》をかえしたような追従になったにちがいない。こう考えると、前後の事情がすらすらと解けてくる。

将校行李《こうり》にしまった十五グラムのアモバルビタールは、もとの薬局の棚にある瓶に戻されていた。留守にした六畳の部屋の掃除は――あの日はトミが休んでいたから――望子か千鶴子しかいない。押入れの前にこぼれた白い粉から、将校行李が捜され、十五グラムの包みは瓶にもどされた。それができるのは薬局管理の千鶴子だ。

葡萄《ぶどう》酒の謎も、千鶴子の所為《せい》だと解けてくる。葡萄酒は千鶴子がこっそりトミに与えたのだ。それは口を開けたものだが、少ししか減ってなかった。これ、少しいただいたものだけど、お家に帰ってご主人と召し上がって。葡萄酒だから、あなただってお飲みになるでしょ、と言って渡す。品物を人知れずこっそりと渡す習慣は、チョコレートの例がそうだったように、すでにでき上がっている。どんな品物をもらっても、トミが疑わないような設定は、習慣的なものとしてつくられていた。その葡萄酒の中には三十グラムの白い粉がすでに入れられてあった。アモバルビタール・ナトリウムは、無臭、無味、水に融《と》けやすい。酒好きのトミの亭主がトミと一本を空にするのは千鶴子の計算にあったのだろう。アモバルビタールはアルコールに混じると毒物的効果が倍加する。

だが、薬局の瓶がいっぱいになったのはどういうことだろう。もし、二人分の致死量三十グラムをとり出したとなると、その前に博作の十五グラムが戻されているから、さし引き十五グラム分が瓶から減っていなければならない。ところが博作が実際に見たのでも四十グラム入りの瓶はほとんどいっぱいだった。

アモバルビタールを薬問屋から補充してないとなると、あの白い粉はどこから仕入れてきたのか。

――ははあ、やったな。

博作はうなずいた。白い粉はアモバルビタールではない。薬の瓶にはいっているから、そう見える。あれはメリケン粉だろう。三十グラムの補充はメリケン粉だったにちがいない。

医療用麻薬の検査でも、検査官は医院に来てカルテの使用量と残量とを照合して検査するが、麻薬の結晶（粉末）の場合、〇・一グラムという微量な単位までは量りにくいから、乳糖やビオフェルミンなどを十倍に混ぜたものを量り、一グラムをもって〇・一グラムとする、しかし、その検査は「質」までは及ばない。だから、たとえば乳糖を麻薬の五十倍に混入して、十倍だと称しても検査官の眼はごまかせる。検査官は、その粉末について化学検査をしたり、舌で舐《な》めてみたりはしない。そういう方法で麻薬を浮かしていた医者を博作は知っている。息子がアモバルビタールの瓶にメリケン粉を入れたのだ。

息子は共犯ではなかろう。彼は、瓶の中が減っているのにびっくりして、メリケン粉を黙って補充したのだ。黙ってというのは、正夫にもその危険な薬の持出しがだれの手で行なわれたかに推察がついたからだ。補充は二度にわたって行なわれた。一度は博作が十五グラム盗《と》ったとき、二度目は千鶴子があとの十五グラムを盗ったときだ。そして、将校行李の十五グラムのときから、千鶴子の貯蔵がはじまったにちがいない。

博作は歩いた。千鶴子はトミの心中事件から三か月以上経ってさりげなく看護婦をやめて去って行った。ホトボリがさめてからである。望子は何事も知らずに、長い間手伝ってくれた看護婦に感謝していろいろな贈物をした。久富千鶴子の優雅な退場である。

博作の脚がまた不意にとまった。

……待てよ。果たして、そうだろうか。もし、将校行李の中に隠した十五グラムの薬を、望子が持ち出したとしたらどうなるか。彼女だって掃除にきて発見しなかったとは限らないのだ。望子は、その薬のことでは博作に何一つ言わなかった。――すると望子が葡萄酒をトミに与え、しかる後に、さりげなく看護婦に暇を出す……こういうことも考えられないだろうか。

博作は、心臓をどきどきさせて歩き出した。どっちにしても、彼にとっては鬼の棲家《すみか》に帰るのである。

# 解説

若《わか》林《ばやし》　踏《ふみ》（ミステリ書評家）

倦《う》んだ現実から逃れるため、人はときに犯罪という手段を容易《たやす》く選ぶ。松本清張《まつもとせいちょう》がミステリを通して描き続けたものとは、突き詰めればそういう表現が出来るのではないだろうか。

本書には「生けるパスカル」と「六畳の生涯」という中編二つが収録されている。この二編はいずれも『週刊朝日』に清張が連載していた〈黒の図説〉という小説シリーズに収められたものだ。〈黒の図説〉は『週刊朝日』一九六九年三月二一日号から一九七二年一二月二九日号に全一二話が掲載された。そのうち「生けるパスカル」が掲載されたのは一九七一年五月七日号から七一年七月三〇日号、「六畳の生涯」が掲載されたのは一九七〇年四月三日号から七〇年七月一〇日号までとなっている。二編は一九七一年九月に光文社カッパ・ノベルスより中編集『生けるパスカル』として刊行され、その後は一九七四年に角川文庫版、二〇一四年に光文社文庫より〈松本清張プレミアム・ミステリー〉の一冊として発売されている。今回の角川文庫新装版は三度目の文庫化となる。

松本清張という作家の名前を聞くと、〝社会派推理小説〟という言葉を浮かべる読者は多いはずだ。その認識は間違いではないものの、清張のごく一面を捉えたものでしかない。そのことを証明するのが〝黒い〟という文字を冠した短編連作のシリーズだろう。その嚆矢《こうし》となるのは一九五八年に『週刊朝日』で始まった〈黒い画集〉である。ここで清張が焦点を当てたのは市井に潜む犯罪者の心理だ。犯罪とは特別なものではなく、日常の陥穽《かんせい》にふとした弾みで嵌《はま》ってしまう可能性を誰もが秘めている。ある者は自己保身から、またある者は嫉妬《しっと》心から、はたまた別の者は功名心から。清張はそうした人間の内奥に徹底的なまでに関心を寄せることで、様々な犯罪者が入れ替わり中心人物を務める短編連作を書き続けたのだ。それらの作品は時代に左右されない人間の不変的な心の有り様を捉えていたためか、『黒い画集』や『別冊黒い画集』に収められた短編には現在に至るまで幾度となく映像化を繰り返しているものもある（本書収録の「六畳の生涯」も一九八七年に植木等《うえきひとし》主演でドラマ化されている）。本書に収められた二編も日常に生じた歪《ゆが》みのような犯罪者心理を描いた作品だ。

一編目の「生けるパスカル」という題名は、イタリアの作家ルイジ・ピランデルロの小説「死せるパスカル」（注：一九三二年に新潮社より刊行された岩崎純孝《いわさきじゅんこう》訳の邦題）からとったものだ。「死せるパスカル」は愛情のない妻との生活に倦み、家を捨てて放浪の旅に出たパスカルという男が主人公である。旅の途中、パスカルとよく似た男が故郷で自殺した事により、彼の妻はパスカルが死んだと思い込む。この事実を知ったパスカルは自身が暗い運命から解放され自由を得たことに歓喜する。「生けるパスカル」という作品の大部分は、このピランデルロの小説に共感を寄せる矢沢辰生《やざわたつお》という画家の内面描写に頁が割かれている。矢沢にはマネージャーを務める妻の鈴恵《すずえ》がいるのだが、彼女のヒステリーに日々悩まされている。思わぬ出来事によって自由を手に入れたパスカルの境遇に、矢沢は限りない羨望《せんぼう》を覚えたのだ。

物語の前半部は犯罪小説というよりも、滑稽《こっけい》話のように捉える読者がいるかもしれない。小説内のパスカルに憧《あこが》れを抱いた矢沢は芸術家としてのルイジ・ピランデルロにも大いに共感を寄せるようになり、心中で芸術論を展開していく。清張が第二八回芥川《あくたがわ》賞《しょう》を受賞した「或る『小倉日記』伝」は、小倉《こくら》時代の森鷗外《もりおうがい》の足跡を追うことに生涯を費やした男の物語だった。そうした文化的な思索にのめりこむ人間の姿を清張はたびたび描いているが、本作の場合は少し異なる。矢沢が芸術論を繰り広げている頭の片隅には、妻に怯《おび》えながらも妻以外の女性と関係を結ぶ過去の自分が浮かんでいる。芸術に思いを馳《は》せる心と、妻から逃れ他の女性に縋《すが》る卑小な心が同一人物の中に宿っているのだ。この矛盾した心の有り様に一種の滑稽さを読み取ることも出来るだろう。それがどのように犯罪の物語へと転化していくのか、という点にミステリとしての肝がある。

「生けるパスカル」で最も印象的な場面は、矢沢がルイジ・ピランデルロの評伝を読んでいる中で、あるフレーズに共感を覚えるところである。

「ただこの劇作家の場合と一致しているのは《逃亡という心弱いただ一つの方法》であった。」

壊れた夫婦関係という現実からの逸脱が、その後の物語における矢沢の行動の核になっているのだ。他の清張作品における犯罪者と通底しながら、そこに芸術家としての心中が加わることで矢沢は更に屈折した犯罪者像を見せることになった。清張は「真贋の森」や「青のある断層」といった美術が絡む優れたミステリを残しているが、登場人物の屈折の度合いではそうした作品群にひけをとらないものがある。

二編目の「六畳の生涯」も日常からの逸脱を望んだ人間の話だと言えるが、中心人物は芸術家とはうって変わって元医者の老人になる。長年、長野で開業医を営んでいた七十九歳の志井田《しいだ》博作《ひろさく》は、東京で医院を開いている息子夫婦の元に身を寄せている。だが息子夫婦は忙しく、博作を構ってはくれない。裏側にある六畳間に寂しく籠《こも》る博作にとっての救いは、世話をしてくれるお手伝いさんの吉倉トミだけだった。トミは既婚者であるが、よく気がきいて話し相手にもなってくれる彼女に博作は次第に惚《ほ》れ込んでいく。

老いらくの恋と呼ぶには上品すぎるくらい、エスカレートしていく博作の行動に唖然《あぜん》とするだろう。本作も「生けるパスカル」と同様、物語の半分を過ぎるくらいまではミステリとは縁遠く、孤独な老人の寂しさと滑稽さが交じり合う日常が描かれていく。だが本作も後半部に入ると犯罪小説へ様変わりし、驚くべき反転を最後に見せる。ラストの一文はまさに日常の陥穽に落ちた人間の心象を表すものだろう。

本作が犯罪小説へと転換していく過程において、博作は〝あるもの〟に自分の行動をなぞらえて自身の心境を理解しようとする場面がある。〝あるもの〟の正体はもちろん明かさないが、清張のミステリ観が良く表れている場面だと感じた。松本清張が捉えようとした犯罪者の心理とは不変のものであり、時代を超えて人間の奥底に眠っているものである。松本清張の作品が読み継がれるべき理由はそこにある。

本書は、一九七四年十月に小社より刊行した文庫を改版したものです。

本文中には、精神異常者、狂人、荒れ狂う、狂う、狂気、精神異常、気違いじみた、狂乱、狂暴、狂的、暴れ狂う、狂気めいた、狂暴状態、唖、精神病院、アル中、狂わしい、気違い、狂える、狂人的、未亡人、混血児、浮浪者、メクラ判、盲目的といった語句や、精神分裂、精神分裂症、「分裂したことをしゃべりまくった」といった表現、また自殺と精神的な疾患を結びつけるような表現等、今日の人権擁護の見地に照らして、明らかに不適切、また差別的と思われる描写があります。

「精神分裂病」という病名は、当事者の人格の否定につながり、当事者や家族に苦痛を与える可能性があるとして、病名が患者家族に苦痛や不利益をもたらさないよう、現在は統合失調症に名称が変更されています。また、自殺と精神的な疾患を結びつける表現については、本作の刊行当時に実在した資料から引用した文章ですが、疾病に関する科学的及び医学的な考察は現在に至るまでに年々改まってきており、現在の科学的、医学的知見からすると正しい考察ではありません。

このように、本作には現在の人権擁護の見地の他、科学的、医学的考察に照らしても明らかに不適切な表現、描写がありますが、本作が執筆された当時の歴史的背景、また著者が故人であること、作品自体の文学性も考えあわせ、原文のままとしました。

（編集部）

生《い》けるパスカル

新装版《しんそうばん》

松本《まつもと》清張《せいちょう》

昭和49年 10月30日　初版発行
令和7年 2月25日　改版初版発行

発行者●山下直久

発行●株式会社KADOKAWA
〒102-8177　東京都千代田区富士見2-13-3
電話　0570-002-301(ナビダイヤル)

角川文庫 24531

印刷所●株式会社暁印刷
製本所●本間製本株式会社

表紙画●和田三造



●お問い合わせ
https://www.kadokawa.co.jp/（「お問い合わせ」へお進みください）
※内容によっては、お答えできない場合があります。
※サポートは日本国内のみとさせていただきます。
※Japanese text only


ISBN 978-4-04-115469-4　C0193

# 角川文庫発刊に際して

角　川　源　義

第二次世界大戦の敗北は、軍事力の敗北であった以上に、私たちの若い文化力の敗退であった。私たちの文化が戦争に対して如何に無力であり、単なるあだ花に過ぎなかったかを、私たちは身を以て体験し痛感した。西洋近代文化の摂取にとって、明治以後八十年の歳月は決して短かすぎたとは言えない。にもかかわらず、近代文化の伝統を確立し、自由な批判と柔軟な良識に富む文化層として自らを形成することに私たちは失敗して来た。そしてこれは、各層への文化の普及滲透を任務とする出版人の責任でもあった。

一九四五年以来、私たちは再び振出しに戻り、第一歩から踏み出すことを余儀なくされた。これは大きな不幸ではあるが、反面、これまでの混沌・未熟・歪曲の中にあった我が国の文化に秩序と確たる基礎を齎らすためには絶好の機会でもある。角川書店は、このような祖国の文化的危機にあたり、微力をも顧みず再建の礎石たるべき抱負と決意とをもって出発したが、ここに創立以来の念願を果すべく角川文庫を発刊する。これまで刊行されたあらゆる全集叢書文庫類の長所と短所とを検討し、古今東西の不朽の典籍を、良心的編集のもとに、廉価に、そして書架にふさわしい美本として、多くのひとびとに提供しようとする。しかし私たちは徒らに百科全書的な知識のジレッタントを作ることを目的とせず、あくまで祖国の文化に秩序と再建への道を示し、この文庫を角川書店の栄ある事業として、今後永久に継続発展せしめ、学芸と教養との殿堂として大成せんことを期したい。多くの読書子の愛情ある忠言と支持とによって、この希望と抱負とを完遂せしめられんことを願う。

一九四九年五月三日